SELECTED STORIES & POEMS

by Sabahattin Ali

Translated by Aysel K. Basci

Selected Sabahattin Ali quotes
* * *

"I live more in my head than in the world."

"I wish everyone as good a life as the goodness they have in their hearts."

"I like things that can't be bought—like the sea, the sky, the moon and the sun, and love."

"We are surrounded with so much filth that our only option for remaining clean is to withdraw to our own worlds."

"I have removed many people from my life—to whom, if asked, I would have given my life, because worrying about their absence is easier than worrying about their deeds."

"We want everything done in this country to benefit the millions living on these lands, not just a few people."

"In these barren lands, nothing is easier than killing and being killed."

"If you loved me as much as I want you to, I would die."

"Life is a game that is only played once, and I lost. There is no second chance."

CONTENTS

FOREWORD

Turkish literature comes to me only in translation. Actually, as a Turk and an American, born in Istanbul but raised in the United States, a half-Turk who does not read or speak Turkish, all things Turkish, with the exception of my own father, come to me in translation. And so this newly translated collection of Sabahattin Ali's stories and poems is for me a gift, one I have been craving ever since I learned of Sabahattin Ali.

Ali was, throughout much of the 1930s, a close friend of my grandmother, and his letters to her were published in a book called *İki Gözüm Ayşe,* which is in Turkish, of course. As a child, I struggled to know my grandmother, who did not speak English; and it wasn't until after her death that my father translated some of Ali's letters to her into English for me. How things changed then. In these letters I saw my grandmother, through Sabahattin Ali's eyes, as a young woman, in some kind of intimate, challenging, and argumentative (but not, she swore, romantic) relationship with one of the most interesting writers of that time. As I read each letter, she and Ali and Turkey each came to life. And so it is again, as I read each of these stories and poems: here is Turkey and its people and here, alive again through this work, is Ali, now accessible to so many more readers.

This new access to Ali's short works feels like access to Turkey, to its history, and, for me, to my own family and my own history. Turkish translators, like Aysel Basci, have quite literally changed my life, my understanding of my life. I hope this book is equally transformative for other readers who can only know Turkey through translation.

While, as a fiction writer, I insist that we not read Ali's characters or narrators as him—it is impossible to ignore the echoes between Ali's letters and his stories and poems. His characters, like him, are romantics, prisoners, artists, and more than anything, full of desperate longing.

My father's translations of Ali's letters to my grandmother were often embedded in my father's letters to me, and when Ali ended a letter with "I believe I am entitled to a reply, please, without delay" my father too would end his letter with "I believe I am entitled to a reply without delay." This is how time is, this is how relationships are—embedded, echoes. This, too, is how I imagine the author inside each of these stories, embedded, echoing elements of his own life. While Sabahattin Ali was not, like so many of his characters in these stories, a villager, he gives every villager his heart--his intense, intelligent, often desperate heart--that sings out most clearly under a moonlit sky.

"Tonight the reason I am having strange thoughts is the long walk I took under the moonlight, a settling of accounts with the moon," Ali writes to my grandmother. "Like everybody else my friendship with the moon started in my childhood…It is the same moon that suggested strange thoughts to Buddha sitting cross-legged by the Ganges…The same moon I saw just moments ago outside."

The same moon, I would suggest, that so changes the music of the saz player in "The Voice" and the same moon that represents the missing beloved in "Prison Song 4".

In his letters to my grandmother, Ali sometimes lays out his dreams for the year (to write a poem a week, to complete a novel, to write four or five new short stories); he complains often that she does not write him enough; and at one point he denies her charge that he is spreading a false rumor that they are engaged. One day he writes that the day before The Criminal Court of First Instance sentenced him to a year in prison. Another day he writes that he is in love and unhappy and furious with his own heart which torments him with futile hopes. Politics and love are interwoven in these letters, seemingly the two dominant threads of Ali's life and of his writing.

"Is this love?" the narrator of "The Mill" asks. Does it make you run through the streets naked, stick a knife in your arm, jump into an icy river, kill all the men in a town, or "climb a minaret and scream loud enough for the entire world to hear you?" It is this last that interests me—are you willing to raise your voice loud enough to tell your own truth, not just to your intimates but to the whole world, Ali's narrator asks. How could I fail to believe that Ali is asking us the same thing?

With this English translation of Sabahattin Ali's stories and poems, so much more of the world can now hear the truth he has to tell. Let us shout it from the mountain tops and minarets.

Ayşe Papatya Bucak

Ayşe Papatya Bucak is the author of *The Trojan War Museum and Other Stories* which was awarded the Spotlight Award by the Story Prize. Her writing has been published in a variety of journals including *One Story, Bomb, The Iowa Review, Guernica,* and *Witness.* Two of the stories from *The Trojan War Museum* were reprinted in the O. Henry and Pushcart Prize anthologies, and the collection was short-listed for the 2020 PEN/Robert W. Bingham Award for a Debut Short Story Collection. She is an associate professor at Florida Atlantic University and has received support from Yaddo, the Bread Loaf Writers' Conference and the Sewanee Writers' Conference.

INTRODUCTION

An article I read some time ago posed an interesting question: If you could listen to only one type of work from Mozart, Beethoven and Schubert, which ones would you choose? The article then presented what the writer thought were the logical answers: Mozart's piano concertos, Beethoven's symphonies, and Schubert's lieder. This question led me to wonder, if I could read only one type of work by Sabahattin Ali, which one would I choose? To me, the logical answer is his short stories, which is why I am proud to present to you, non-Turkish-speaking readers, some of Ali's best-known and best-loved stories and poems, which have been translated into English for the first time in *Selected Stories and Poems by Sabahattin Ali*.

Ali, a renowned Turkish author, poet, journalist and intellectual, lived a short life, dying in 1948 at the age of 41. He was murdered near the border while attempting to escape from Turkey to Bulgaria. Although there are many speculations about his murder, the exact circumstances of his death are not known. Ali was born in 1907 in Bulgaria (a part of the Ottoman Empire at the time). His father was an Ottoman officer who frequently had to relocate because of his work, which gave Ali the opportunity to experience and closely observe the Anatolian way of life and the Anatolian people. World War I interrupted Ali's elementary and middle school education, contributing to his difficult childhood. In 1926, he graduated from the School of Education in Istanbul and began working as a teacher. He later received a fellowship from the Turkish government and studied in Germany from 1928 to 1930. After returning to Turkey, he taught German language in several high schools, which provided him with another good opportunity to observe the Anatolian people and their lives.

By this point in his life, Ali had embraced socialism as an ideology and, in his writing, was actively criticizing the government, established just 10 years earlier after the collapse of the Ottoman Empire. Between 1941 and 1944, Ali founded, edited, and worked at several weekly magazines. He was arrested and sent to prison for several months in 1933 and then again in 1944 for his criticism of the government. The political pressure on Ali was increasing and, in 1948—unemployed and facing financial troubles—he decided to leave Turkey and move to Bulgaria. He hoped that, once he got settled there, he could send for his wife and daughter to join him. Ali was killed before crossing the border, leaving behind a substantial and continually growing legacy. In the years since his death, he has become an iconic figure while remaining somewhat of an enigma.

Despite his short life, Ali completed and published three novels, five short story collections, a poetry collection, a play, numerous essays, articles and experimental works. His last novel, *Madonna in a Fur Coat* (1943, *Kürk Mantolu Madonna*), has been translated into many languages worldwide and became a bestseller almost 70 years after his death. However, Ali's unique and special place in Turkish literature was carved out through his short stories, which paved the way for social realism in Turkish fiction. Ali wrote a total of 64 short stories, based mostly on his own observations and life experiences in rural Anatolia. These stories broadly spoke to the challenges the Turkish society faced, especially in rural Anatolia, in education, health, and social services as well as challenges stemming from societal inequality, women's issues, urban–rural conflicts, the uneven functioning of the justice system, and difficulties associated with the harshness of nature.

Ali's stories are not at all narratives of happiness and harmony. He mostly wrote about the bitter facts of the lives of the poor and sought to use his fiction as a vehicle to bring about positive political change. However, he had a dark and pessimistic vision of life, which led him to punctuate his stories with difficult conditions and disheartening themes. Ali persistently presented his characters with insoluble conflicts, and their outcomes were often suffused with a sense of hopelessness. He always ended his stories rather abruptly and with the worst conditions, including death, poverty, illness, departure, and other heartbreaking conclusions.

A closer analysis of Ali's stories reveals that his work generally comprises fictionalized accounts of the struggle between two diametrically opposed social groups: the peasants and the intelligentsia. In some stories, he depicts the peasants as affectionate or abused while branding the intelligentsia as materialistic, corrupt, or idealistic (these are the real intellectuals). Indeed, this is the blueprint for most of his stories. These themes are very much in line with his overall socialist ideology.

As an author, Ali wrote in a plain and flowing language that relied on an engaging style. He used conversational Turkish and avoided foreign words borrowed from Arabic or Persian, despite this being customary at the time. Ali's stories follow the classical narrative approach, incorporating an introduction, development, climax, and resolution. In the translations of Ali's writings into English, because of the simplicity of the language he used—although powerful and effective—and his forthright style of narration, his stories are easy to comprehend and straightforward to translate. However, there are exceptions to his straightforwardness. For example, Ali often embedded poetry into his stories, which complicates the translation process.

Included in this book are thirteen of Ali's short stories selected from the five collections he published: one story from *The Mill* (1935, *Değirmen*), three stories from *The Oxcart* (1936, *Kağnı*), four stories from *The Voice* (1937, *Ses*), three stories from *The New World* (1943, *Yeni Dünya*), and two stories from *The Glass Palace* (1947, *Sırça Köşk*). Selecting just thirteen of

Ali's stories for inclusion here was a challenge because almost all of his stories are compelling. However, out of necessity and through careful consideration, the list was reduced to thirteen based on the themes of the stories. The goal was to have a set of stories dealing with as many of Ali's usual thematic concerns as possible, without including significant redundancies and overlaps among them.

Four of the stories included in this book were recently published, individually, in various literary magazines in the United States. This is a testament to Ali's staying power. What better recognition (and validation) is there for an author if, nearly 75 years after his death, his stories are still found to be relevant and illuminating enough to be published internationally?

In addition to the thirteen stories, ten of Ali's most popular poems from his poetry collection *The Mountains and the Wind* (1934, *Dağlar ve Rüzgar*) are included in the English translation. These poems are included alongside the stories because they provide valuable insights into Ali's outlook on life and his worldview. Some of them, written in the first-person narrative, help describe Ali's rich inner world and emotional state at various stages of his life. Although he often employed a combination of internal monologs and dialogs in his stories to reflect his views on a wide range of topics, his poems are more revealing about Sabahattin Ali, the man. For example, through his poems, we learn just how exuberant—using his own words —and romantic the man Ali was, with his moods fluctuating wildly from the most miserable to the happiest of men. Above all, he simply loved living. Without his poems, we would not have these insights.

In closing, I believe Ali's own words best summarize his overall vision and philosophy: "Art must embody life with all of its details. It must evoke [in us] a desire to live, live like human beings, and to strive, even run, toward a better, higher and more worthy life. In short, art is not a goal but a means. The goal is life."

I hope non-Turkish-speaking readers will enjoy reading, in English, Ali's selected stories and poems included in this book. I can't imagine many readers will not enjoy his incredible wit and extraordinary gift as a storyteller, which are on full display in these stories, or fail to feel empathy for the plights of his colorful protagonists portrayed in the stories. How can anyone not associate with, or feel for, such beautifully and meticulously crafted characters as the proud clarinet player Atmaca (meaning "hawk" in Turkish), who was willing to do just about anything for love; the tragic story of Gardener Hasan, who was a gentle soul and paid for his failure to carry a 40-kilogram sack of salt to the top of a steep mountain with his life; the young Asiye, who couldn't give birth because her hips were too narrow; or the brave Emine, who made the ultimate sacrifice so that her fugitive husband would not be caught by the police? Who would not feel compelled to read about the homeless Ali from Sivas, who expressed himself and his sadness by singing just like his namesake, Sabahattin Ali, who strived to express himself and his sadness through writing and poetry?

Aysel K. Basci
Translator and Editor, *Selected Stories & Poems by Sabahattin Ali*

THE MILL

(Published first in The Bosphorus Review of Books, in 2021)

My namesake, have you ever visited the inside of a water mill?

It is worth seeing. Slightly crooked walls, small windows located high up close to the ceiling, and a black roof resting on top of thick wooden beams. Then, there are huge wheels, large rocks, mills, and dusty belts that continually shudder through never-ending revolutions. In one corner, sacks full of wheat, corn, rye, and other crops are piled one on top of another. In another corner are white sacks full of flour. The rotating stones spew tiny, warm particles into the air, forming a fume. In contrast, a small covering in the floor can be lifted up to allow a cool mist to spiral upward, bringing refreshing water droplets to your face.

What about those noises, originating in different corners and producing different rhythms, but reaching the ear as one large sound wave? Water running through a wooden gutter placed high above sounds like swaying poplar trees on a windy winter day. The grinding stones' constant whining alternates between high and low pitches, mixing with the belts' splashing sounds and the giant rotating wheels' constant squeaking.

A long time ago, I saw a mill like that, although I do not wish to see one again.

My namesake, do you know what love is? Have you ever

loved?

Go ahead and say, "Many times!" Was your love beautiful? Perhaps she loved you. Perhaps you embraced her many times. Did you meet at nights to share kisses? Kissing a woman is nice, especially for young men.

Perhaps she did not love you. What did you do then? Did you cry at night? Did you wait for her in the neighborhood, hoping she would notice your pale face? Did you write her long letters describing your agony, trying to arouse her pity?

Yet it was probably not hard for you to jump to a second love. Initially you must have felt ashamed of yourself. But did you know that easily exonerating ourselves is one of our greatest skills? Our remorse only lasts about a week. After that, even the most gruesome murderer finds enough excuses for what he has done and is ready to absolve himself of all wrongdoing.

Later, perhaps you loved a third or a fourth. Maybe you still do.

But is this love? Kissing a woman and wanting her—is that love?

Can you get completely naked and run through the streets?

Are you capable of sticking a knife into your leg or arm, jumping into an icy river, and swimming like that?

Do you have the courage to kill all the men in a town? Can you climb a minaret and scream loud enough for the entire world to hear you?

Can love make you do these things? If so, then I say you are in love...

What can you give your love? Your heart? What about to the second one? And the third and the fourth? You can't fool me. How many hearts do you have? You must know this is foolish. Your heart is in its place, yet you give it to this or that love... If you could cut your chest open, remove that muscle and place it in front of your love, then you might be able to claim to have given your heart away...

The truth is you are not capable of love. Those of you who live in cities, those who give or take orders from others, those who threaten or are afraid of others, you cannot love.

Only we know how to love... We, the nomads as free as the Western wind, the ones who recognize no God other than ourselves. We are the Gypsies.

Listen my namesake, I will tell you about a Gypsy's love.

* * *

One day, the winter snow was just beginning to melt, and our entire clan—about 30 women, men, children, four carthorses, and twice as many donkeys—was migrating toward Edremit.

After a boring and particularly disagreeable winter, the warmth of the sun and the newly greening Earth were giving us an unexpected liveliness. Children wore only short white shirts as they ran around, screaming and rolling into ditches along the roadside.

Young men were walking while playing their violins and clarinets, and young women were singing folk songs with their beautiful voices.

Meanwhile, I was on the lookout for a village, farm, or other suitable place where we could camp.

In the early afternoon, I saw some chinars and poplars among the darker colored olive trees. They surrounded a small water mill. A plentiful stream flowed through a few small willow trees to a narrow patch full of river pebbles before dividing into four wooden channels. The branches of several large old chinars shaded the black-tiled roof of the old mill and extended to the wide open area out front.

The bubbly waters percolating beneath the mill drowned out the rustling sounds of the trees. The waters rushed through the center of two rows of young poplar trees and disappeared into a reed field in the distance.

Laying over here was not a bad idea. The number of villagers leading loaded donkeys along the road suggested the mill was a busy place, which wasn't surprising given the white minaret visible in the village a stone's throw from the mill.

Even before we set up our tents, Atmaca ("Hawk," in English) was playing his clarinet near the half-open gate of the mill. Upon hearing the music, the villagers inside the mill quickly gathered outside to listen. The owner of the mill was among them, stroking his white beard while letting his careless gaze travel over the visitors.

Did you know that villagers, despite always complaining about us and accusing us of stealing their chickens and baby goats, are actually fond of us? These villagers were already collecting a bushel of wheat to give to Atmaca, to which the mill owner added two pots of yogurt.

Encouraged by these generous gifts, we set up our tents within a nearby olive grove.

All was going well. Our women were weaving baskets from fresh willow branches and had no difficulty selling them in the nearby villages. Our musicians were invited to play at weddings in villages as far as half a day away. Of course, Atmaca was in the highest demand.

I bet you have never met anyone like Atmaca. He was very handsome, with dark skin, pitch-black hair constantly being pushed back from his face, and beautiful dark eyes. Then his nose…long, pointed, and slightly beaked—this is why we called him Atmaca.

Like thoroughbred Arabian horses, he held his noble head high above his wide shoulders. In truth, he was no less agile than those horses. No Gypsy could talk about Atmaca without also mentioning his courage, beauty, and music.

Atmaca did not play the clarinet like other Gypsies. He could read music. He had studied in and graduated from city schools. He also poured his passion into his music. When he played, it was as if the breath was not coming from his lungs, but directly from his heart.

In the evenings, he would sit under a tree alone. We would all come out of our tents, lie on our stomachs on the ground, prop our chins against the soil, and listen to him.

Atmaca had never fallen in love—not with the rosy cheeked beauties in the Turkmen villages we passed through nor with the thin lipped Gypsy girls. None could hold his gaze for more than a second.

However, when he played his clarinet, his large eyes often watered, as if trying to douse the sparks in his eyes, and a few tear drops would attempt to roll down his cheeks only to dry out instantly, as if consumed by fire.

He was mostly quiet. When he talked, he did not reveal much about himself. What was inside him? What were his thoughts? What were his feelings? What tied him to this world? None of us knew. Was his music so moving because he had loved someone in the past or because he had never loved anyone?

Every now and then, he would disappear for long periods of time. We wondered if he spent time with other clans or went to the city to share the company of the educated city gentlemen who treated him as their equal and with respect.

Almost every night we gathered at the open area in front of the mill and enjoyed ourselves while listening to music. We had not taken anything from the area, so the mill owner was pleased with us. He and his daughter often threw down a straw mat under a large chinar so they could sit crossed-legged and listen to our music.

The mill owner's daughter was a real village beauty, with her round face, full lips, and hip-long braided hair. However, her face was always pale. She looked at everything with an empty gaze, like it had nothing to do with her, while a half-smile struggled to escape from the corners of her mouth.

She was a cripple, having lost her right arm as a child to the mill's wheels. Now in its place was an empty, dangling sleeve tied to the waistband of her shalwar.

And this separated her from the others.

Can you imagine what it means for a beautiful girl to be missing an arm? She could certainly not mix with the other girls as they bathed in the creek. She had to cover her body and her missing arm at all times. She could also not join the other girls in the tents to have fun because she could play neither the tambourine nor the wooden spoons.

It was clear she had spent her childhood with endless

longing. She must have watched the other girls with painful envy when, like squirrels, they climbed olive trees, wrestled with each other rough-and-tumble, and sprayed water at the boys. By now she must be used to it. She knew she could not do many of the things others could do, and she did not desire anything.

During the days, she sat on a stone seat near the mill's gate for hours, her eyes half-closed as she sent long, empty looks toward the chickens and the leaves of a huge chinar. This sad image of her was enough to fill one's eyes with tears.

In the evenings, she accompanied her father, kneeling down next to him to watch us.

To cut a long story short, our proud Atmaca fell in love with this crippled daughter of the mill owner. The wild bird who could not bring himself to even look at a peacock or a pheasant fell prey to a woodcock with a broken wing.

I was too late in noticing it, and by the time I figured it out, the fire was already burning red hot. Had it still been smoldering, I would have gathered the clan and moved elsewhere.

Atmaca stopped talking. He no longer played at weddings. He just sat alone under an olive tree and played his clarinet. In the evenings, flat-out exuberant, he fixed his eyes on the mill owner's daughter and sent every note out to her. Meanwhile, we, the shivering audience, felt a desperate urge to talk, scream, or simply throw ourselves to the ground and cry. His playing was full of urgency reminiscent of screaming fire worshipers dancing around a pile of burning wood or of sea waves' bitter groaning while striking a sinking ship.

Atmaca's wings wilted. He grew pale. On days that the mill owner went to town, Atmaca sat on the stone seat at the mill's gate with the daughter. His nails would scratch the stone seat under him, as if trying to tear it apart. I quickly realized this situation could not continue much longer.

One night I summoned him. We walked together to the lower section of the stream and sat under the young poplar trees. It was quiet, the only noise coming from the stream's waters as they skipped over the pebbles and the frogs singing along with the gurgling.

Atmaca was looking down. He did not ask why I summoned him or what I wanted to speak to him about. As he lifted his eyes to me, I put my arm around his shoulder and said: "You are in love!"

He nodded. "Yes."

"What are you going to do?"

He turned his eyes to the starry sky, as if searching for an answer there, and looked for a long time. Then, he abruptly said: "You are our leader. You have seen more places than I. You are more experienced and smarter and wiser than all the other Gypsies, so I must open up to you."

He did not look down, continuing on as if conversing with the stars.

"I love her and have no idea about what to do," he said. "You must know what love means to me. I did not even turn my head or listen when rich ladies living in large mansions sent their servants after me to profess their ladies' love. Rich, notable men ruling over many villages often pleaded with me, saying, 'My daughter has fallen ill because of her infatuation with you. I am more than ready to forget you are a Gypsy and embrace you like one of my own, if only you will take my daughter's hand and end her misery.' But I went on my way without even responding.

"And now I am in love with a girl who is missing an arm. I can neither take her as my wife nor runaway with her, although she loves me too. She told me so, full of tears, just a few days ago. When I begged her, 'Let's run away together,' she laughed bitterly and said, 'My lord, I am defective. Are you offering me charity?' I explained how I loved her and said, 'Instead of your arm, you are giving me your heart. Is a heart worth less than an arm?'

"She continued to cry and said, 'No, it is not possible. Think about it: Every time you see me, I will be embarrassed and will avert my gaze. Do you wish to belittle me? Leave me with my father, knowing what I am, and never come back. You made me forget my defect and dream crazy dreams. For that, I thank you and will remember you until I die. But if you really love me, you mustn't try to convince me to believe impossible things. You must leave immediately.'"

At this point, Atmaca took a breath and lowered his eyes. Finally he spoke again.

"I am thinking that our union will indeed be torture for both of us. We will constantly feel an unnatural, suffocating air flowing between us. What will I do if she can't open up to me completely, if she can't embrace me freely, if I can't tease her, and if her eyes are continuously asking me, 'Why did you waste your youth with me, isn't it a pity?' What if every word I say and my every attitude make her uncomfortable? When I am angry, she is hurt; when I try to love her, she feels like I am pitying her; when I try to embrace her, she feels a pain in her missing arm. What if this situation continues with no end?

"Don't ask me what I will do. I have no strength or rational thought left. All I have left is love. Love that, like a bullet, rips through everything it touches. I cannot even flap my wings any longer."

He fell silent then. His last words came out of his mouth with such misery that trying to say something to comfort him would be pointless. Under the circumstances, there was nothing for me to say and nothing for him to hear.

I took his arm and walked with him back to his tent.

After that, things took a bad turn. Atmaca's condition worried me, but nothing could be done, so I decided to let things drift along for a while. In the evenings, I watched Atmaca sit under a large chinar and wait impatiently with open arms while the mill owner's daughter—a huge smile on her face and her normally pale skin replaced with unusually rosy cheeks—would run to him. But each time they got close enough to jump into each other's arms, an invisible barrier sprang up between them, like continuously spinning wheels that constantly grew in size to keep them separate.

Days passed one after another like white cumulus clouds

being pushed by a strong wind. We could sense it: Eventually a storm would erupt. Everyone was afraid that something bad would happen. A sense of unease spread across the clan.

The old, experienced women cast spells and begged all the good and bad spirits to come to Atmaca's rescue. When Atmaca passed by with his sunken cheeks and unfocused gaze, the young men looked down and the young women, their lips quivering, looked away from him. Man, woman, young, old—nobody could decide what to do, so we just waited. It was as if a rough wind was blowing away all our thoughts and keeping us down and confused.

One day Atmaca came to me and said, "I will be playing at the mill tonight. I talked with the mill owner and he agreed!"

It was drizzling. Summer downpours were expected that evening. When I told him that, he said, "I will play inside the mill."

I responded, "The mill works at night too. Are you going to play in that noise?"

With a strange smile on his face he said, "Don't worry. You will hear my clarinet even in that noise. The strength of my breath has not declined significantly yet."

As night fell, the storm indeed started. One bolt of lightning after another struck the oak forest, stretching out across the peaks. Large rain drops pounded the dark leaves of the olive trees.

We all crowded inside the mill. Two gas lamps hanging from the ceiling offered a dim light. The mill's wheels, grindstones, and dusty belts continued turning. The ferocious noise they collectively made was mixing with the sobbing noise of the rain attacking the low ceiling. This awful harmony was accompanied by the scary sounds of consecutive thunder cracks. The mill owner and his daughter were sitting on a mat next to a wall. The gently swaying lamps were reflecting weird shadows on the daughter's face.

Suddenly a thin and pleasant sound dominated all the other noises.

Atmaca was playing in a dark corner of the mill.

Even after I die, I will never forget what I heard that night!

Outside, the storm raged on as the wind whipped against the adobe walls. The rising waters sloshed over the wooden channels to churn into the ground.

Inside, the grinding stones were grumbling with endless exuberance, the madly revolving belts were making mourning sounds, and the interlocking teeth of the wooden wheels screeched as if crying. Still, a foolish clarinet sound, louder than all these other noises, alternated between begging and twisting in pain, occasionally falling silent only to rise once again.

In the twilight, Atmaca's shiny black eyes were fixed on the mill owner's daughter, whose struggling, enlarged eyes were full of sadness. He kept playing melodies that no words could describe.

At times, it was a caressing, warming morning sunshine. Then it instantly transformed into a desert-storm blinding our eyes, smashing our faces, and scattering its fire around like burning grains of sand or a knife stabbing deep into our hearts.

At one point, after a particularly severe scream, I saw Atmaca get up. He took a few steps and threw his clarinet into a corner.

We all got up and stared at him with worried eyes.

With his hand, he brushed his black hair from his face. His eyes surveyed us before fixing on the mill owner's daughter. He stared intently, never looking away.

I will never forget that minute. The storm outside was getting stronger; the walls were shaking, and some roof tiles were flying. The mill continued to operate like a wild howling beast. Under the dim lamp light, Atmaca looked larger than he was. His eyes were still on the young girl, his face now unrecognizable from unbearable sadness. The blood in his veins under his dark skin rushed to his face, and his lips turned white from his teeth biting them. Those lips were moving like they wanted to say something, but the corners drooped as if about to cry.

And then Atmaca closed his eyes. Shaking, he almost

collapsed. But then he composed himself. Once more he looked around, as if he were waiting to be saved from his own heart-crushing pain. Finally he groaned as if something has hit his head. He turned around and ran into the opposite corner where the mill's wheels and belts were fiercely rotating.

For a second, we froze. Then, yelling like lunatics, we ran after him.

Alas, it was too late! Atmaca turned back toward us and nodded, as if saying, "It is too late. What is done is done."

His right arm was missing, replaced by gushing blood. After a few steps, he collapsed at our feet.

* * *

There, the story of a Gypsy in love!

In early spring when the flowers are blooming, it is nice to sit at the water's edge, away from prying eyes, and kiss your love who smells like flowers until your muscles give out.

It is also nice to tell your closest friends, tearfully, how under the moonlight you wandered until morning in front of your love's door, that beauty who cruelly turns her head away from you whenever your paths cross.

But cutting off and throwing away a part of you that you can no longer bear to carry because it is missing from her beloved body—only this is love.

FRECKLES

(First published in the Adelaide Literary Magazine, in 2021)

I t was a hot, sultry day. I had just left a friend's home, where I had spent most of the evening drenched in perspiration, listening to a load of nonsense, and was walking slowly along the Kordonboyu. During these sticky and moist İzmir nights, which are worse than its days, the sea does not bring cool air, but instead ushers in a mist permeated by the smell of filth and moss. The road was empty. The masts of sailboats that crowded the shore rose from the sea like dry tree branches, disorganized as if they had run into one another. Masts large and small moved very slowly, and the Greek conversations of Cretan sailors could be heard. A little further away near the ferry port were porters and horse coaches whose operators were sleeping in their places. Beyond that, bright lights and bad dance music poured onto the sidewalks from a building's second-floor windows. I was in front of the port's parade of four or five bars. Just to see something lively, I began to climb the narrow stairs of a sailors' bar. Perhaps I was trying to get rid of the numbing effect of those nonsensical conversations I had wasted my time with at my friend's home where I was staying.

Not all the tables were full, but there were four or five crowded groups. At a table near the jazz performers sat six young women whose long gowns were as wrinkled as their faces.

Their clients were a mismatched bunch. A few young men in a corner behind the dim beams, probably single civil servants who somehow had managed to get a little money in their hands, were sharing beers, and every time the dance began, they rushed to the young girls' table, thinking they were having a fantastic night being rakish. At a table in the middle, four sailors from Marmaris were racing to waste the money they had earned from their last outing on a motor boat—which they had purchased with their earnings from sponge fishing—buying back-to-back drinks for two fat women, one Turkish the other Greek. At one of the upper-level box seats, a middle-aged, gray-haired womanizer had three women sitting around him, no doubt because the bar owner was his pal, and he was trying to have one of the most pleasurable nights of his middle-aged years at the least cost.

A waiter with dirty fingernails and a dirty shirt leaned across my table and asked what I wanted to drink. I noticed his tuxedo's sleeves were worn out. I asked for a beer and began to watch the dance that had just started.

Advanced drunkenness had overtaken many of the men present: some were well educated and cultured; others were illiterate and hadn't had the time to get cultured because they'd been too busy earning a living at sea. But those with culture and those without it—the good and the bad—were in an identical state, their faces masked by ungainly, lustful grins. The women, by contrast, both drunk and sober, seemed collectively to be asking, "Oh God, when will this end?" It was clear that their wish related not just to that night or their current life, it related to everything. These women would smile at the men next to them because it was their duty to make sure their clients spent the maximum amount of money that night. But if the men tried to snuggle too closely or stick their unshaven, sweaty faces to the women's cheeks, they would turn into cats whose tails had been pulled, and would push the men away with both hands. However, immediately afterward, they would put on moves for their partners to ensure they did not get angry and leave. These changes happened so quickly, the transformation in their expressions was so abrupt, that it was foolish to look for any real change in their feelings.

Feeling weird and crushed, I tried to look elsewhere. I noticed a blond young woman in a black velvet gown who was sitting alone at a table, her entire back, shoulders, and most of her chest were naked. And she was looking at me. Her face was not unfamiliar. But, over time, women in these places begin to look like each other, so I thought, "I must have seen her somewhere, or maybe she resembles someone I know." Although I tried to leave it there, I found it odd she was sitting alone while a lot of men were in line waiting to dance with a female partner. She wasn't very ugly. And besides, during these late hours of the evening, men do not look at the faces of the women they cling to while turning on the dance floor. They just search for a naked piece of flesh they can touch, and they need the strong scent of a woman to fill their noses.

When I noticed that the blond woman sitting alone was still gazing at me persistently, I became uncomfortable. I turned my head to the dance floor where a thin woman with straight black hair falling on her face, and whose eyes were half closed from being drunk, was exchanging slaps with a sailor in his 40s who had a very red face. The sailor's shaved head and his uneven mustache, longer on one side than the other, were trembling from anger. While a waiter tried to separate those two, another waiter appeared next to me. He bent towards my ear in a friendly manner and made a sign with his eyebrow pointing to the blond woman sitting alone. He said, "The lady wants to come to your table."

I responded, "My lad, you know I am not one of those wealthy clients!"

"No, she just wants to talk to you about something."

"Okay, she is welcome!"

The waiter looked at her and beckoned. I too looked at her, trying to give an impression that I had agreed. She rose and, just then, I realized how drunk she was. As she walked she held onto chairs, tables, and the beams located in a row from one end of the saloon to the other. She was having difficulty standing up.

She collapsed in a chair that the waiter pulled out for her. She looked down for a while, turned her gaze at me, and looked carefully. In her eyes, I could not see anything other than a very drunk person's extraordinary effort to come to her senses. When I looked at her up close, I realized this face with a slightly upturned nose, slightly slanted eyes, and especially those reddish freckles around her eyes and nose, was familiar. However, I did not force myself to try to figure out where I had seen her. She was silent and kept moving her face muscles in a futile effort to come to her senses. For the sake of saying something, I asked, "Why aren't you dancing?"

With her hand she made sign as if to say, "Oh, forget it!" Then, she suddenly tried to get up and compose herself. With a voice that sounded sober, she asked, "Don't you recognize me?"

At that moment a felt a little strange. A shiver traveled down my spine, as if I had malaria.

"Is it you! ...You?"

"Yes, it's me, Nigar!"

Then it all came back to me. It was in Aydın, at a school with lots of windows. There were many bright-faced students, and in the middle section of the classroom, sitting in the very front row, was a little girl with freckles, her hair in two long braids. It all came back to me. I taught them German. This mischievous girl, the daughter of a civil servant from Eskişehir who worked at the train administration, was learning the meaning of those foreign words faster than the other students, and memorizing them. And when she got up, she always looked at my face with a half mocking smile and with an expression that said, "Oh, this is nothing. I can learn so much more!" As soon as the bell rang, she would grab my hand and say, "Let's play volleyball." She would drag me out to the schoolyard, and although she was a short little girl, she would shoot the ball like an arrow behind the net. She must have been around 12 years old. She was fiery, and life sprang from her every movement. How many years ago was all this? I calculated. It was 14 years ago. Now, when I looked at her face, I didn't see a drunk woman. I saw not just mine but the entire school's darling, little Freckles! It was as if she had not changed at all. That nose, those eyes, her golden blond hair, and those freckles.

I tried hard not to ask that first question that comes to mind, "How did you end up in a place like this?" Just like I used to do in our light classroom, I tried to frown so I wouldn't smile, looked at her face and waited. Then she said what I unconsciously expected to hear.

"You haven't changed at all. You still look at me the same way!"

"You are the same Nigar!"

"No I am not!"

As soon as she uttered those words her face changed. I felt that the closeness which took us back 14 years was slowly disappearing, and I became sad. Nigar put her naked arm on the table and her head on my shoulder and whispered, "I don't intend to give you a headache. If I did not have a problem, I would not have introduced myself… since you did not recognize Freckles even after looking at my face."

She pulled her head away from my shoulder and leant against the table with her chest. Without any introduction and quite unexpectedly, she said, "I have a child; that's why I came to you."

I did not exactly understand what she was saying, but to show my empathy, I smiled as if to say, "Continue," and shook my head.

Freckles said, "I will tell you." And casually she told me the following, as if it were someone else's life story, using back-to-back broken sentences and words that disintegrated even before coming out of her mouth.

As soon as she had finished middle school, at the age of 15, her father married her off to a 45-year-old man, an assistant to the chief of train administration. Nigar continued:

"What could I do? Was I supposed to stay with him? Anyhow, I did all those years! But then, in his fifties, his drinking got out of control. You may say other women have drunk husbands too, but at least they have children, from whom they take comfort.

"Mine didn't even have the conditions for that. On top of this, he was crazy jealous! Remember, in our class there was a Kemal from Buldan? At that time, he was in medical school. Now he is a doctor! A real ass! Remember, he was a good-looking guy; he used to take me on rides with his bicycle? That Kemal. Anyhow, he was in Aydın for school break, and one day I ran into him at the park. I remembered our good old school days, so I said to him, 'Why don't you come over and visit us?' and gave him directions to our house. What do you know? The news immediately reached my old man! He rushed home from the bar to fight with me. I was surprised because he never came home that early. Before I could open my mouth, the insults began, 'You were seen talking to a young man in the park. Around here, I have my honor to think about, slut!' He came at me. Well, I was at the end of my patience, and I said to him, 'Asshole, I don't know what you have, but I know too well what you don't have! Enough of this putting up with a useless man like you!'

"I'll be darned! He grabbed his umbrella from behind the door and started to hit my head and face with it. Wouldn't you know, just at that moment, Kemal showed up! When he saw the situation he tried to leave, but I yelled behind him. I didn't know any better, just my foolishness. I said, 'Don't go, all this is happening because of you.' My old man got stuck to these words. He dragged my name everywhere and humiliated me to the entire town. I could not get anyone to believe I did not have a relationship with Kemal. Sir, you know me, I am just an erratic girl. I still don't know how I lasted with that man for seven years! As I said, I was foolish. My blood boiled; I shut the door in his face and left. Of course, there was no Kemal to be found anywhere. Apparently, he escaped while I was yelling behind him, and that evening he returned to Buldan. Under the circumstances, I couldn't go to my parents' home either. I was tired of all their nagging and didn't want to hear them nag again about what had happened. That night, I went to a friend's house. The next day, I had my belongings fetched from home; I sold my gold bracelets for cash and came to İzmir. If you want to know, a few days after that, I came here. This was three years ago. At that time, I worked for six months.

"I didn't care about anything! What's the big deal? Isn't that life? One can live in a house or a bar. What difference does it make? However, one day, Kemal showed up at the bar with a bunch of his friends. As soon as he saw me, he ran to my table and began crying and sobbing. He kept saying, 'You are in this situation all because of me! This guilt is killing me.' Of course, it was all 'drunk talk.' But one wants to believe it! When he pleaded, 'I can't leave you here. Let's go, you will leave with me, and we will get married,' I believed him. I quickly settled my account with the owner of the bar. He owed me some back pay, but I let all of it go. In exchange they let me leave without any trouble. We lived together for five or six months. He kept saying, 'As soon as I get permission from my father, we will get married.'

"I didn't give a damn whether he married me or not. Except, one day, I discovered I was pregnant. He said, 'Get rid of it, immediately!' I tried to object and asked why. He said, 'No way, impossible! I don't want a child out of wedlock.' Then I realized his real fear was that I would tie him down; he was just playing the honor card with me. He fell greatly out of favor with me. Don't they take you for a fool? That really hurts! I said, 'Okay, don't worry. I have a few doctor acquaintances in İzmir. I will take care of it without much expense or noise.' I got on the boat and came here directly. Right away, I started to work at the bar to make a little money.

"It has been eight months since I gave birth to a beautiful bouncing baby. I wish you could see him... I hired a woman who is taking care of him. She breastfeeds him too. Here, we are always drunk. And the milk of drunk women is not good for babies. Kemal doesn't know my address. He has school and can't come. Besides, it is questionable whether he actually wants to come. What was I saying? Yes, my baby is getting wasted in hotel rooms. When I saw you, I remembered that you know a lot of people in Ankara. There is a nursery there. Can you help place my son there? When he reaches the age of two, I will take him back. Even if they wanted, I would not leave him there! But for now, he needs a normal life."

"I will do all I can my dear girl," I said. "But why don't you inform his father?"

Perhaps because of the seriousness of the story she was telling me, a much less drunk sounding Freckles looked at me in anger.

"Of course not!" she cried. "Why would I inform someone who did not want his own baby? I gave birth to him, and I will bring him up. The idiot will not even know."

She looked tired. But in her eyes was that almost fierce light that shines when mothers talk about their children.

"Sir, you will do this for me, won't you? I know you used to like me a lot. But I shouldn't bother you..."

She rose and propped her hands against the table. Then, she bent and as if whispering in my ear she said:

"Sir, you will see. I will not eat; I will not drink. I will bring up my son and make something of him. One day, while walking in the road with my son, we will run into his father. I will ask my son to walk away. Then, I will confront his father and say, 'Look bastard! That son you thought was not born has grown into a healthy, good-looking young man. But he will not know you and he will never call you 'father.'"

She turned her back and, as if her earlier drunkenness had returned, she staggered off holding onto tables and beams. Eventually, she got back to her table and sat down.

THE CANAL

(First published in The Los Angeles Review, in 2022)

Çumra Canal's waters as they flow out of the Beyşehir Lake are normal until they reach Konya's plains, where they turn blood red. Some say it's because of the color of the soil, but I believe it's the color of Dedemköylü Mehmet's and his brother's blood. The horizon in Konya's plains is not blue, but yellow. Pale yellow. Some say it's the dust raised by the wind, but I say it's the pallor of Zağar Mehmet, who is serving time in the Konya prison.

In these moors, crops are scratched from the soil by fingernails. The hardened soil, where even a plough doesn't work, refuses to allow anything to grow except ground-creeping thistles. The soil only wants to open its chest, burning with thirst, to the naked skies above.

Man-made canals only increase the fields' thirst. The blurry and lazy waters slowly flowing in these canals, grimacing as if angry for being there, fail not only to saturate the soil through its cracks opening a full hand-span in width and crying out "water," but also to provide the slightest relief with their cool mist. The waters sputter along, heavy and dreary, thick like olive oil. The villages in these plains, where only the scrubbiest of trees grow, look like piles of dust, and their residents, with burnt faces, and wrinkled eyes, use their shredded hands to pluck small clumps from the stubborn soil.

The Dedemköy village is close to a canal, but by the time Beyşehir Lake's waters arrive there, they are nothing but a trickle that can't moisten the tiniest of gardens, much less acres of cracked land. Eyes that smile and shine during the rainy years crinkle and stare desperately at the canal's yellow waters during the dry years. Knowing full well that it won't help, the villagers tie their hopes to that water. Sadly, the wet years are few and far between.

Dedemköylü Mehmet and Zağar Mehmet were neighbors. They were the same age. When they were little, they crawled the village's threshing floor, rolled in the street's manure-tinged dust, threw stones at frogs in the canal, and—using sticks taller than themselves—corralled emaciated cows to the herdsman passing through the village.

As they got older, they sold oil and yogurt at bazaars with their mothers, transported lumber on donkeys from mountains seven hours away, and sold their lumber in nearby towns. When buyers mistakenly paid them a little extra, they used it to purchase cloth to make identical shirts for them. As young men, they attended wedding celebrations together, hired female dancers for entertainment, and enjoyed flings with young girls. As is common in the Middle Anatolia region, theirs was a deep friendship, evidenced by how they clasped hands while walking together.

When they began plucking their bread from the soil with their teeth, they became more solemn. Zağar Mehmet got married. After his father's death, Dedemköylü Mehmet took care of his mother, his sister, and his 18-year-old brother. Once responsible for their households, they met less frequently.

Occasionally, the two old friends crouched down next to one another near the mosque's wall and watched the cattle return to the village. They'd remain silent for about half an hour before glancing at each other as they left for their respective homes, a grin on their faces. To increase the number of working hands in their home, Dedemköylü Mehmet and his brother Mustafa soon got married. Their brides, who were not yet 20, settled in two corners of their modest adobe cottage.

As has been the case for centuries, life continued as a silent struggle to pluck a bite from the soil.

Friendship, rakishness, bravado—these feelings soon fade when the only concern must be to earn a living. Such feelings don't even remain as memories.

One day, Zağar Mehmet was watering his garden when he noticed the water in the canal was particularly low, slowly disappearing to be replaced with a layer of mud. He studied the canal, then looked to Dedemköylü Mehmet's neighboring garden. They were blocking the canal's water there, letting it flow only into their garden.

Zağar Mehmet immediately sent his 6-year old son to his friend's. Barefoot and stepping through the dung, the boy ran to Dedemköylü Mehmet's garden and yelled, "My father says you should release the water."

Dedemköylü Mehmet did not respond. The boy waited a little, then ran back through the manure-laden dirt.

At that point, standing 150 feet away from one another, the two Mehmets exchanged glances. Their exchange said a great deal. Most importantly, it signaled that the two Mehmets were now in a fight with no prospect of reconciliation. There was no grudge, not yet, as nothing had happened between them. There was only the shadow of a looming fight over water and soil—a shadow that darkened their insides.

There might also have been a little sorrow in that exchange, stemming from the knowledge that survival—pulling a handful of crop from this cracked soil—now required fighting to the death.

Zağar Mehmet could not take on both brothers at once. He realized peace would be preferable. However, he knew this was not possible as Dedemköylü Mehmet had not even responded to his request. The canal's water was simply not enough to satisfy both houses.

For a while, Zağar Mehmet waited. He went to his garden and looked for a long time at the ditch that had cracked after the mud at its bottom had dried. He then looked at Dedemköylü Mehmet as he wandered in his own garden. Zağar Mehmet then looked at the sky, searching for a cloud. He waited.

His skinny crops had slowly grown the span of a hand. Then, the sun dropped everything it was doing and began to concentrate on this tiny part of the moors—his garden—as if trying to destroy his crops. Under the hot sun, the thin leaves trembled, like a dog's tongue gasping from heat. They could not grow. They were miserable, wretched crops. As Dedemköylü Mehmet's crops grew knee high, Zağar Mehmet's crops were stunted at a hand-span. The sun continued to pour focus, as if through a magnifying glass, only on Zağar Mehmet's garden. Soon the leaves turned yellow.

The water management office in Çumra included managers, accountants, and other civil servants despite the fact that the canal did not carry a single drop of water beyond Dedemköylü Mehmet's garden. Zağar Mehmet watched his wife, son, and 60-something-year-old mother—who worked from sunup to sundown in the garden, her back seriously buckled and a hoe clutched in her hands—all wither along with his crops.

He watched, reflected, and waited.

Early one morning, Zağar Mehmet walked into his garden with his shotgun. He lay down in the dry water ditch. When Dedemköylü Mehmet and his brother appeared, Zağar Mehmet fired in their direction five times. In these barren lands, nothing is easier than killing and being killed. When his wife came running, Zağar Mehmet asked her to open the canal, water their garden, and never let anyone block the water again because the neighboring garden had no men left.

She ran to open the canal. He implored her to take good care of their son, bring him along every now and then to visit him in prison and, in his absence, refrain from insulting his elderly mother. He then sat at the edge of his garden and watched his wife open the canal as he waited for the village mukhtar (administrator) and gendarmerie to arrive and arrest him.

The waters of Dedemköy Canal are bright red, like the blood

of Dedemköylü Mehmet and his brother. The horizon of Konya's plains is bright yellow, like the pallor of Zağar Mehmet. And a shepherd from Dedemköy serving two years in prison because he demanded his yearly payment from his agha and was consequently framed as a cattle rustler sings a song to the other prisoners encircling him far from Zağar Mehmet's cell, his eyes closed and his head bent backwards:

"Death comes knocking on our door
Our dark news travels to our village
Two young brides bleat like lambs
Spin, Hodja, spin, let our blood flow
Let our friends cry as our foes look on..."

Zağar Mehmet can't bear to hear this song, and when he appears in distance, the shepherd immediately stops singing.

HASAN DROWNED

(Published first in The Bosphorus Review of Books, in 2021)

I was going to Kazdağı (Mount Ida) to visit a Yörük (1) tribe on the sea side of the mountain facing the Sea of Islands, and intended to stay there four or five days. Previously, I had befriended a tall, white-bearded Yörük at a bazaar in Edremit, where he came regularly to sell firewood and honey. On a few occasions, I had helped him resolve minor matters involving the government. He invited me saying:

"If you can handle sleeping in a tent, you are welcome to visit. You will eat lots of fresh honey and drink lots of bitter black water!"

I suggested that the next time he was in town we could go together, but one hot and totally windless morning I decided to go alone and took off. I knew the approximate location of the tribe at Yüksekoba, and hoped to get directions on the way from villagers. I intended arriving there by noon.

I was walking slowly on an old, sunken road that passed through groves of olive trees that must have been hundreds —if not thousands—of years old. The sides of the road were blanketed with blackberries and chaste berries. As the sun headed higher behind me, it was stretching my shadow further and further on the curved cart tracks left on the road. A cool but mild spring breeze blew into my face off the sea, reminding me I was getting further away from the town. The smell of frosted soil and fresh grass was everywhere. Several skylarks and sparrows sang and hopped from tree to tree, and wavy vapors rose slowly from the areas receiving direct sunlight.

After a while I stopped at Zeytinli, a village on the outskirts of Kazdağı, and had some tea at a coffeehouse, which was shaded by weeping willows and had a pool. While there, I asked about the road to Yüksekoba. The owner of the coffeehouse said:

"I have never been there, but as far as I know, you will pass Beyobası, then walk along the Kızılkeçili Stream. After you arrive at the springs, you will start climbing the mountain from the left slope. When you finally reach an upland pasture, you will walk just a bullet-throw distance more."

I knew nothing about Beyobası or the springs, and I must have looked confused, because he smiled and added:

"It is not a place a stranger can go alone, you will get lost in the forests or on the mountains!"

I said, "No, no, I will surely find it by asking around."

He insisted, "Who are you going to ask? After you pass Beyobası, you will not see anyone."

I did not respond. He collected the teacup and went inside. As I began asking myself whether I should I go back to Edremit and wait for Koca İsmail Baba to return, the coffeehouse owner came out again and said:

"You are lucky Mister. There is someone going to Yüksekoba; why don't you go together?"

I immediately got up. Standing in front of the coffeehouse was a Yörük woman, her face burned from the sun, her thin braids falling on her back. She was wearing a canary-yellow üçetek (2). The owner of the coffeehouse asked:

"Hacer, the Mister wants to visit Koca İsmail Baba in your tribe. Will you take him?"

She casually looked at me and said, "Let's go!"

As she turned her face, I was surprised to see how young she was – not older than 18 or 20. As we walked, she was always a few steps ahead of me, and I struggled to keep up with her. The owner of the coffeehouse watching from behind saw my efforts to keep up and smiled.

As soon as we got out of the village and arrived at an olive grove, Hacer tucked the skirts of her yellow dress into the waistband of her shalwar, then removed her low-heeled leather shoes and put them in her saddlebag. She then began walking barefoot, her feet leaving imprints on the soil. With each step, the fez on her head which looked like a small honey box, decorated with gold and covered with a thin scarf embroidered around the edges, shook slightly. Because of the weight of her saddlebag, her tall body was bent slightly forward as she walked.

We walked for an hour without talking. We passed by Beyobası, which consisted of five-ten houses spread among fruit trees, and a little later we came upon an abandoned and derelict water mill under the shade of a huge chinar. The olive trees ended there and the pine forests took over. We ascended into a dim, shadowy strait which did not get much sunlight. A huge, steep mountain reared up before us, and we began to hear the roar of a fervently flowing stream from the direction of the mountain's flanks.

A little later, Hacer turned her head and warned me:

"We are going to walk by the stream. It carries a lot of water, so be careful where you step!"

We descended from a steep narrow trail between large rocks and arrived at Kızılkeçili Stream, where two shoulders of the mountain merged. The noise of water bubbling and gushing from rock to rock filled our ears. We were walking at the edge of the water, often skipping on the rocks. At times, we descended to the edge of the stream; at other times, we climbed high on the shoulder of the mountain from where we could look down and see white foam generated by many waterfalls below. The path was narrowing further and pine trees grew sideways from the cracks of steep rocks on both sides, reaching out into emptiness. I was having difficulty keeping up with Hacer, who was skipping barefoot on rocks polished smooth by the constant washing of the waters. All along the stream, boulders—some as large as houses—had rolled down from the peaks and the water had gouged out hollows in the rocks to create many large, deep pools of water.

These pools (büvet, in Turkish), whose mirror-like surfaces reflected the nearby pines and chinars, were full of foamy water falling from large rocks often a few men high. When we reached these pools, Hacer, without turning, announced:

"This is called Deli Büvet!"

Or,

"This is called Kunduzlu Büvet!"

Eventually, we arrived at a wider part of the strait and I heard a thundering noise. Hacer shouted:

"We are at Sütüven Falls!"

I looked around in awe. The stream flowed exuberantly as if gushing out of a pipe two-and-a-half meters in diameter, and when it reached a white rock, it became airborne. For a second, it almost stopped and hesitated. Then, in the form of pure foam, it poured into a deep hole below with greater speed and vigor than when it had arrived. Once there, the waters percolated for a while, eventually proceeding to the right. Then, sloshing and skipping over some rocks, the stream continued on its way.

If one walked near the edge of the falls and looked down, one's face would be completely covered by a cool mist. The constant roar of the water created a howling echo on the mountains on both sides. While there, the first few lines of a poem about this waterfall was on my lips:

From a rock it jumps
17 meters, as fume,
Water, carrying
Mountain's perfume.

Where it drops
Like fine hair,
It floats three strokes
Blue water, white foamy water!

Hacer was squatting in a corner, her eyes darting from me to

Sütüven and then back again. Then she got up and swung her saddlebag over her shoulder. We began climbing again along the stream between the two shoulders of the mountain, which were getting closer and closer. As we approached the stream's source, it was no longer flowing, but instead leapt from rock to rock as a series of waterfalls. We reached a point where the rocks on both sides of the stream were only two feet apart. Water already running at high speed accelerated as it entered this narrow five to six meter-long channel, its color turning almost black. At the end of the channel, the water, suddenly liberated, cascaded down to a stream bed covered with sand and pebbles, where it formed white bubbles and percolated as if laughing loudly.

Soon afterwards, walking became so difficult we had to hold on to nearby rocks, shrubs, or pine saplings. Then we saw the stream cascade over some rocks into a huge pool of water about 15 feet long and about three men deep. A chinar, the trunk of which could barely be encircled by four men holding hands, was leaning over the pool, its thin and thick branches stretching out to touch the water's surface. The sun was now at the same level as the bottom of the strait. The milk-white pebbles and sand at the bottom of the pool sparkled in the sunlight, which filtered through large leaves. Some of the water flowing down from the rock above was running counter to the current and spilling onto the edges of the pool, but when it reached the bottom, it too found its way and continued to flow after leaping over a large rock.

Hacer continued to walk without stopping. As I tried to keep up with her, I could not help to repeatedly turn back and look at this incredibly beautiful view. To make sure Hacer could hear me, I shouted louder than the noise of the water and asked:

"Doesn't this pool have a name?"

She responded:

"Hasan Boğuldu (Hasan Drowned, in English)!"

I asked:

"What did you say?"

"Hasan Boğuldu!"

"Who is Hasan?"

"From Zeytinli… Gardener Hasan!"

"When did he drown?"

"A long time ago… It has been forty, fifty years…"

"How did he drown?"

Hacer stopped, turned back, and looked down at the pool whose surface was shining like the belly of a fish in the sunlight. Then she said:

"After we reach the highland, we will sit and rest a little. I will tell you then."

We continued to climb. When I looked back at the way we had come, I could see the plain in the distance; it looked very small. There were also villages dotted with red-bricked houses and white minarets among the olive and poplar trees. They looked like small toys.

A little later, Hacer announced:

"We are at the springs; we will now turn to the mountain."

I looked ahead. On both sides of the stream, only a few hand-spans away, and located only one to two feet apart, were about 20 springs. Some shot up between large rocks, others from sandy soil, and they were flowing into and mixing with the stream with a noise similar to that made by a thousand birds. I ran, lay on the ground face down, and drank very cold water from one of the springs. Hacer too was filling her palms with spring water and throwing it into her face and hair.

Next, we began climbing the mountain, and soon I could feel my entire body sweating. The stream was now behind us on the left. At times, to avoid accidentally slipping and rolling down from the narrow, pinecone-covered trail, I had to kneel and grab the nearest juniper branch, or try to hold on to a thyme only to see it come out of the ground with its roots. Finally, the slope eased and we were able to see ahead. In the distance, from among the sparse pine trees, I could see the sea. We walked a little more before sitting down at a shady spot to rest.

Hacer, searching through her saddlebag, said:

"It looks like you don't have any food with you. Come closer and we will share my bread."

Indeed, thinking I would reach Yüksekoba in three or four hours, I had not brought any food with me. Just then, I noticed how hungry I was. Meanwhile, Hacer spread a red cloth on the ground and placed some goat's milk cheese, fresh onions, and bread on it. As I ate, I looked around. We were at an elevation of 1,500 meters. We could see the boats lined up at the pier in Akcay and the buildings sparsely located among the trees. They were as small as needle heads.

Ahead, the Madra Mountains behind Buhraniye looked like shapeless masses. The sea, dazzling under the sun, stretched all the way to the distant Midilli Island, which was covered by a mixture of light and dark shades, and continued until it merged, under a mixture of fog, with the sky, before disappearing on the horizon. The flanks of Kazdağı, stretching all the way to the bay, rose up to countless mountains and peaks, each of a different color, size, and shape. Behind us, Sarıkız, the highest peak, reached treeless into the white clouds above.

Hacer wrapped the leftover bread and cheese in a handkerchief and put it back in her saddlebag. I leant against a pine tree, as if trying to tell her I did not intend to get up right away, I said:

"You were going to tell me how Hasan drowned."

She replied:

"No one saw how he drowned. They just say he drowned there."

"Okay, but why did he drown?"

"After we get to the camp anyone you ask will tell you. Let's continue on our way!"

"No way. It is not a good idea to walk right after a meal. Besides, at the camp, I will have many things to talk about with İsmail Baba. Why don't you just tell me what you know?"

Holding on to her saddlebag, Hacer hesitated for a moment. She searched my face as if she was trying to discover how interested I was in the story, and how much of it I would understand. Her young face had a serious expression, and for a short while her large black eyes gazed at me.

Then, she said, "Hasan was a gardener from Zeytinli." As she talked, she was either looking down in front, or to the plain in the distance, and she was continuously stirring the soil in front of her with her thumb. She continued:

* * *

"Hasan had a small garden where he grew melons in summer and worked for others harvesting olives during winter. He lived with his elderly mother. He was still very young, and his beard was just showing up. Until then, he had never looked at any woman other than his mother. Unlike his peers, at weddings and other celebrations, he did not indulge in alcohol or play stupid games.

"After he sold his melons at the bazaar, he always gave the money he earned to his mother. A few people from our tribe knew him, and they said a girl named Emine from the Yüksekoba tribe saw Hasan at the Edremit bazaar. My mother was just a child then, but she knew Emine. Her family kept eight honeybee hives. Emine and her mother looked after the bees, and her father harvested trees from the forest and sold them as lumber. Emine was exceptionally strong. She could hold cows by the horn and hurl them anywhere she wanted. She could descend this road we are on in two hours, and climb it in three! She enjoyed playing games with children and often got the tribe's girls to run in the forest until they were exhausted.

"Up in the highlands, there are no melons. So, one day this Emine bought a few melons from Hasan at the Edremit bazaar. As Hasan was helping her load the melons in her saddlebag, he asked:

"'Yörük Girl, your load is heavy and the road to Kazdağı difficult. How are you going to climb up there?'

"Emine, laughing, responded:

"'What did you think Yellow Boy? We live on the mountains. We climb trails with 50-kilogram loads on our backs. You can't climb these trails even without a load!'

"Hasan was embarrassed. He looked down, and Emine went

her way. The next Sunday at the bazaar Emine came to Hasan again and said:

"'Your melons were good Yellow Boy! I brought you some honey.'

"Then, from her shoulder, she lowered her saddlebag in which she carried the honey and gave a large honeycomb to Hasan. Hasan's face turned red:

"'Why did you bother Yörük Girl?' he asked, but Emine left smiling, without a response.

"That afternoon, Hasan was returning to his village with his donkey ahead of him. When he reached the Kadıköy Cemetery, he saw Emine ahead, with her saddlebag on her shoulder. At first, Hasan became tongue-tied, but a little later, he found the courage to walk faster and catch up with Emine. He asked:

"'Good afternoon Yörük Girl. Where are you from?'

"'Good afternoon to you too Yellow Boy! I am from Yüksekoba. Where are you from?'

"'I am from Zeytinli. Our road up to Zeytinli is the same. Why don't you load your saddlebag on my donkey and walk comfortably until we get there?'

"'No, no! If your donkey carries my saddlebag on the plain, how am I going to climb that steep mountain with this load?'

"They walked next to one another until Zeytinli; they talked very little; they glanced at each other a lot; and they both fell in love. After that, they always returned from the bazaar together. Once in a while, Emine came to Hasan's garden just outside Zeytinli and brought him milk, cheese, and honey; and Hasan gave Emine mulberries and cherries harvested from his own trees. They were often seen next to one another, crouching and talking, under the quince tree at the center of Hasan's garden. However, Hasan's mother was not comfortable with this situation. One day, she talked with her son and said:

"'My son, ever since your father died, you became the man of our house. I am old; I am here today, but I may not be here tomorrow. You need a woman for your home. I want to find you a suitable girl from our village, but if you are in love with that

Yörük Girl, I am willing to go to her tribe and ask for her hand. Autumn is nearing; after the olive harvest we can have your wedding.'

"Hasan was also thinking about the same thing, but he could never open up to Emine about it. After a while, he realized there was no point in delaying it further. The next time Emine visited him in his garden, he sat her down next to him and said:

"'Emine, the spring has passed, the summer has passed, and the storks have migrated to their winter homes. Before winter arrives and all the roads are covered with snow, either you come to me, or I will come to you.'

"Emine's face turned yellow. She responded:

"'The trouble of winter has been on my mind too; the day for our separation is fast approaching. I cannot make it in your village; neither can you live with my tribe. This summer we committed a big sin, but now we must forget each other.'

"When Hasan heard these words he almost lost his mind; he grabbed Emine's hand and said:

"'Yörük Girl, my one and only Emine! How can anyone who hears your sweet words and sees your smiling face forget you? Don't say this! Stay here. You can take care of my garden and I can work in olive groves; we can live comfortably without needing any help from anyone.'

"Emine smiled bitterly and said:

"'Wherever we go, our livelihood goes with us. So, I am not concerned about that. But, I am from the mountains and cannot live on these flat plains. I cannot mix with the girls from your village whose hands are decorated with henna, and this would be trouble for you. These girls would be fretting. 'The girl from the mountains came and stole Hasan from us', they'd say, and this would be trouble for me. We Yörük girls should not come from mountains to villages, nor should we move from tents to houses. I should not have looked at you. After I saw you, I should not have listened to you. But, alas, your sweet words and smile are the cause of all that has happened. My Yellow Hasan, pretend we saw each other in a dream, and we woke up. Let me go to my mountain!'

"She got up and flew away like a bird. Hasan was left looking behind her..."

* * *

Hacer wiped some of the soil she had been playing with on her dress; then she first looked at me, and then to the emptiness ahead. My eyes were fixed on her face. I was still under the influence of her gaze. It was as if this young girl—who could understand the deep, intricate and very complicated nuances of the human spirit and who could talk about such complex topics with surprising ease—had suddenly grown up. Her head turned, and she looked down to the sparkling plain with its greening trees, fresh crops, dark leafed olive trees and streams, which intermittently appeared and disappeared.

Her eyes were deep in reflection under her black, disorderly eyebrows; her tightly closed thin lips, her dusty and still sweaty cheeks were all shining in the sunlight that seeped through the pine branches; her face, which still retained a few childish lines, bore a strangely mature expression.

The noise from the stream below waxed and waned with the murmur of the pine trees in the wind. A suffusion of thyme and pine filled the air with a lovely fragrance. Hacer took a pinecone from the ground and began peeling off its teeth one by one. Then, she turned to me and with a soft voice mixed with the crackling sounds made by the pinecone's teeth as they were broken, she continued with the story:

* * *

"After that day, Hasan's face didn't smile and it was always pale. He could not be happy anywhere, and he did not talk much with anyone. He went to the bazaars to sell the fruits of his pomegranate and quince trees, but he came back without knowing how much he had sold, or how much money he had earned. Eventually, he could not bear it anymore. One afternoon, on the day of the Edremit bazaar, he walked up to the road which went to Yüksekoba and sat on the side to wait for Emine. He knew Emine would go to the bazaar that day. Later, as expected,

Emine appeared. Her face was also pale and she too looked unhappy. When she saw Hasan, her heart began racing, and she tried to walk away without acknowledging his presence. But, Hasan stopped her and said:

"'Emine, even the bravest of men can't go against his heart. I am begging you, if your crazy heart can't be happy in our village on the plain, take me to your tribe on the mountains! Your mother will be my mother and your father my father; I will milk your cows and shepherd your animals; I will help your father cut trees in the forest and carry lumber on my back; if only you will not leave me here, alone.'

"Emine stopped, went down on her knees next to Hasan, and wiped her tears on her sleeve. She said:

"'Hasan, you pierced my heart, but what you want is impossible! One who is raised on the plain cannot make it on the mountain. The mountain's water is cool but its road is steep, its winter arduous. Chopping wood in the snow is not like planting melons in the garden. The fellow I take to my tribe as my man should be beyond any reproach by the stalwart members of my tribe. I saw you, now I have no eyes for any other man. But I don't want to belittle you in front of my mother, father, or peers. Set me free, let me go!'

"Hasan would not relent, and pleaded: 'I will do any work; the stalwart members of your tribe will be my brothers; if I ever showed the slightest remorse, you could send me back to my village!'

"Emine was not convinced, but her heart softened and she said, 'Meet me here next week and hear my decision.'

"A week later, Hasan embraced her mother and bade her farewell. Then he went to the same place to wait for Emine. A little later Emine arrived. She had a large sack on her back which she was carrying comfortably as if it was full of cotton. She said:

"'Hasan, I consulted with my parents and they consulted with their elders. To date no girl from Yüksekoba has gone to the plain as a bride, and no man from the plain has come to Yüksekoba as a groom. They called me crazy and asked why I couldn't find someone in our tribe to give my heart to. I told them every girl's heart selects her own hero. They said, "Okay, but put this young man to the test and find out if he is a good match for Yörük Emine from Kazdağı." We talked and agreed on the following: I bought 40 kilos of salt from Zeytinli. If you can carry it to Yüksekoba, without a break, we will have our wedding next week. After all, nobody in our tribe would question your suitability if you are able to pass this test. If you fail, we will go our separate ways!'

"Without a word, Hasan took the sack from Emine and began carrying it on his back. Emine led the way, and behind her, like a bird, Hasan was flying with the greatest of ease. They passed Beyobası. Once they began ascending the mountain, Emine noticed a lot of sweat coming down from Hasan's face and hands. Her heart contracted.

"'Don't do this to yourself!' she said. 'Give me the sack and return to your garden!'

"Panting for breath, Hasan responded:

"'I promised myself that if I have to go back, I will not go alive.'

"He continued to walk. Emine's heart contracted more, but there was nothing she could do. After they passed the old mill and arrived near Sütüven, Hasan stopped.

"'Emine,' he said, 'you are torturing me! The salt is burning my back… Stop and let me catch my breath!'

"Emine responded, 'There is no resting in our agreement!' and continued to walk. Hasan skipped from rock to rock and followed her. They walked a little more, but Hasan stopped again and begged:

"'Emine, you went along with your cruel parents; your test is too harsh. This is enough, let's go back to my village.'

"Emine's heart broke into pieces but she was determined not to reveal her feelings. She said, 'I told you, these mountains are not for you! Give me the sack and let me go.' Hasan made an effort and walked a little more. Earlier when we passed by, and I said Hasan Boğuldu, it used to be called Gök Büvet. When Hasan got there, his knees buckled and he fell down. Sighing, he said:

"'Emine, you are wasting me unnecessarily. I cannot climb these mountains, let's return to my village!'

"Emine, without a word, picked up the sack Hasan had dropped and alone she started to walk without turning back. As she disappeared in the undergrowth, Hasan cried like a bird that had lost its mother:

"'Emine, I can't climb to your mountain and I can't return to my village; don't leave me here!'

"Emine stopped and hesitated for a minute, then without turning her head, she continued to walk. She could hear Hasan cry until she arrived at the springs. There, despite the noise of the springs, she heard him plead:

"'Emine, I couldn't follow you, why don't you follow me?'

"Without stopping and without once turning back, Emine arrived at Yüksekoba with the 40 kilos of salt on her back. When her parents saw her, they understood. She threw the sack on the ground, fell down and passed out. However, before it got dark, she got up and asked:

"'Did you hear? Hasan is calling me!'

"Her parents:

"'Where did you leave him?'

"'Near Gök Büvet.'

"'Have you lost your mind? How can you hear him from a place two hours away?'

"Emine did not see or hear anyone; she just repeated:

"'Mom, listen how he is calling! What a pity... I should go take a look!'

"In the evening, they had difficulty controlling Emine. She wandered in a nearby forest all evening. Early the next morning she went to Gök Büvet, where she had left Hasan. No one was there. As she walked by the pool, she saw Hasan's head cover, stuck on the branch of a huge chinar sticking out of the water. She rescued the cover and placed it on her bosom. Then, screaming, she began pacing up and down by the pool:

"'Hasan, call me so I can come to you!'

"Each time, she heard the mountains and the rocks respond:

"'Emine, I couldn't follow you, but you will follow me!'

"For three days, she searched for Hasan in the mountains, in the forests, and near the streams. She went to Zeytinli and asked his mother where he was. The old woman was crying and mourning her son.

"The villagers were convinced Hasan had drowned in Gök Büvet. They speculated that the stream's waters had risen due to the autumn rains and Hasan's body had probably been carried away by strong currents to some remote cave, or all the way to the sea.

"When Emine heard this she screamed, 'Lies, lies! Hasan did not die. He is calling me all the time, but he is not saying where he is. I will keep searching until I find him.'

"Her parents tried to control her. They even locked her up many times. But each time she found a way to escape, go near Gök Büvet and call out for Hasan. There, she sat on the nearby rocks and composed and sang ballads for him.

"One day she said to her mother, 'Hasan called out for me again; he will wait for me at Gök Büvet. This time we made a firm agreement. Finally, we are going to be together.'

"Her mother cried, 'What has happened to you!' But, Emine found a way and disappeared. That afternoon, people passing by Gök Büvet found Emine hanging from the branch of a large chinar nearby, Hasan's head cover tied around her neck."

* * *

Hacer fixed her black eyes on me and continued:

"Since then, Gök Büvet has been called Hasan Boğuldu, and the large chinar next to it is called Emine's Chinar. Let's continue on our way without more delay!"

Night was falling and the noise of the stream coming from below could now be heard more clearly. We got up and began to walk. The sun was hiding behind Sarıkız, leaving us at the mercy of cool winds. Night had fallen on this shoulder of Kazdağı, covered with pine trees up to her skirts and with olive trees up to the shore. It was as if the sun, by hiding behind the 1700-meter-high peak earlier than usual, was deliberately trying to lengthen this most beautiful part of the day. A wind blowing from Middilli was constantly changing direction as it passed through the bay's coves and capes, creating small waves on the surface of the sea in many directions. The sun's last rays were painting the clouds above the Madra Mountains crimson, then reflecting on the sea, creating various colors as they fell on wrinkles of water moving in different directions. The peaks towering over the flanks of the mountain, some reaching all the way up to us, looked like dark clouds piled on top of each other. Further away, because Kazdağı could not shield them, the low peaks of Cunda Island across from Ayvalık were still burning with the sun's crimson lights, stretching all the way toward the arms of Midilli further behind.

Hacer was walking ahead of me. The wind was howling through the branches of the trees, and blowing about Hacer's skirts and braided hair. After walking with her for many hours, I noticed how beautiful and harmonious Hacer's movements were as she walked. She moved her knees slightly up as if walking in a mature wheat field, and as she took steps, her head swayed slightly back and forth. As she stepped on colorful flowers with her bare feet, she gave the impression that her body had no weight at all.

I went near Hacer and asked, "Do you know any of the ballads Emine sang at Gök Büvet? Before we reach Yüksekoba, will you sing one for me?"

She stopped, her eyes widened and she gazed into the distance, as if lost in the beauty of our surroundings and the story she was telling me. Thick lines of sweat had formed on her temples and had dried off after mixing with dust. She was breathing deeply. At that moment, it was impossible to separate her from the nature enfolding her. In the falling night's dim light, she looked like a creature that had sprung up and now grew among the flowers. She moved her lips slowly:

"I will sing one of Emine's ballads for you. They say she sang it shortly before joining her Hasan!"

She reflected for a moment and, with her eyes closed, she added, "Who knows…"

Then, she turned her back on the pine tree behind her, lowered her saddlebag from her right shoulder, fixed her eyes on the ground in front, and began to sing the following ballad softly, but with a most moving voice that would give goosebumps to anyone listening:

"Heard your voice from a distance,
Found your head cover in a stream,
Knew where you had gone,
I followed you Hasan!

My blond forelocked, slender,
Pale faced, quince haired,
Soft spoken, gentle tempered,
Hasan, I followed you!

Expelled from the plain and the highland,
Drowned in clear waters,
Crumbled as foam and mist,
I followed you Hasan!

The one I dragged to the mountains,
Lost too soon,
Buried without a white shroud,
I followed you Hasan!

The one making Emine mourn,
Becoming Kerem as I, like Aslı, burn, (3)
The one the mountains are crying for,
I followed you Hasan!"

Footnotes:
(1)   Anatolian tribes used to be nomadic in the past, but now live on the highlands.
(2)   A traditional dress with a three-paneled skirt worn over a shalwar.
(3)   Kerem and Aslı are the 'Romeo and Juliet' of Turkish literature.

DR. LIFESAVER

A siye went into labor in the middle of the afternoon. She stopped threshing immediately, and went home. İbrahim returned home from harvesting after nightfall. As he was moving his two oxen to shelter near his house for the evening, he saw many children congregating in front of the house. Without even closing the gate to the shelter, he ran to the house, but the women did not let him in. His single-room home with a low ceiling was full of women from the village. Aunt Makbule blocked him at the door with her chest and said, "Go away! This is not a man's business."

İbrahim turned around, and just as he was beginning to wonder what to do, Aunt Makbule addressed the women in the room:

"Saving her will not be easy people, but we have sent word to the midwife in Köprüköy."

İbrahim turned to the old woman and looked questioningly into her eyes without saying anything. Then the woman blurted out:

"It was bad enough that you got a 15-year-old, tiny girl to elope with you. 'God's order' you say... My foot! But why the heck did you get her pregnant within a year? Go to Köprüköy immediately and fetch their midwife. I have sent my son already, but the midwife may not come at his request."

İbrahim was glad that at this difficult time there was something he too could do for Asiye. He left the village quickly, alternately walking and running. Before he reached Köprüköy's threshing floors, he saw the village's elderly midwife approaching. As she walked, she tapped the ground with her cane, raising some dust. Aunt Makbule's son was scurrying alongside her, trying to keep up. İbrahim, blushing profusely, looked down as if he had done something wrong, and waited for them. The midwife saw him. From a distance of 20-30 feet, her toothless mouth opened wide and she yelled some things to İbrahim he could not understand. As she approached İbrahim, she touched his belly with her cane and comforted him saying:

"Don't worry. With God's help I will deliver your baby right away. Everyone knows how light-handed I am. Your mother had difficulty giving birth to you too. But look how you have grown—big and healthy, like a bullock..."

She then turned to the boy next to her and instructed him to run along, and tell the assembly attending to Asiye to prepare hot salted water.

İbrahim walked a little ahead of the midwife without saying a word. His face was still red. He was not yet 19, and he did not have the swagger of the other young lads in his village who had completed their military service, and on their return, had got drunk and started fights. He was still baffled that a year earlier, he had been able to convince Asiye to elope with him.

In reality, it was Asiye who had made advances toward him. But he did not want to admit this, fearing others might look down on him and say, "He went along with a girl's whim!" İbrahim's father had died when he was little, and a year ago his mother had also died, leaving him feeling very lonely. He needed someone who would work alongside him to farm the few acres of land he owned, someone to share his bulgur with, and someone who would milk his cows in the mornings and make the yogurt. It was then that Asiye, the orphaned daughter of their late neighbor, Kara Halil, began to smile at him whenever their paths crossed. To formally ask for her hand in marriage would have been very costly. So, instead, he decided to elope with her, and that's what he did. For a year now, he had no complaints. However, it was very unfortunate that Asiye was giving birth right in the middle of the harvest season.

After the midwife from Köprüköy entered the room, Asiye's screams increased substantially. They were so loud, they could almost be heard from the distant threshing floors of the village. İbrahim collapsed on a rock just outside the door. He kept scratching the ground with the midwife's cane, and each time Asiye screamed, he jumped up, only to collapse on the rock again. Frustrated, he bent down, picked up a stone from the ground and threw it at the children who were swarming around him.

"Get lost, you sons of bitches!" he shouted.

He did not know the exact time, but it was certainly long past suppertime. Asiye's screams had faded, and now she was silent. Eventually, the midwife from Köprüköy came out, leaning on Aunt Makbule's shoulder because she did not have her cane with her. İbrahim jumped up and took a step towards them. Then, the midwife put her hand on his shoulder and said:

"I can't save her my lad! I simply can't! The baby is large and her hips are small. You had better put her on a cart and take her to town. There is no other way."

İbrahim, feeling grateful that there was at least something he could do, and without thinking about much else, moved the oxen from their shelter and harnessed them to the cart. The women carried Asiye—with her mattress and covers—to the cart and settled her down.

Before urging the oxen to move on, İbrahim, his face still red, looked at the ground and asked the midwife:

"Did the baby die?"

"No, God forbid! But, I don't know; it is now left to the almighty God. The labor pains have stopped. Now, only a doctor can help Asiye."

İbrahim set off. Three hours later, when the town appeared, the dawn was breaking. Asiye was not making sounds anymore; but her sunken eyes were whirling continuously. By the time they had crossed the bridge over the creek that ran through the center of the town and arrived at the hospital gate, it was already daylight. However, there was no one around and the hospital's gate was closed.

İbrahim pulled the cart to the side, and not having the courage to knock on the gate, he began to wait for it to open. Slowly other sick villagers arrived. Some on horses, some in carts, with their husbands, wives, mothers, sons, daughters, some unconscious, some moaning, they filled the street. Without making any sound, not even talking to one another, they just waited.

When the hospital's gate opened, everyone rushed in together. İbrahim joined the crowd and waited about an hour outside the head doctor's door. No one paid attention to the order of the patients. The 45-something year old, Tatar-faced surgeon who had been serving as the head doctor of the hospital for the past 15 years was half opening the examination room's door himself, reviewing the patients as if trying to identify which patient needed his help the most at that moment, and beckoning for the selected patient to go in. By the time it was İbrahim's turn, there was no one else left waiting. As he collapsed into his chair the very tired, Tatar-faced surgeon asked:

"What's wrong with you son?"

The surgeon was a specialist for every type of sickness in this hospital because there was no other private doctor on the staff. A government doctor was assigned to handle the internal medicine patients in exchange for a small fee, and two military specialist doctors were assigned to treat the eye and ear patients. However, other than the first day of the month, which was payday, these doctors came to the hospital very rarely, only when they felt like it. On these occasions they would briefly say hello to the head doctor, then leave. They did not even hold policlinics because they were afraid an important patient might need to be hospitalized, which would have required them to visit the hospital every day until the patient was discharged.

Every morning the sick people who gathered in front of

the hospital's gate—sometimes as many as a hundred—were examined by the head doctor. Based on experience gained through long years of practice, he tried desperately to find a cure for every illness, and treated everyone, from trachoma patients to women giving birth. Because he was single, he slept in the hospital and spent most of his evenings doing his rounds in the sick wards, reading medical journals, and studying German. He was obsessed with not turning to the other doctors around him, and took it upon himself to serve his patients whenever they needed him. However, the doctor's idealistic attitude caused many of his colleagues to develop serious misgivings about him. Some even went as far as filing complaints of fraud against him to the authorities.

Because he was single, to avoid potential gossip, the doctor did not hire any female nurses or caretakers below the age of 50 at the hospital. However, this attitude was misinterpreted and there was totally unfounded gossip about him being gay. Because he did not turn any patient away, he also developed a reputation among the other doctors of being a show-off, and a know-it-all fool, who stuck his nose into things he knew nothing about. He lived in a small room at the hospital, without cigarettes and alcohol, and spent very little money. Part of his salary went on foreign magazines and books, and another part was used to buy medicine for the hospital, which had very limited external funding. Because of this, he became known as very stingy, and some people even accused him of being a thief. Pretty much everyone was certain that he had 80 to 100 thousand liras saved in the bank.

The head doctor heard about these allegations and was aware that even those close to him who should have known better, were treating him like a fool. Despite all of this, he continued to work in the same manner with great determination. He didn't do this because he was an idealist, or because he felt deep love for people around him, but rather because he was disgusted, almost sickened, by those doctors who were different to him. Even while treating patients he was fond of, he had an expression on his face that revealed a bitter lack of faith in his fellow men. It was as if his expression said, "If you had the opportunity, you too would be corrupt just like the others. I know this well, but because I am not like you, in treating you, I am conducting my duties as best I can, and will even go over and beyond what is required of me."

"What's wrong with you, son?" the head doctor asked İbrahim. Then he fixed his slightly slanted eyes on him and waited. İbrahim responded:

"Nothing is wrong with me... But my woman... she could not give birth... and I brought her here. She is on a cart outside, near the hospital's gate. Doctor, we are at your mercy!"

The doctor jumped up as if someone had hit his shins with an iron rod. İbrahim, in a state of fear, noticed that the doctor's face had suddenly turned pale yellow. Anxiously, İbrahim added:

"Two midwives tried... one from our village, the other from Köprüköy. They couldn't deliver the baby. After that, I brought her to you. I beg you, don't send us away!"

By now, the doctor had composed himself. He responded with a poisonous smile on his pale yellow face:

"It's a pity, but I will send you away, son!"

"Oh no doctor... Asiye is outside. She will die in the cart before we reach the village."

"Perhaps, that's what will happen. But I must turn you away."

"For God's sake, don't do this!"

That poisonous smile which persisted on the doctor's face surprised İbrahim the most. He asked the doctor, "What am I going to do now?"

"You will take your wife straight to the private maternity clinic on İstiklal Avenue. If you have money, the baby will be delivered there. Otherwise, pull your cart to the vacant lot next to the clinic. Either your wife will give birth there screaming, or on the road back to your village. And if she cannot give birth by herself, she will die. Do you understand?"

İbrahim was wondering whether this was really the doctor known as "Baba" (means "father") among the villagers. He looked at the doctor in astonishment. The doctor, noticing his look, continued:

"Why are you surprised? I am telling you everything honestly. I have been forbidden from admitting any woman to this hospital with women's health issues. Do you understand? I am only a surgeon; cutting legs and arms. I know nothing else."

As he talked, that smile, or more like it, that nervousness, which was totally incompatible with his taut-skinned, pale-yellow face, was pulling the ends of his lips down. Over many long years, he had surgically removed hundreds of babies from women's wombs. But now, it was alleged he was sticking his nose into areas he was not trained for, and endangering the lives of women by admitting them to a hospital and providing health services to them in the absence of a qualified obstetrician. Doctor Mutena Cankurtaran (the last name means "lifesaver"), who owned a maternity clinic that had recently opened, had reported all these allegations to the governor to protect the health of the citizens. However, when the governor did not listen to him, he had complained to the Ministry of Health and written to his father-in-law, who held a prominent position in the government in Ankara. His father-in-law, for whom the current Minister of Health had worked as a health director some years previously—while the father-in-law served as governor in the province—saw fit to issue a warning letter to the head doctor in order to protect the citizens from the dangers he posed.

As these thoughts paraded through the head doctor's mind, he became upset with himself for almost losing his temper:

"You see son, we don't have a doctor to operate on your wife. So, take your wife to the maternity clinic, and appeal to Dr. Cankurtaran, so that perhaps he will operate on her for a little money."

Then, he turned his back and began to look at the sky from the window. İbrahim was not ready to give up. He insisted, "You are here, Doctor. I don't need anyone else. For God's sake!"

The head doctor, hardly containing himself, turned around and said angrily, "Son, I told you; it's impossible." He then noisily shut the door, left, and hid in his office behind closed doors.

İbrahim slowly sneaked out from the half-closed door into the hallway. He looked first to the left and then to the right, as if he was looking for someone to give him advice. He did not see anyone—just the flies that were continually whizzing and banging their heads against the side windows overlooking the garden.

Doctor Mutena Cankurtaran was a very polite-looking 35-year-old man with blond, curly hair and gold-rimmed glasses. He had a deep, sweet voice. He examined Asiye in the street as she lay in the cart. Then he made his way to the clinic, and said to İbrahim, "Leave the patient here and come with me." Inside his room, he sank into a chair behind his table, his blue eyes gazing at the door. After making some quick calculations, he said, "Brother, for 400 liras, I will deliver your baby. It will be a difficult operation with a lot of responsibility. Not every doctor is capable of doing this operation. Think carefully, make a decision, and tell me your answer."

İbrahim was surprised. He left the room, ran to Asiye, and yelled, "Dah!" to the oxen. Just then, maybe because of her labor pains, or perhaps because she realized that going back meant she would die, Asiye began to scream at the top of her voice. Those passing by began to gather around them. İbrahim turned the cart around and proceeded to the empty lot next to the clinic. Without saying anything, he released the left ox, and holding its reins, guided it to the marketplace. He sold the ox in the new inn for 130 liras and ran back to the clinic out of breath. He went to the doctor without first checking on Asiye, and put the money on his desk:

"For God's sake, please do something. Asiye is in no condition to wait any longer. Before anything happens to the baby, do what you can do!"

After counting the money carefully, Cankurtaran, pushed it away and said:

"Are you kidding me? Who performs a cesarean operation for 130 liras? Take your money and go to a midwife!"

"The midwives are useless doctor! I sold one of my oxen and this is what they gave for it."

At this point, İbrahim could hear Asiye's screams from the lot next to the clinic. As İbrahim gazed fearfully at Cankurtaran, the doctor's lips started quivering:

"Sell the other ox and the cart and maybe you will be able to raise the 400 liras," he said.

"I will give you anything you want. Take everything doctor. But, please do something, don't leave Asiye screaming…"

"Wait a minute. What if the ox and the cart will not raise 400 liras? Why don't you first sign a contract for me, for 270 liras? Then, while I am operating on your wife, you can go and raise the money."

Cankurtaran quickly wrote a contract and İbrahim signed it by pressing his thumb on the paper.

As Asiye was carried half-unconscious to the operating room, İbrahim guided the cart with a single ox, including the mattress and the blankets, to the marketplace. This time, no one offered more than 150 liras for both the ox and the cart. The ox was old and thin, and potential buyers, without even looking closely, said, "It's old, not even worth 100 liras!" İbrahim accepted an offer of 150 liras, and holding the money tightly in his hand, he quickly returned to the clinic. A nurse at the clinic gave him the good news that his wife had been saved. Doctor Cankurtaran ran into İbrahim in the hallway.

İbrahim immediately presented the 150 liras to him:

"This is all I was able to get. Please give me your blessing and accept it."

"What, this is not a poorhouse! Look, I worked hard, spent an hour and saved your wife."

"What about the baby?"

"The baby died. If something had not been done, your wife would have died as well within a few hours."

"The baby died? Was it a boy?"

"It was a boy."

"What will happen now?"

"God will give health to the next baby. You are both young; you will have other babies. Don't stand there. Go back to your village and raise the rest of the money. You must bring me 120 liras more."

"Where will I find it, doctor? It's impossible."

Mutena Cankurtaran's deep and sweet voice quickly changed.

"What does this mean? Are you trying to swindle me? I don't want to hear more. Your wife will be discharged in five days. If you bring the 120 liras you can take your wife back. If you don't bring the money, I will not discharge her. And for every extra day she stays at the clinic, I will charge you 15 liras."

İbrahim could not raise the 120 liras and Cankurtaran did not release Asiye. A week later, when İbrahim came to the clinic, Cankurtaran said, "You now owe me 160 liras. Tomorrow you will owe me 180 and the day after that 195 liras. As long as you don't bring the money, you will not get your wife back. Now, go away!"

Cankurtaran did not let İbrahim see Asiye even once.

İbrahim consulted with Asiye's adoptive mother, and they tried together to get Asiye back. However, the clinic's nurses and the head nurse threw them out of the clinic. They also slapped Asiye twice when she came to the top of the steps and put her back in bed. To avoid something like this happening again, they locked Asiye's clothes away.

Despite being quite late harvesting his crops, İbrahim extended the date by another day and once again went to appeal to Cankurtaran.

"Doctor," he said, "even if I sell all of my crops and we go hungry during the winter, I will not raise more than 50 liras. I beg you, give me Asiye so we can leave!"

"You talk too much," the doctor replied. "Anyhow, you peasants are all swindlers. It's a mistake to trust you. You can't take your wife unless you bring me 225 liras."

"Doctor, the baby came out dead! What are the 400 liras for?"

"Don't forget I gave you a signed contract. And, for each extra day she stays in the clinic 15 liras will be added. Now, go away."

Once again, İbrahim returned to the village without seeing Asiye.

It had been 15 days since the operation. Cankurtaran had no intention of letting Asiye go without getting paid the amount they had agreed to. But he was beginning to lose hope that İbrahim would be able to raise the money. So, he let one of the cleaning women who worked at the clinic go, and began to make Asiye work in her place. Asiye had not yet fully recovered, but she mopped the floors, emptied the trash, and cleaned the spittoons all day, wearing only a flimsy shirt and long underwear made of American cloth, the hems of which were tied at her ankles.

A few days later, Asiye's adoptive mother and Aunt Makbule made another attempt to rescue her. They entered the clinic and while they pretended to be talking to Asiye, they gave her a shalwar they had hidden under their own garments. The young woman put on the shalwar in a toilet and covered her head, but just as they were leaving together, the head nurse realized what was going on and grabbed Asiye's arm. After that, a tough squabble ensued in which Asiye, caught in the middle, was pulled roughly from both sides and started screaming loudly. Just then, a nurse came and removed Asiye's head cover. At that point the two old women decided not to pull Asiye away any longer, and they left muttering loudly. The next morning, İbrahim came to the clinic and appeared before the doctor:

"Doctor," he said, "my harvest is not done, my house is a disaster. Are you giving me my wife or not?"

Without looking up, Cankurtaran shuffled some papers in front of him and said:

"Bring 250 liras and take your wife. I will not ask for more."

"So, you are not giving me Asiye?"

With a softer voice, Cankurtaran said:

"I have already told you, brother. Without the money, I will not give her to you."

"In that case," İbrahim replied, "she is yours. There is no shortage of women in the village."

He then shut the door behind him and climbed down the stairs and left. He did not see Asiye, who was two feet away, hiding behind a wall.

Asiye's work finished close to midnight. After wiping and cleaning the toilets and the kitchen, she entered a small chamber at the end of the hallway which was separated by a curtain. She lay on a mattress on the floor and covered herself with a dirty, uncovered duvet. The chamber was lit with a soft light coming from the hallway's lamp. Asiye's black eyes swirled continuously, just as they had when she had traveled in the cart from the village to the town with her dead baby in her womb. It was as if she was searching for something on the white ceiling.

Suddenly, she jumped up, opened the small window above her head and looked out. The ground was about the height of one-and-a-half men. Without even thinking about wearing something over her American underwear and flimsy shirt, she jumped down barefoot. As she landed, she muffled her scream with her fist. Pain shot through her abdomen towards her back and legs. Feeling dizzy and holding her groin with her hands, she reached the street feeling as if she had been stabbed with a knife. Then she began to walk slowly toward her village. Once outside the town, the road to the village ran parallel to a large creek. As she got further from the town, the rush of the creek's water brushing the weeds on the edge of the riverbank sounded like a snake, and was getting louder. As the river approached the creek's bends, this noise rose and fell just like the sounds made by a crowded group of disorganized people.

As Asiye walked, it become impossible to control the pain she felt. So, holding her groin with both hands, and in unison with the sound of the waters, she whimpered repeatedly, "There is no shortage of women in the village!" Then, between the fingers holding her groin, she saw a lukewarm, black liquid leaking through her underwear of American cloth and trickling down her legs. When she noticed this, Asiye started walking faster. She walked swiftly, crouched over in pain and, with a voice that was getting increasingly louder, she screamed: "There is no shortage of women in the village!" Her screams merged with the noise of the creek on the left, and shot across the tops of the willow trees and the rocks on the right-hand slope. Her feet were wet from the blood spilling from her open surgery wound and sand stuck to her feet leaving a trail of black footprints behind her.

When Asiye arrived at the edge of her village, she had lost so much blood her head was bent forward, close to her knees. Despite this, she howled like a wild animal, "There is no shortage of women in the village!" Those who heard Asiye's screams immediately jumped out of their homes. By the time they reached her, Asiye had fallen down and was rolling on the ground. They took her away immediately, but Asiye did not see the light of the next day.

THE WALL

(First published in the Aster(ix) Journal, in 2021)

For a long time, I stayed in a prison by the sea surrounded by ramparts. The noise of the waters striking those thick walls echoed through our cells, which were made of stone, and invited us to take a long journey.

The seabirds hovering above the ramparts with their wet wings looked at the iron fences with eyes blinking in amazement, then immediately flew away.

Shutting a prisoner in a place with no connection to the outside world is doing him the greatest of favors. In fact, there is nothing more devastating for a prisoner than to know he is so close to freedom, he could touch it with his hands, and yet he is so far away from it. What a torment it is to listen to the sea, only ten feet away, knowing it's a door to freedom. But instead of being free, you cast your eyes endlessly at the thick ramparts separating you from freedom and watch the sea only in your imagination. Isn't it better to be locked up in a place where the only thing that reminds you of freedom is your breath than watching a bird in a prison garden eating breadcrumbs at your feet, walking around left and right on the same soil without liberty, and then, with a flap of its wings, soar beyond the walls and embrace freedom?

Ironically, at the prison in which I was incarcerated everything, even the noises, were designed to bring freedom right in front of our eyes. Then we would watch it abruptly evaporate. Because I was a prisoner, whenever spring was in the air, the small trees growing on top of the ramparts and the yellow flowers drooping from the mossy stones covering those walls filled me with grief. The small white clouds gliding like swans across the endless sky took away the only consolation I had: forgetting. And yet here, everything the prisoners talked about was related to the past and the outside.

It was as if nobody lived after arriving here, or their memories were no longer retained. When it was necessary to talk about life inside, it was described with such reluctance that the listener was tempted to stop the conversation to end the suffering of the one talking.

An exception to this involved a grey-haired prisoner, who told me about an incident that had happened to him when he first arrived here. Perhaps the reason he was able to describe the incident without hesitation was because it was related more to the outside than inside. This was the story of a failed escape attempt.

But let's first talk about the walls of this prison:

The courtyard was surrounded by ramparts on all four sides, but on the only side connected to the land, there were multiple consecutive walls, and they were much thicker than the rest. Centuries ago, this place was the city's interior palace. In those days, young odalisques (female slaves) in the garden probably listened to the sounds of the waters and looked at the sky hopelessly with the same longing for freedom as they too wandered around. These thick walls were constructed to hide them from strangers' eyes and to protect them from enemies. Today these slaves have been replaced by bearded, pale-faced, miserable men, totally disconnected from the rest of the world.

Now, the western corner of those walls, partly collapsing and fully covered with weeds, was being demolished. There were rumors that new, single-occupancy prison cells would be constructed there.

One day, I was watching the demolition together with that

gray-haired prisoner I mentioned earlier. We were looking at many pieces of mortar falling as workers hammered the wall with their pickaxes. It was taking a long time to demolish the wall, which was eight meters wide, and those prisoners who were allowed into this part of the outer garden—those considered trustworthy from a security standpoint or who had been there for many years—were watching the activities from morning to evening with great interest as this was very rare "entertainment." The wall was half demolished when the grey-haired prisoner, who until then had been standing quietly next to me, bent down and whispered in my ear:

"Once I was going to escape from this wall."

I looked at his face curiously. He walked toward a dried quince tree at one edge of the garden. We crouched down next to one another and he started to explain without moving his eyes away from the pieces of falling mortar:

* * *

"Nine years ago, when I first came here, there were several small wooden shops in front of this wall. Some of the prisoners worked in those shops as carpenters, engravers, woodworkers, and jewelers. With the help of some outside middlemen who were paid commissions they sold their crafts to passengers from ships visiting the harbor. Using a little money sent to us from home, a friend of mine—who was convicted with me for the same crime—and I began working in one of those shops. Because we were quiet and well behaved, our supervisor protected us, and in return, we gave him a small part of our profit. But neither this work nor the little money we earned made us forget the outside. Think about it! We were both just 22 years old.

"Outside, we were not bad lads. When we were arrested after an incident involving a prostitute and were sent to prison, we never imagined we would stay here longer than a few days. But after our trial ended and we were each sentenced to 15 years, we came to our senses. Or, more like it, we lost our senses! But what could we do? We got stuck behind these four walls. We consoled ourselves, hoping that there would be some sort of a pardon.

Who serves a full-term anyway?

"One day we were boiling glue in a pot in one corner of the shop. When I added a piece of wood to the fire under the pot, it accidentally whacked the wall behind it. I noticed that the stone on the wall, behind the pot where the wood hit, appeared loose. I immediately moved the fire and the pot away and, without even waiting for the stone to cool off, I began pulling it off. First, a little lime fell off. Then, a stone the size of a baking pan came off and fell on the floor. A hole appeared where the stone had been. When I bent and looked inside, I could not believe what I was seeing! A faint light was visible in the distance, at the other end of what looked like a very narrow tunnel. I immediately called my friend. He lay on the ground and looked through the hole too. 'It is probably not very difficult to escape through this hole. We must escape right away,' he said.

"I suggested that we first 'think,' before rushing ahead to escape. We could not afford to do anything stupid. We put the stone back in its place and decided to wait until evening. After that, we became totally restless and could not work for the rest of that day. We kept wandering in and out of the shop.

"Occasionally, when there was a lot of work to do, we gave a little money to the guard on duty that day, and in exchange, he let us stay in the shop and work overnight. On such evenings, when the guards conducted a roll call of inmates back in prison, our guard recorded us as 'present.' That afternoon, when the whistle blew and everyone started to go back to their cells, we gave 25 nickels and a little heroin from our secret stash to the Arab guard who was on duty that day. He joked with us saying, 'You two will leave the prison as bankers!' and left. We spent the next few hours in the shop, pretending to be making men's clogs out of nutwood, decorated with mother of pearl, and waited until it became completely dark.

"Then, I moved the store's lamp to a corner and removed the loose stone in front of the hole. My friend was on the lookout for the night guard. That heathen Arab guard always fell asleep in a corner after taking the heroin we gave him, but that night, he was wandering around. I slipped through the hole, which was low, close to the ground, and very narrow. My eyes were on the light at the other end of the tunnel. That evening there was no moonlight, and the other end of the tunnel was shining like a lantern that spread dark green light. I crawled a little more. My back was touching the stones above and pieces of lime were falling on the back of my neck.

"After progressing forward about the height of two men, I was suddenly relieved to find I had moved into a much wider area, and pushed myself up with the help of my hands.

"I was in a chamber about three feet wide and three feet long, which allowed me to stand up by slightly lowering my head. Exhausted by the crawling, and breathing heavily, I leaned against the wall beside me. While resting there, I heard a noise from the direction of the store, and the opening on that side became dark. Initially, I was scared, but then realized my friend was crawling toward me. Although we were now deep in the wall, I whispered, 'Did the Arab guard fall asleep?'

"As my friend crept closer to me, he responded, 'He must have. It has been half an hour since I last saw him.' My friend was having a harder time crawling, but eventually made it to where I was. 'What kind of place is this?' he asked. 'It's so wet everywhere.'

"It was dark and I had to search for him with my hands. When I found him, my fingers touched a leather pouch. Then I understood why he was having a harder time crawling. During the day, we had found that pouch and hid two days' worth of rations in it for both of us. We were probably not going to see anyone for a day or two. So, we had to be prepared...

"I had completely forgotten about that. But my friend had not forgotten and had brought the pouch with him. I waited until my friend had rested a little, then we resumed crawling toward the other end of the tunnel. A little later, after getting close to the end, my friend suddenly stopped. Fearing that the guard on duty on top of the tower above might hear us, he crawled backwards and came to where I was. He whispered, 'We cannot pass through! There is a stone blocking the way and it is impossible to proceed without removing it. The rest of the way seems okay.'

"I crawled with difficulty back to the store. Once there, I listened carefully to sounds from the garden. I couldn't hear any footsteps or the Arab guard's usual cough. I opened the lamp a little more. From a trunk in which we kept our work tools, I picked up a chisel and a hammer and returned to the hole.

"Taking turns, we went into the tunnel and worked to remove that stone blocking our way. Afraid of making a noise, we did not use the hammer at all, but relied on the chisel to remove the mortar around the stone and loosen it. We were less than a foot away from the end of the tunnel, the tunnel which could take us to freedom. I kept saying 'If only this stone would move!'

"By then, my eyes had gotten used to the dark and I was able to discern objects on the outside. In front of me were the stones covering the outer rampart. However, those walls were in ruins and it was easy to get though them. Even the town's young shepherds brought their flocks there and let them graze. It was only after this incident that all the outer walls were repaired.

"That night, each of us went in and out of the tunnel four times, tirelessly working to remove the stone blocking us. I was the last one in. After working for half an hour, the stone began rolling in front of me along with a lot of plaster. I was ecstatic! My friend, hearing the noise inside, was becoming increasingly impatient. I grabbed the stone tightly with both hands and began to roll it backwards until I was back in the shop. As soon as I got it out, I pushed the stone into a corner and immediately returned to the hole.

"While trying to remove the stone, I had not looked outside. When I got close to the end and finally looked outside, I saw that dawn had already broken. I stuck my head out slightly and saw the shadow of a guard who was on duty on top of a tower only 50 feet away.

"I was drenched in sweat. I slowly began to return to the

store. My friend was anxiously waiting for me in the area with the wider chamber.

"'It's a shame, we cannot escape!' I said.

"At first, my friend laughed. Then, he began crawling toward the end of the hole. However, a little later he too came back. We stood next to one another. By then, it was light enough to see each other's faces.

"'This night is over, hopefully another night!' I said.

"Nevertheless, after getting so close, and briefly sticking my head out to freedom, I found it hard to go back. My friend shook his head and said, 'There is no other night; we must escape tonight.'

"'There is no 'tonight;' it has passed. You must speak of 'today.'

"'All right; we must escape today,' my friend replied.

"At first, I too did not want to go back. But while trying to convince my friend, I ended up persuading myself, not him. In the end, I was so convinced and so fearful that I screamed, 'If you want, you can go; I will stay. I have no desire to be killed by a gendarmerie bullet!'

"As I began to crawl toward the store, my friend pleaded behind me, 'Don't go buddy! We can surely fool the guards. Before it gets completely light, we can escape by moving slowly and hiding in the bushes, if necessary.'

"However, my heart was pumping very fast as I feared for my life, so I continued crawling in the direction of the store. In my haste, my clothes got torn to shreds. Eventually, I got back to the store and put the original stone we had removed back in its place. Then, I waited for the morning and for the cells to open.

"That day, at mid-morning, our attempted escape came to light. The guards and gendarmeries quickly filled the store. By then, partly from fear and partly from confusion, I had almost turned into a fool. They moved the loose stone and the tunnel behind it was exposed. When they looked through, the other end of the tunnel was clearly visible, and now it looked rather large. The path to the other end was unobstructed. One of the gendarmeries drew his rifle and fired swiftly, twice. We heard the bullets hit the outer rampart ahead. The guards emptied all the stores immediately and began inspecting all the walls. The tunnel from where my friend had escaped was quickly repaired by tightly sealing both its ends. Since then, operating such stores has been forbidden.

"They didn't beat me much. Because I did not escape, the prison manager, the police chief, and the public prosecutor all felt sorry for me and took pity on me. But I wish they had beaten me to death."

* * *

For a while, the gray-haired prisoner kept quiet. It was as if his half-closed eyes were chasing a dream. Then, without turning his head to me, he lamented:

"Damn it! I was stupid, so stupid! Is a gendarmerie bullet worse than 15 years in prison? Because of fear, I wasted my youth! Whereas him.... who knows where he is? He was never seen around here again. Perhaps he moved to another country and settled among people who don't know him. He is probably behaving himself. Who knows, maybe he has a family; a wife, children. If I wanted, I could have been with him. But, that one moment's fear... That damn fear!"

The gray-haired man's chin muscles tightened. I had never seen anyone so angry and so disgusted with himself. This self-hatred must have been piling up day after day, and it became such a deep grudge that it was as if he was spitting it out and throwing it at his own cowardice.

The workers across the way had lowered the wall quite a bit. We both got up and walked in that direction. Suddenly, we heard the noise of rolling stones. The workers stepped back. Trying not to laugh, the gray-haired prisoner remarked, "They must have come to that wider, empty chamber I was telling you about, right in the middle of the wall. Since that time, I have been wondering why it was constructed, for what purpose, but I could never figure it out. Who knows? Once upon a time, were there passages and doors within these walls?"

The workers went near a hole which was exposed after those stones rolled off and they began looking inside. They were manually moving a few more stones to the side, when suddenly, a look of horror crossed their faces. They rose.

Everyone nearby, including the grey-haired prisoner and I, walked in that direction. By now, the workers had reduced the wall down to just one meter high. We climbed it and went near the hole. Everyone there was standing in a circle and looking down. We got close and looked down as well...

Just then, I felt someone grabbing my hand and squeezing it tightly. His hand was shaking. Lying there, on top of moss-covered stones that had probably not seen sunlight for thousands of years, was a white human skeleton!

Most of the bones had separated from one another. Near the feet was a pair of old shoes, and a little further, a leather pouch. I lifted my head and looked at the grey-haired prisoner next to me. He was still squeezing my hand and trembling.

His face was very pale, and expressed utter disbelief. It was the look of someone who had just narrowly escaped death and who was embracing life..

THE GEESE

D udu, walked swiftly to the village teacher's home with a letter in her hand. "Will you read this?" she asked. "It is from Seyit."

The teacher, who had long been suffering as a bachelor, stole a side-eye glance of Dudu's chest, which was showing below her chin. The long and narrow crease of her dark skin, shaded by her dress, made him swallow in quick succession. He reached out and said, "Give it to me."

Three years earlier, Dudu's husband had shot someone accidentally at a wedding celebration, and he'd been sentenced to 10 years in prison. Although 8 individuals had been involved in the shooting and it had never been established whose bullet actually killed the victim, Seyit and his friend Durmuş were the only ones prosecuted. The others had bribed the investigative judge and were not charged. The criminal court of the province had sentenced Seyit and Durmuş to 10 years each.

The teacher read the letter. After inquiring about the health and well-being of his wife and sending his regards, Seyit said he was not doing well and complained about the filth of his dormitory and the widespread lice infestation. He asked that Dudu come see him as soon as she could and bring along two geese, which he planned to give to the head guard, who could help relocate Seyit to a cleaner dormitory without any lice.

Dudu snatched the letter from the teacher's hand and tucked it carefully back into her bosom, giving the teacher an even better opportunity to follow that shady crease of her bosom even deeper.

Full of anxiety, Dudu took the hand of her son Hüsnü, who had been rolling around on the dunghill at the edge of the school yard, and walked back home. She didn't know what to do.

She only had one goose, and she had promised its eggs to the grocer, İlyas Efendi. If her goose laid an egg every day, in one month, she would be able to pay for the fabric she had bought from İlyas Efendi to make underwear for Hüsnü. If she took that goose to her husband, İlyas Efendi would probably leave nothing at her home—quilt, mattress ... he would take it all.

Plus she only had one goose, and Seyit had asked for two.

She went to her sister-in-law's house. This was Seyit's older brother's wife. While out on a hunt, her husband had been killed in revenge by the family of the man shot at the wedding. When Dudu asked her for a goose to take to Seyit, the new widow screamed at her.

"Get out of here! Go away! Because of that no-good Seyit, they killed my husband. I hope he suffers in prison and never gets out!" And she started to cry.

Dudu turned away from her sister-in-law's door and did not dare go to any other relative's house to ask for help. That night she couldn't sleep, not even close her eyes. At home, she had no one other than her 4-year-old son. She was scared. Seyit's enemies were continuously threatening her so she would not help him. They had even killed Seyit's brother, who had occasionally helped Seyit. She knew she would be kicked out wherever she went in the village.

Seyit wanted two geese, and they were not for himself.

Dudu got up quietly and went out to the yard. She went in the coop, caught the goose, and tied its legs. The goose started to honk. Several geese behind the neighbor's fence answered her honking.

Dudu though for a moment, then walked toward the broken part of the fence. She crossed into the other yard. The dog was familiar with Dudu and didn't bark or make any sound. A gaggle of geese huddled together in a corner, and she reached out to catch one.

Dudu tied Hüsnü on her back. She picked up the geese from their legs with one hand and grabbed a sack full of bulgur with the other.

She gave Hüsnü a little jar of molasses from the container she also carried on her back. While walking, every now and then, she tripped on a stone, and molasses spilled on her back.

In the breeze of the evening, she was walking to town.

The trip from the village to the town, on foot, took 9 hours.

* * *

Seyit had been sick for nearly 3 months. The prison doctor wanted him hospitalized. However, each time he was hospitalized, after a few days, a more seriously ill patient would arrive at the hospital, and Seyit would be discharged to free up his bed for the new arrival. Eventually, the hospital simply stopped admitting him.

The hospitals refused to admit patients with advanced tuberculosis. This was their policy. Inmates in this situation were normally discharged and the remainder of their sentence commuted. But in Seyit's case, he did not know what his illness was. The hardened inmates familiar with such rules left Seyit alone and didn't bother him because he was poor.

Meanwhile, Seyit's documents and applications were sitting on a clerk's desk in the public prosecutor's office. Because there was no one to follow up on them, they just waited there in the queue.

Seyit, who always felt a little hungry, was lying down in the worst section of the dormitory, near the lavatory. He could not work because of his illness, and he could not serve anyone. He could not even carry water, and he had to survive on a single ration per day.

He made that single ration last two or three days because he had sold the other two. He spent his time lying down without getting up.

A patch of sky, the size of his palm, could be seen from a

nearby window. It was deep blue... He would stare at that patch and just wait without talking.

He had dictated a letter to his wife back in the village, but he had not yet sent it. It was plowing season in the village, and he was worried about distracting his wife. He did not want to prevent her from completing her farming work.

Finally, when he realized that he could not wait any longer, he removed the neatly folded letter from the sash around his waist. On visitors' day, he gave the letter to an inmate who was going to the security gate, saying, "Give this to someone from our village who will go there."

Then, impatiently, he began to wait.

The man who would take the letter to his wife faced many trials in town and could not get back to the village for 10 days. Seyit kept waiting.

He lay in bed, eyes fixed on the small patch of blue sky. In late afternoons, without getting up, he ate his ration with some molasses and then he tried to sleep.

He wondered how he would get to the security gate when Dudu arrived. He was determined to get there, even if it meant crawling all the way.

He had been drafted for his mandatory two-year military service only a month after he got married and was jailed 20 days after he was discharged, so he hadn't spent much time with Dudu.

Where was she? It was taking her too long to come...

He didn't think he would be able to wait any longer.

* * *

Dudu arrived at the prison's gate. The front of the gate was empty. When she tried to go in, a gendarmerie pushed her back and screamed, "Get back!"

The head guard at the gate saw the geese and the sack in her hands and made a sign for her to approach. At exactly that moment, the guard moved out of the way so a few prisoners could carry a stretcher out.

A prison clerk walking to his office yelled, "Take it to the

67

coffin holding area. I'll get the paperwork started."

The head guard had a few other guards as well as a few prisoners sign a form detailing the deceased's belongings: one blanket, one copper dish, and one pair of old shoes.

As the stretcher was carried through the door, the head guard asked Dudu, "Who are you here for?"

She was standing a bit back from the activity. "Seyit from Opruk."

The guard made a sour face. He was about to point to the stretcher that a guard and two minimum security prisoners were carrying to the mosque, but he again noticed the geese and sack Dudu was holding.

He reached out. "He's in, but today's not visitors' day. Give those to me and come back next week!" He took the geese, the sack of bulgur, and the molasses container and set them next to the wall. He then turned to Dudu, who was still standing close to the gate and yelled, "Didn't I just tell you to come back next week? We'll give these to him. Don't wait here."

Dudu could not possibly spend a week in town! She grabbed Hüsnü by the arm and pulled him along.

The child kept looking back and whining, "Where is dad? … Where is my dad?"

Dudu pulled the child forcefully. "Why are you screaming? Don't you understand? They won't let us see him."

A little later she softened a little.

"When we come back at harvest time, we'll see him then…"

They returned to the village.

As soon as they arrived back in the village, the gendarmeries arrested Dudu. She was prosecuted for stealing a goose and sentenced to three months in prison. Because she was incarcerated at the district's prison, Dudu did not find out about Seyit's death until harvest season.

THE VOICE

(Published first in the Columbia Journal, in 2022)

The bus taking us from Beyşehir to Konya broke down near a mountain pass called Barsakdere. Our driver and his assistant got out of the bus and opened the hood. They returned inside to lift their seat cushions and remove various mechanical tools from underneath, tossing them outside. Then the repair work began. It took hours. At times, they both crawled under the bus on their backs to fiddle with the engine. Every so often, one of them would climb into the driver's seat, start the engine, and push the gas pedal while the other moved around the porcelain caps of certain nozzles in the engine.

In the afternoon sun, the linoleum-covered interior of the bus became unbearable. The passengers got out and dispersed. Some of them watched the driver with curiosity. Whenever he lifted his head to listen to the engine, they anxiously asked, "Is it done?"

I stayed with a few passengers who were less curious along with a good friend of mine, and together we walked up to the western side of the pass to a shady area. We each sat on a rock on the side of the road and looked around as we waited.

A little further down the road, two tents were set up along the side of the road. Strewn around them on the ground were several digging tools and a handcart. Further yet were a group of workmen, some breaking stone while others hauled sand in handcarts.

As the sun sank behind the shoulder of the mountain, it sent rays of increasingly crimson light to the pine trees scattered on the mound ahead as it abandoned the valley to the rapidly increasing darkness. It was a cool spring day, and a small creek flowing nearby was starting to make its murmuring sounds heard.

A few cars and carts passed along the road. Some of them pulled up near our driver to ask if he needed anything. A truck passing by with a few empty seats picked up two female passengers who were getting a little fussy and continuously complaining to our driver. They headed to Konya.

The remaining passengers congregated in several groups, talking among themselves. An old man with a wooden leg who said he was a grocer in one of the nearby villages walked back to the bus. He grabbed a sack from the bus, which must have been his, and hurled a few curses at the driver as he walked away.

Soon afterwards, night fell. The road workers returned to their tents and lit fires. Our bus stood on the side of the road, still unmoving, like a bloated animal corpse. The driver and his assistant were sitting a little further from us, on a long break, their clothes covered with soil and motor oil, dark drops of sweat dribbling down their faces.

Most of the passengers were used to these types of incidents, so they just shook their heads as they opened their baskets and backpacks to eat some food.

Soon it was completely dark. Our driver borrowed a lantern from the road workers and, once again, returned to working on the bus. As our surroundings lapsed into a sudden quietness, we passengers lay on the ground wherever we were, without any movement, and just waited.

The trees on the peak behind us, where the sun had just disappeared, were enveloped in a pale bluish light. I looked at my friend's face. His eyes were fixed ahead. The dark pines scattered over the shoulder of the mountain were reflecting shaky silhouettes under the fast-lightning sky.

After watching for a while, my friend said, "The moon has almost appeared."

Just then, the faint sound of a saz (1) trilled in the air, which was full of thyme fragrance and light chirping sounds. My friend, a music expert and a teacher at a music conservatory, rose. Frowning, he strained to listen.

The music was coming from the road workers' tents. After an exceptionally well played introduction, the saz's sound tapered off, and a man's voice sang a ballad we had not heard before, although it sounded familiar.

"I turned into a dry leaf fallen from a branch.
Morning wind, shatter me, scatter me around.
Carry me away from here,
Place me at my beloved's bare feet!"

I also rose. Although the saz had moved on and was now playing a lively transitional tune, the earlier voice still echoed in my ears.

My friend looked at my face as if asking, "What's this?"

I whispered, "Magnificent!"

The voice began to sing again, and the entire valley seemed to tingle:

"I left to see the world with my saz.
I returned to you, beloved, to pay my respects.
What's the point of asking strangers?
Without you, look what has become of me!"

I had never heard such a sweet sonorous voice from a man before. I was astonished about how such a moving and meaningful voice could come from a man's throat. My friend and I walked toward the workmen's tents.

In front of a tent, sitting on the ground, were 4 or 5 men, their pickaxes and trowels strewn around them. The lantern hanging on the door of the tent swung, stretching their shadows toward the valley until their heads disappeared in the dark.

A young man who looked no older than 20 years old was sitting in front of the tent on a handcart lying on its side and playing a saz. It was not possible to see his entire face as his head was bent toward his chest and his eyes fixed on the ground. His forehead, lit by the lantern, was covered with drops of sweat. The long neck of his saz trembled like a live creature under his surprisingly fast moving fingers, gliding up and down. His right hand striking the strings was making small and confident moves. Each time that hand got near the saz's body, it was as if a secret but very meaningful and important conversation was taking place between them.

A light appeared, licking the tent and its surroundings and stretching all the way to the end of the valley. We looked up and saw the moon had risen above the peak ahead and was arcing upwards. His eyes half closed, the young man playing the saz looked up as well, and gazed at this illuminated face that just appeared directly across from him as if it was a new spectator. His hand striking the saz slowed down, his eyes closed, his throat tightened, and his face turned red. While we watched him full of amazement, his white teeth appeared between his thin lips, and this time, the young man continued his ballad as if appealing to our hearts:

"The moonlight falls on my saz.
I am the master of my songs.
Come to me, beloved, with delicately arched brows;
Embrace me, you on one side, the moon on the other!"

The other bus passengers joined us, circling the singer. Everyone watched the red-faced young man with astonishment. He was moving his hand on the saz, as if talking in a mysterious language, his eyes fixed on either the ground or his saz, which was hopping as if it wanted to leap from his lap. After a short pause, he sang once more without looking up. He sang at a slower pace, but with a voice just as moving and enthralling as before:

"I haven't been home in eight years;
I didn't search for a friendly ear for my troubles.
One day, should you decide to follow me,
Ask your heart for guidance, not others!"

Finally, after two strong strikes, he put his saz to the side and looked up. Several listeners yelled, "Bravo!" Without making eye contact with any of the listeners, he moved his gaze out into the emptiness. He also tried to smile a little.

My friend went near him and asked, "What is your name, son?"

"Ali!"

"Where are you from?"

"I am from Sivas."

"Where did you learn to play the saz?"

"I don't know. I have been playing since I was little."

"What about singing?"

"The same... Later, I spent a little time with a few master ashiks (2)."

My friend glanced at me. "An extraordinary voice, my friend! If we searched for years, we could not find it. I am not going to forget this young man!"

Then, he turned to the young man and asked his age. He was 22 years old. My friend pulled a notebook from his pocket to write a few things down. He asked the young man's address, but was surprised because he did not have an address he could give. He worked as a laborer—one day here, another day somewhere else.

He asked, "Can't you just say Ali from Sivas on the Beyşehir road?"

Finally, he gave the name of an inn where he stopped by every now and then. My friend recorded it. Then, our driver, who had been with us for a while now, listening to the young man play the saz and sing, announced, "Gentlemen, the bus is ready!"

My friend had been planning to ask Ali sing a few more songs. Instead, he sighed when he saw that the other passengers immediately grabbed their belongings and rushed to the bus. He turned to Ali, who was by now also standing, and pleaded, "When I send you word, come immediately. I can find you a paying job and you can apprentice with well-respected ashiks to improve your skills playing the saz. Do we have an agreement?"

Not understanding much, Ali agreed, "Yes, sir."

We bade farewell to him, saying, "Goodbye!" All of the workers responded, "Godspeed!" As we left, they surrounded Ali and began to talk to him and laugh. They were trying to interpret my friend's words and the agreement he made with Ali, all imagining a bright future for Ali.

* * *

True to his word, after arriving in Ankara, my friend worked continuously to make the promised arrangement for Ali. He was determined to get him properly trained in a conservatory. Whenever we discussed his effort, which was very important to him, he would say, "You don't know, my friend. That young man's voice is ringing in my ears nonstop. I am no novice in this field. In fact, I consider myself an expert in human voice, and I have very rarely heard such an exceptional voice."

Although I was in full agreement with him, in order to sound smart, I responded, "You are right. But is it not possible that the reason that voice made such an unforgettable impact on us that night had something to do with the setting and the circumstances of the evening? The moonlight! The small creek with its gurgling sounds that we could hear intermittently! The narrow, winding valley that stretched between two peaks! And finally, a totally unexpected voice that permeated across the surrounding nature from a workmen's tent... Isn't it possible that all these factors threw us into a weird romantic state-of-mind in that night's timid silence, and we perceived a normal, or slightly above normal, voice as being extraordinary?"

Despite all this, the thought of searching for Ali to bring him to Ankara, listen to him again, and cultivate his voice through proper training could not be rejected. We could not deny the fact that, even if we were wrong in our original assessment, we were still dealing with a first-class talent and a respectable voice.

My friend was already dreaming. He envisioned Ali as a world-famous opera singer, a tenor giving concerts in European cities. "It will be incredible to see him in a frock, his red face springing out of his white collar."

Eventually, my friend fulfilled his promise. He applied to many places and managed to arrange an audition for Ali in Ankara. People in those positions were always looking for new talent. Auditions were held regularly to identify talents and enroll them to be trained to become opera singers.

He wrote to Konya and, after a search that did not take very long, Ali, our young tenor, was located. The Konya municipality paid for his travel expenses, and he was sent to Ankara.

As soon as I entered the headmaster's office where the audition would take place, I recognized Ali in the corner, his saz in his hand.

His face was even redder than before, and he looked quite nervous.

From his flattened shoe heels, Ali's socks, riddled with holes, were showing, and he constantly shifted his legs as if the rug under his feet was burning the soles of his feet. Like a weapon, he had propped his saz against his right leg, and he was grabbing its neck tightly with two fingers. He was not looking at the faces of people talking and laughing in the room; instead, he was gazing at the wall ahead or the floor.

After greeting the others in the room, I spoke with Ali. I asked him how his trip was. He responded, "Not bad." His saz was new and, when I looked at his face smiling, he immediately understood. He said, "I saw it at the inn where we arrived and bought it for 8 liras. It would not be appropriate to play for these gentlemen using my old broken one."

Although we were in a well-lit room, his dark, beautiful eyes gave me the impression they were half closed like that evening when we met him. When I paid attention, I realized that these large and reflective eyes were in a constant state of dreaming. For a moment, I tried to put myself in his place.

What thoughts had passed through his head when he was traveling here? He was definitely not familiar with my friend's dream of seeing Ali an as opera singer, giving concerts in Europe in frocks. Most likely he had imagined that, in Ankara, a few respectable music teachers would listen to him sing and perhaps pay him a little money. He might have even imagined a better future for himself. If his singing was well received, he could get a job as a doorman or janitor, and once in a while play his saz and sing in respectable circles to earn some additional money. He had heard that, sometimes, even the governors supported ashiks like him and arranged for them to perform in their company.

As the academy's musicians continued their conversations in Turkish, German, and French, two knocks sounded on the door, and two officials entered. One of them was a board of education intendant. He brought with him a young man who had just applied to the board for the audition. This overweight young man, with blond wavy hair and a brave gaze, indicated he was a middle school graduate and that his teachers liked his voice a great deal. The officials in the room agreed. They were planning to listen to one tenor, so listening to two would not be a problem.

We all came out. My friend, quite pleased and full of confidence, opened the exam room, which was a large saloon with a parquet floor and a newly constructed stage on one side.

In one corner close to the stage was a grand piano. The room was quickly filled. Groups of people talked in Turkish and French. At times, the discussions became so loud and noisy that they gave me a headache. A young German woman went to the piano and touched the keys. Ali had never seen a piano before and looked at it, puzzled at first, but then—so as not to appear awkward—tried to look casual.

In the meantime, one of the young musicians in the room put an iron chair painted white in the middle of the stage and told Ali, "Sit here."

Another musician disagreed. "Who sings sitting in a chair?

He should stand."

"Have you ever seen a folk singer who plays the saz and sings standing up?"

During this argument, Ali was gazing at the white, empty walls reminiscent of a hospital's operating room and the large windows without draperies; he occasionally threw nervous glances at the people around him, much like a patient on an operating table looking at the surgeons preparing to operate.

I pleaded with one of the musicians standing next to me. "Don't make him sit on a chair. He is used to singing while sitting on the ground cross-legged. He might get bored."

He looked at me for a moment as if he agreed, but then said, "No, far from it! Are we going to have him sit cross-legged in front of these Europeans? They will laugh at us!"

Ali approached the white iron chair and sat on it as if sitting on a fire. His hand holding the saz was trembling and, from his wrinkled forehead, drops of sweat were running down to his eyelashes and quince-haired cheeks.

Slowly everyone fell silent, either sitting or leaning against a wall, to watch Ali, who was now alone on the stage. He pulled his knees tightly together and tightened his teeth. He took the saz onto his lap, but for a while, he could not position it right. He looked around with puzzled eyes. When he noticed everyone gazing at him, he became even more nervous. Drops of sweat rolled onto his yellow clothes as well. He grabbed the cherrywood pick of his saz with his right hand and touched the strings several times.

For a moment these sounds made him feel more relaxed. A calmer expression covered his face. After playing a little more, he stretched his neck. getting ready to sing. He looked like he wanted to cough but was embarrassed. Finally, he moved his gaze from us, fixing it on the corner of the ceiling above us, and began to sing a ballad.

His voice was still beautiful, but it was mixed with some swishy sounds. When singing louder, these foreign noises were not heard, but when he lowered his voice, they immediately became prominent. Ali was aware of this too. He tried to compose himself, but his throat muscles got even tighter and his face redder.

He was making a huge effort. Stretching down from two sides of his chin, and not moving like steel poles, two circular veins were clearly visible on his throat. Ali was trying very hard to get the forceful voice coming from his chest go through these tight veins. Finally he finished the song and rose, his saz in his hand.

One of the German musicians immediately commented, "Not bad, not bad! Let's hear the other candidate too." He nodded toward the young blond man.

The blond boy, with a smile full of confidence, quickly climbed the four steps to get to the stage and without even waiting for those in the room to go silent, he began to sing a ballad he had learned by listening to a record. His voice began low and sweet before slowly growing and, wave by wave, filling the entire room. He was singing really well. Despite aspiring to mimic some well-established songsters' tricky techniques, it was clear that he had an excellent voice. As soon as he finished singing, the same German musician said, "Bravo! We can certainly train this young man."

At one point, I looked at Ali. He was moving his gaze around as if what was happening in that room had nothing to do with him, and he looked a little bored. A young woman at the piano made a sign with her hand, asking Ali to go there. She was responsible for examining the ears of the candidates.

She played a simple tune on the piano with her right hand and, in German, said, "Repeat this for me."

One of the Turkish musicians explained, "Sing along with the piano!"

Ali looked at me and then, after searching for him with his eyes, he looked at my friend. I said to myself, "Oh no!" Poor Ali was standing in front of an instrument whose name he did not know, and he had never seen or heard before. He did not even understand the instruction given to him. I tried to explain, "Son, make sounds based on what this lady plays on the piano."

The woman at the piano repeated the tune. Ali, extending his neck and with a great deal of effort, began to sing: "I sent news to my beloved's place…"

A few people in the room laughed and Ali immediately stopped.

I said, "No, don't sing a song. Try to make those noises."

With difficulty, a few noises came out of his throat. One of the Germans looked bored and made a sign to the blond boy to come forward. "Let's hear him."

The tunes played one after another on the piano were coming out of his mouth like a flood of voice and very clearly. Those who wanted to end the audition quickly, out of politeness, asked Ali to sing one more song. This time, knowing that everything depended on it, Ali tried even harder and sang his best song. It was not bad at all. In fact, some people there nodded, as if saying, "Great."

However, as soon as the song ended and Ali moved to a corner with his saz, everyone forgot about him. The blond tenor sang a tango, which he had also learned from a record. Clearly he had a good voice. It was decided that the audition was over and they began to discuss how to go about training the blond tenor. There were budgetary issues. Whether he could enroll at the conservatory before or after June was also discussed.

No one even remembered that, in one corner of the room, there was another candidate from Sivas named Ali. My friend who had gone through such a great deal of trouble to bring Ali to this audition was standing next to them in total silence.

None of us dared to go near Ali or even look him in the eye.

When I finally lifted my eyes, I was surprised. Ali did not have the impression of someone who was disappointed. He was looking at the walls with the same empty look as before. He looked as if those in the room were absolutely of no concern to him. He had not the slightest sadness or anger in his eyes. On the contrary, he looked relieved and rested after a difficult experience. Whenever his eyes came upon the blond tenor, he stopped for a little while and gave him the once-over with amazement and curiosity.

I searched for the slightest bit of envy or jealousy in his gaze, but found none.

Ali's saz was again propped next to his right leg, like a weapon. Every now and then, his leg moved up just a little bit before touching the parquet floor again. Just then, I had a wrenching feeling realizing that this young man's entire dismay, disappointment—the entirety of his broken hopes—were showing only in that small movement of his leg!

This young man who was in complete control of every part of his body, whose face did not reveal the slightest bit of his feelings, not even the smallest of shivers, and whose eyes possessed an endless serenity and depth while shining with a soft light, was unburdening himself, without even being aware, with this minimal agitated movement of his leg. Until then, no human face or human cry ever seemed so sad and so meaningful to me.

I composed myself and walked up to Ali. It was absolutely necessary to talk to him; we had to say something: "Go back to Konya. As soon as there is a development, we will search for you and let you know." He listened intently, as if what we were saying was so important that he had to memorize it.

But when our glances met, I winced. Somehow his large black eyes revealed that their owner did not believe a single word we were saying. For the sake of just doing something, I said, "Let's go to a restaurant and eat something." The others in the room were still arguing. They did not even notice when we left.

We ate at a kebab house in complete silence. It was impossible to fool Ali, just as we couldn't say, "We brought you here for nothing and troubled you." As I was busy thinking about this, we left the restaurant.

Ali swallowed a few times like he wanted to say something and, with deep humility, he said, "I embarrassed you, sir. Please forgive me." As if talking about something very puzzling he added, "In that room, I just could not find my voice." Then, he left us.

The next day when my friend went to the Haymana Inn to give Ali a few liras and put him on the Konya bus, the innkeeper told him that Ali sold his saz for 2 liras to pay his way back and had left on a truck heading to Konya at dawn.

Footnotes:
(1) Saz is a stringed musical instrument played by folk singers in Turkey and in the wider Middle East region.
(2)   Ashik (aşık in Turkish, troubadour in Europe) is a poet-singer who composes and sings love ballads while playing a saz, moving constantly from place to place.

THE ENEMY

I t was nighttime and drizzling.
As he walked along the asphalt road, his new patent leather shoes were shining and his black striped pants were sweetly draping across his shoes. He had pulled the wide collar of his coat upwards; his hands in thick gloves were clasped behind him.

He was preoccupied as he walked, sending empty looks to his feet and shoes, which first lifted a little above the wet asphalt, then moved forward, and finally landed back on the asphalt. He thought to himself, *How similar life is to these shoes. Like these shoes, as days go by, we wear out, lose our form, get uglier, and eventually become not good for anything....*

Then, not finding these thoughts satisfactorily intelligent, he pursed his lips. He thought of the poker game he played just a little while ago at a friend's home. He had won 30 liras.

He grumbled, "If that woman hadn't sat next to me, I could have won even more." She had played fearlessly, no doubt because of the confidence her husband's money provided, but had also leaned over to look at his cards. He swallowed when he remembered the heavy but sweet fragrance of the powder and the perfume the woman wore. Then, he mused, "How good is life, but also how boring! During the day, work.... Light work and lots of money. In the afternoon, a good meal and occasionally a movie at the cinema.... Tea, poker, and later, sleep...." These were all great, but among all this entertainment filling the days, one can still not help but feel a little empty. It was as if something was missing, as if a part of him was not being used for any purpose.

Now, as he returned home, he felt this emptiness again. He was surprised, that although he'd had a great day, even winning 30 liras, a part of him was still unsatisfied. He thought, *Maybe this life, frequently not getting enough sleep, is getting on my nerves.*

He was in front of his house. He pushed the garden's half open gate with his foot and walked along the dirt road lined with flower beds on both sides. In the evenings, he always entered his home from a small door at the back of the house. He didn't want to disturb the maid, who slept in the salon near the front of the house. Besides, this back door was closer to his own bedroom. He walked, his head high and, when he reached the door, he pulled the key out of his pocket. Just then, he looked ahead, startling and freezing in place: A shadow cowered in the cavity of the wall, not moving.

His hand quickly went to his pocket; he didn't have his gun with him. Suddenly, the shadow moved. The young man was about to run and escape, but the one in the shadows put his finger to his mouth and softly said, "Quiet."

He said this so naturally, so far from a commanding tone but at the same time with complete authority, that the other one, full of curiosity, was compelled to stop and look. The shadow came closer: "I fell asleep here. I have no bad intentions… it's just that I have no place to sleep."

The owner of the house gazed at the stranger and was surprised because he looked like neither a beggar nor a tramp. He was well dressed and with a necktie; he even looked respectable. Trying to look calm, he passed by the stranger and put the key into the keyhole. Then, suddenly, he got scared and stopped. He thought he may have believed the stranger too quickly as he waited for a second for something to hit his head.

The stranger took a few steps away from the young man, then stopped and turned his face toward him. "Are you going to let me sleep in a corner of this garden?" He walked toward a small lilac tree. The owner of the house turned around and looked at the stranger, whose face was covered with the shadows of the tree branches and leaves. He couldn't see much, but the stranger's voice was so reassuring that all his fears were erased.

It was as if a light in his head first turned on and then off. He surmised that the reassuring tone of the voice could be due to an acquaintance. Now, the echo of that voice sounded as if it belonged to an old friend.

He took a few steps toward the stranger. The rain had stopped, and the clouds were chasing one another. The half-moon that appeared after midnight was partially lighting the stranger's face through the tree branches.

The stranger said, "If you don't want me to, I will go." He looked around. The young man didn't understand what he said. The light coming through the branches lit the stranger's mouth and chin. He thought he recognized those teeth, those lips, whose two sides were pulled down when the stranger spoke.

He bent to look at the stranger's face more carefully, but he pulled away. Then he asked, "Aren't you so and so…?"

The other one again covered his mouth with his hand and whispered, "Quiet! Yes, I am. I recognized you as soon as I saw you, but I didn't think you would remember me."

The owner of the house grabbed the other's wrist and pulled him closer, under the moonlight. "You've changed very little," he said. Then he added, "No, you changed a lot, though the lines of your face haven't. Your nose, your mouth, all the same. How can I say it? It's like you've aged, but not by the years. You look younger than me… but you've changed. It's like not the exterior but the interior of your face has changed. Oh, never mind, I can't explain it."

The other one was listening with a half-smile. He replied briefly, "You've changed a little too."

They had gotten near the door. The owner of the house turned to the other and asked, "Isn't outside chilly? Let's go inside."

The other one smiled and murmured, "Taking me inside your

home is dangerous!"

The young man suddenly stopped. His initial suspicions came back. His friend immediately recognized his hesitation. "Don't worry, my friend. I will not burglarize your home. But you should know, the police are looking for me."

The owner of the house carefully looked at his friend, then laughed. "Who knows what you were up to this time? Come on in." They passed from dark corridors, climbed some stairs, and entered the living room. The owner of the house turned the light on. The guest, with a continuous half-smile on his lips, looked around. The room was well furnished, intentionally kept non-extravagant, but it was a little messy. The disorderly papers on top of a table being used as a desk revealed that the owner was a bachelor, and it was clear that the maid was forbidden from entering and tidying that room. There was a small rug on the floor, low chairs for smoking, two comfortable seats, and a sofa in one corner. Covering the windows were beige sheer curtains.

The owner of the house asked, "It has been almost twelve years, right?"

"Yes, we haven't seen each other since graduation"

"What did you do? Why are the police searching for you? I did hear some time ago that you embraced a dangerous ideology and that you were dismissed from work."

"The usual things, you can guess."

"Did you think you'd change the world?"

"Are you obliged to think the world can't be changed?"

They kept quiet for a while. Then the owner of the house began to search the music channels on the radio. Music played as if coming from a distance. They listened without making any noise. It was the ending of an opera. After the loud noises made by instruments with deep sounds leveled off, the sweet melody of a shepherd's pipe was heard. The two listened as if a soft, warm air was brushing their faces.

The guest had fixed his eyes on the carpet. Again, he had a smile on his face. But this smile was not the same as the earlier one, the one that had sealed its owner like a wall and kept those trying to come close away. It was as innocent and inviting as a child's smile.

He slowly pulled his head up and turned to his friend. "It's nice, isn't it?" He continued, "I haven't listened to music for four years."

"Why?"

"I didn't have the opportunity."

Loud and continuous applause came from the radio. Some German words followed, and the owner of the house turned the radio off. The room was suddenly shrouded in silence.

They both looked at each other's faces and laughed. For a moment, they felt as if they had traveled back 12 years and were living in that time. Their gazes were very friendly. The owner of the house got up, moved closer to his friend, and put his hand on his shoulder. He said, "Tell me."

"You tell me."

"As you can see, I followed the normal roads and well, I became somebody."

"Are you sure you followed the normal roads?"

"Why? I worked, became useful, and advanced."

"I don't know about your walking. It could be normal... but do you trust the road you walked on so much? Do you believe it was useful?"

He didn't respond.

The other one said, "You understand what I mean, don't you?"

"A little."

"Did you follow those things you did at a stage before they reached you and the road they followed after you were done with them? Did you see how much and to whom they were useful?"

The owner of the house waved his hand with a sad expression and, trying to smile, he said, "Leave these deep thoughts aside, my friend."

The guest stood up too. "They are not deep thoughts at all." He continued, "Once you are able to see them, they are very clear and visible. But you are right, we must leave them aside. Because once people start to think with their heads, it will not be possible to continue sitting in those comfortable chairs as easily."

"Are you sure what drew you to these thoughts was not your anger because you didn't reach those chairs?"

After these words, his friend's face changed completely. The soft half-smile on his face was replaced with a bitter and disdain-filled smirk. "You know very well that, if I could only stop my head from thinking and my eyes from seeing, I would have easily gotten to those places you think you've gotten..."

"I don't know. At school, you were the smartest."

"Now?"

"Now, the most alienated."

He said those words arbitrarily, but after they left his mouth, he realized how true they were. There was no relationship between him and the one sitting across from him. In the place of that hard-working, level-headed amenable boy who had been too shy to say a word, who politely listened to even the ideas he did not agree with without dismissing them, was now a stubborn man, a climber full of fixed ideas. In the past, his black eyes with those thick eyelashes looked so soft, sweet, and inviting; now they were filled with a frozen glow and, when they turned to someone, it was as if they looked down on and stepped on that person, crushing him. Crushed under that look, he turned his head elsewhere. Then, he tried to look at his guest's face.

"You are tired, I will show you a place to sleep."

"So, you are brave enough to let me sleep in your home!"

"Why do you insist on insulting me?"

Without a response, he slowly got up. They climbed down the stairs without saying a word. The owner of the house opened a room near the back door from where they had come in earlier.

"Sleep here. It's my room. I will sleep on the sofa upstairs."

The guest went in without making a sound. "Good night!" he said. Then, as he reached to close the door, he turned to his friend and said, "Let me hug you once. I may not see you again."

"Why? Aren't you going to be here tomorrow?"

"I will get up early and leave quietly. It will not be good if they find out that I stayed here. Let me kiss you goodbye. You know how I always liked you in the past..."

The other one was scared to ask, "How about now?" They embraced and kissed each other. They were both tearing up. The guest again said, "Good night!"

"Good night."

The door closed.

While slowly climbing the stairs, he felt like something was wrong, something had changed; he had either too much or too little of something, although he didn't know what. He asked himself, "Could there be some truth to what he was saying? No, I don't think so. Is the whole world stupid? Man is a strange creature.... Once an idea sticks to his head, even from the smartest one, a mad one like this emerges."

After he returned to the living room, he searched the radio once again. A British station was playing dance music, the type that never changes over the years. He turned the knob left and right; he couldn't find anything other than a conference broadcast from Leningrad. He turned the radio off and sat at his table.

He wasn't sleepy. He fetched a blanket and put it on the sofa. He was tired, and his head was all mixed up as if he had participated in a difficult, long dialog. In reality, he had not done much talking. He just couldn't erase from his mind his friend's expression when looking at him with disdain and how he always appeared to be saying, "Why do you force me to say these things when they are so obvious?"

He was a little angry with his friend. This brash old friend had no right to throw a stone, disturbing his soul's harmonious waters; he had no right to confront and disturb his moral compass, which had been running smoothly for years, without a hitch, based on a few proven formulas.

He thought to himself, *I should go wake him up and argue with him.*

When he went downstairs, his friend was already asleep. He didn't wake up even after he turned the light on. His friend's face surprised him: It was as if that wasn't the face that had been ice cold and angry just a little earlier. He was sleeping here, in his bed, peacefully, with a sweet, childish smile on his face. Was it possible that this face belonged to a fugitive, an enemy of society? At this moment, he must be dreaming about love.

He didn't have the heart to wake him up. He returned to the living room. He began to think. Other than exchanging a few vague sentences, they had not really talked about anything. But, in his head, he had continued with that conversation and was now stuck. He shivered when he thought of this. What if what his friend had said was true? Even thinking about it, reluctantly, his peace of mind was disturbed.

He leafed through the newspapers on his desk. On the third page, something piqued his interest, and he read it carefully. His friend's name was mentioned. The paper said he was on the run, but he would soon be caught because the police had a lead on him. With a few words it also described the crimes he had committed up to that point. Despite receiving a good education and once having good potential to be useful to the country, he had now become a danger to the social order and an enemy of society.

He looked at those words for a long time. Then he slowly murmured, "The enemy!" He realized that his friend did not, indeed, look at him as anything other than an enemy. This man whose face was covered with a repelling air, who softened a little when he remembered his old days, but when he returned to today immediately closed up like a fortress, opening only to go on the offensive; he was the 'enemy.'

He asked himself, "What if one day he, or others like him, rule?" and shivered. Now he was even afraid to come face to face with him. He got angry at himself because he was scared of a man running from the police who was now sleeping in his house.

You fool! he thought. *He doesn't know that they don't have the upper hand, the power.* Yes, it was he who had the power; the government with its police force, the gendarmerie, the courts, even the banks, the schools, and the newspapers were protecting him.

For a moment, he felt the closeness of all these institutions to him, and his friend running away from him, getting lost in the darkness and fog and disappearing. To feel safer, he went to the window and looked outside. In the distance, a police officer was walking. He wanted to immediately open the window and yell at him because, as long as the one downstairs was there, he couldn't sleep. But if he yelled, he might wake him up. He returned and looked at the paper again. He read the news about his friend once again. It said the police had a lead on him. "What if they catch him at my house?"

He immediately saw himself in police stations, courts, and prisons. He looked around, imagining he was forced to separate from this warm room, all these objects. With this thought, he grabbed a few objects around him tightly. No, he couldn't stand by anymore. He slowly reached for the telephone with one hand while grabbing the directory with the other. He found the number and called. After he explained the situation to the officer on call, he felt like he had woken up from a dream. Holding his head with his hands, he began walking in circles.

Many ideas raced through his mind. At times he said to himself, "You did the most dishonorable thing; you gave away a friend hiding at your house." Other times he argued, "Hiding a fugitive at my house is disloyalty to the security institutions which protect me." Over time he became more nervous. He remembered how his friend had, just a few moments earlier, hugged and kissed him goodbye. His cheeks were burning. He finally decided to go downstairs, wake him up, and tell him "Run, they are coming." He hastily climbed down the stairs and opened the door to the room where his friend was sleeping. He was going to yell, "Get up!" but no voice came out. A thought buzzing in his head stopped him. This man, now sleeping like a child, would realize as soon as he wakes up what had happened, and he will smile with that gaze that crushes a man; he will look at him with those eyes shining like steel, and he would get smaller before him and disappear.

This thought gave him goosebumps. He shivered as if his friend's fearless, mocking, confident gaze was on him. Appearing before him in that state would have validated everything his friend said. The minutes were passing.

Struggling between two opposing ideas, the young man stood in the doorway, looking at his friend sleeping with his clothes on, carefree. He attempted several times to take the few steps to wake him up, but when he thought of the difficult circumstances he would find himself in, how even under these circumstances his friend would outmaneuver him and how, despite all his protectors, he would get smaller and weaker next to him, he just stood there, sweating.

He heard footsteps outside. Despite everything, he made up his mind. He took a few steps and put his hand on the shoulder of the one sleeping. Right at that moment, a knock sounded at the door. He ran quickly and opened the door. Four policemen stood outside: two in uniform and two in civilian clothes.

They came in quietly. He showed them the half-open door, walked quickly toward the staircase without making a noise, and ran upstairs.

THE WOLF AND THE LAMB

A s soon as he left the police station, he stopped, hesitating for a moment. The headlights of the cars traveling along the main street, just 40-50 feet away, lit up the drizzling rain and slid across the wet sidewalks before disappearing. The trolleys' rails and wires made squeaking sounds while their tolls rang continuously, mixing with the noises of shops' shutters coming down and closing up for the day. Rıfat stood still for several moments, waiting for his eyes and ears to adjust, apprehensively, to these experiences after 20 days without them. He might have stood even longer, but a sudden loud noise exploded nearby, startling him. He winced as a police officer revved his motorcycle's engine in front of the station. Realizing he was still among the police cars and motorcycles, Rıfat shivered with terror, afraid he would be arrested again and taken back to that tiny cell with white walls and a wooden ceiling. He walked quickly to the main street.

He had almost forgotten how to walk. He turned up his coat collar, but the bottom hem became tangled among his legs, and his ankles twisted left and right as he walked. He headed to the corner to wait for the trolley. He couldn't wait to get home, heat some water, shave, change the clothes he'd been wearing for almost three weeks and whose strong smell reached his nose even in the street, and then rush out into the street to wander around—the strength of his knees permitting—until the morning.

A trolley with two cars pulled to a stop in front of him. It didn't go to his neighborhood so he didn't board it. He studied the vague faces behind the foggy windows as rain drops dribbled down, line after line. He was still in a fog and did not notice the trolley leaving, its windows passing one after another before his eyes. When he came back to his senses, like a blind person regaining his sight, someone suddenly appeared in front of him, staring, and he screamed. He took a step back, then opened his eyes widely and asked, "Did they release you too?"

With a voice that seemed to struggle to get out of her throat, the young woman seemed to shrink into her black coat, her head covered with a wool shawl. Yet she did not move at all as she answered, "Yes." Her eyes immediately began watering, and she bowed her head. Rıfat tried to smile. "I understand your excitement, but you should express it by smiling, not crying. Did they treat you very badly too? Which way are you going?"

"Aksaray."

"I am going that way too. If you like, we can walk together and talk. I wonder if they put someone on our tail. It doesn't really matter. If they want, there is no harm. Didn't they introduce us?"

Rıfat began to walk, but the young woman did not move. When he noticed that her head, still bowed, was shaking, he moved closer to her. Now he was really surprised.

"What's going on?" he asked. "Did a few days' adventure upset you this much?"

The young woman did not take these openly condescending and to some extent belittling words kindly. She pulled her head back with some haste, and her shawl slid back, falling to her shoulders.

With a dry voice, she protested. "Far from it! The ill treatment I received inside belittles only those who treated me that way. That's not why I am excited. I am only shocked because, after what I did to you inside, you suddenly appeared in front of me. Perhaps it is intentional. Did they release us back-to-back so we would run into each other? Can we be certain there is no one following us?"

Rıfat said, "Let's walk. If anyone is following us, we will surely notice it. What is there to fear? Inside, they brought us together and they introduced us. They released us at the same time. The fact that our houses are in the same neighborhood is recorded in their documents. Given the circumstances, how can it be so unusual for us to walk together? If they want to know, perhaps they should call us back and keep us a few more days! Let's go."

The young woman moved closer to Rıfat and extended her arm to him. "Let's go." After a few steps, she said, "I will not forget that night as long as I live. How could I be so weak?"

Rıfat immediately became more serious. "It happens... sometimes it happens. Do we know everything going on inside this creature called 'man?' There are times when those we least expect do the most unexpected things. Your regret is a good thing. You are not looking for excuses for what you did, you just feel bad. Anyway, you didn't do anything so terrible. They made you say you knew me, when you didn't. So what happened? If at least one side stands firm, it is not that dangerous.

"They tried to get me to say I know you too. They tried for four days, but I resisted. You were not able to show the same resistance. Oh well! You learned something new about yourself. Like I said, there are many things in each of us that we know nothing about. Through these experiences, we learn about them. The fact that such unknowns exist is not an embarrassment, but failing to correct our weaknesses after we learn of their existence can be a big mistake, even a horrible mistake."

Rıfat fell silent for a while. From the corner of his eye, he studied the young woman next to him. She had forgotten to cover her head with her shawl and her curly blonde hair, now wet, was sparkling. Rıfat turned the conversation in various directions, but he himself didn't know where he wanted to go with it. Whenever unpleasant things crossed his mind, he changed the subject to forget them.

When they got to Beyazit, Rıfat stopped the young woman in front of a restaurant with bright windows. "Are you hungry, Sevim?"

"I should be... I haven't eaten in three days."

"I haven't either. Let's go in and get some soup."

He opened the door with one hand and searched his pocket with the other. When they released him at the station, they had returned the few liras they'd confiscated at the time of his arrest.

They sat next to one another at a table. They had their soup without talking, and both realized they were too full to eat anything else. Rıfat took a pack of cigarettes from his pocket and offered one to Sevim. She shook her head, then nodded toward the door, indicating she was ready to leave.

Rıfat turned his chair so he could see Sevim's face more directly. He reflected for a while, then said, "Don't rush. I too have things to tell you."

There were no other customers in the restaurant. The owner was sitting near a tripe-soup cauldron behind a dirty counter, his chin propped against his arm, and looking like he had completely forgotten about the couple who ate only soup and now were lost in a deep conversation.

Rıfat spoke with a soft voice, similar to that of the rain outside, which the wind splattered against the windows every now and then. "That night when they took me from the room where I had been for four days, sleeping on bare slabs at night, into the room to face you, I'd already figured it out. If they hadn't managed to soften you, that meeting wouldn't have been necessary. The moment I saw you, my conviction became even stronger. At the end of a huge table, sitting on the edge of a chair, you seemed to shrink. The five or six committee members sitting around the table, their eyes tired and faces full of relentless and scornful expressions, had clearly intimidated you a great deal. When they brought me in, your back was to the door. I quietly walked right up next to you with my police escort.

And then one of the committee members told you to look at me and asked, 'Do you know this man?'

"I'll never forget the expression on your face when you looked at me. Years ago I went hunting with some friends—my first and last hunting experience. Of course, I couldn't shoot any rabbits or quails. On my way home later that afternoon, I saw a bunch of sparrows on top of a bare rock. I turned my rifle, which had been useless all day, and fired at them. All the birds scattered except one, whose wing had been wounded, that skipped on the ground trying to get away. I rushed to scoop it up. It was then that I learned how fast a bird's heart can beat. That piece of muscle, just the size of a hazelnut, was pumping as if it were going to explode in my palm. The bird's eyes were full of despair. As soon as I saw that expression, I put it back on the ground and ran away. That night in the room, your expression reminded me of the eyes of that bird, which I had long forgotten.

"I imagined that your heart was probably beating like that bird's had. And suddenly I felt like laughing. Yes, after four nights there, without any food or sleep, in that awful room, among those people I considered the 'enemy,' when I saw your miserable state, your eyes wide in terror, I thought it was hilarious. Especially when you looked directly at me and lied, saying, 'Yes, I know him!' You looked more scared of me than the others in the room. I must confess, at that moment, your look did not make me feel compassion but contempt for you. You may remember that too. I turned away from you, looked at the committee members, and smiled as I said, 'It is an honor to be known by such a lady, but regrettably, I do not know her.' When they took me back to my cell, I felt triumphant. There is some pride in seeing that we are strong where someone else is weak. But now, when I think about what happened that night, I feel like laughing at myself, not at you."

Puzzled, the young woman looked at Rıfat's face. She was not going to say anything, but he held up his hand as if to stop her anyway before he continued speaking.

"If you could only know how strong I felt! I spent four days in a clerk's office, sitting on a chair without moving expect at night, when I lay on the bare slab, unable to sleep because my nerves were totally exhausted. I didn't feel hungry or sleepy. I ruthlessly pushed all thoughts from my head—the ideas they were trying to plant in my mind, the worries about what might happen to me, the memories connecting me to life outside, the faces trying to appear in my mind—and tried to remain totally rational and determined. The more I listened to the conversations of the officers filling that room during the day, the more confident I became of my own convictions. Observing the misery of those who controlled my freedom, and even my life, elevated my pride. The officers were given clothes, coats, hats, and shoes on those days. It was all they talked about. One would complain that his shoes did not match, another would curse the fit of his coat, yet another talked about selling his hat to get a little more money to buy a better hat. They were all unhappy with their government employer and the direction the country was moving in.

"These criticisms and complaints often repeated in coffeehouses, on trolleys, and at raki tables—which at first may sound casual, short-sighted, or even false, but if their roots are examined more closely, it becomes obvious they're based on deep wounds—were the same topics discussed by these officers. Not only that, but these officers were not even aware they were being used by the very system they were against to crush those fighting to raise these issues and find solutions for them. Sometimes, for example, when the whistle ending the workday sounded two hours late at the station chief's order or when someone about to go on vacation was assigned a new urgent task, they turned to me, their faces red from anger, and complained, 'Sir, you don't write enough about them! They don't care about anything other than their own interests. We know them better than anyone else, but we can't say anything. We are tied to our 'bread money." However, a little later, if one of them saw me casually writing something on a scrap of paper left on one of the tables, he would jump on me, screaming, 'Sir, you are not allowed to write!'

"As I listened to their complaints and saw their misery, I became more convinced of the truths I was fighting for and more confident that one day this stupidity, backwardness, corruption, and ignorance would end. To strengthen my self-control, I developed an almost dervish-like willpower and trained myself to endure any suffering. You must know this. One of the worst torments is waiting in such places, with the possibility of something happening at any moment, but nothing happening for hours and days. Waiting at a door or in a cell, without knowing why. Waiting, with your heart pumping as the possibilities of what might happen parade through your head. I trained myself even for this. When necessary, I could convert my brain into a blank piece of paper, turn myself into a pile of meat without a soul with an incredible absence of feelings, or move into a kind of stupid state. In this way, I could wait without even noticing the passage of time. After my arrest, to avoid succumbing to a weak feeling, I even avoided looking at my child's photograph, which I always carried in my notebook.

"This is why the state you were in that night made me feel contempt for you. Wait—don't feel sad. If the things that happened later did not cause me to feel contempt for myself, I would not have told you these things. Just like we don't know how long our hearts can handle a 40-degree fever or whether our kidneys will develop stones or not, we can't measure how much pressure it will take to force us to reveal a truth we must not share or to tell a lie!

"Some continue to resist until their death, others melt and turn into shapeless wax at the hands of their executioners the minute they taste fear. But something we do know is that these executioners can never be our friends! I am not saying they are all bad, heartless people. Far from it. They include loving fathers, loyal friends, and soft-hearted nature lovers. But from the moment they start their duty as our enemy, they become toys of a power outside their will. The personality they adopt as part of their position in society and their duty shadows their natural personality so much that, over the years, it takes them backwards, suffocates them so badly that, if they were to search their own true personalities, they would probably find only darkness and emptiness. When they interrogated me, even when they tortured me, I was busy searching for their humanity. Although they knew I was not a bad person, they kept searching to find something bad about me. Meanwhile, I looked at their inhumane actions, their deeds that were more scary and horrifying than animals', and at their faces and words to find a sign of nature that always strives to create harmony and beauty in everything. I was never angry with them, and I did not hate them. I just felt sorry for their helplessness and for the loss of their humanity and dignity. For this reason, no torture or mistreatment could belittle me in my own eyes. After all, what is torture? As long as our will and our head don't do anything to compromise our dignity, it is only a matter of physiology.

"Our bodies and nerves bear as much as they can. After that, whatever nature commands happens. But not allowing our souls to be whipped is in our hands. Sadly, my soul was slapped, and it was my fault! This is why I kept you earlier. I must tell you about it. My wife and child are waiting for me at home, but they don't even know that I have been released... First I must empty this poison from inside me. Otherwise, I cannot look at their or anyone else's face. If you had not reminded me of that moment you showed weakness, I would not be able to share this with anyone, and I might've lived the rest of my life feeling ashamed of myself. Let me be frank. I was pleased to see you as almost an accomplice. Anyhow... Earlier I was saying that being beaten is not that important. Most of the time, you don't feel anything after 30 or 40 strikes. Thirst, hunger, sleep deprivation—they all pass. Whether we want it or not, they pass. No matter how terrible, despite the suffering, we always know that these things are happening outside our will, so what can we do to prevent them?

"Beg? Never—what good would it do? Our languages are different, our worlds are different. It would be like a lamb begging a wolf! Those torturing me, with the exception of a few psychopaths, don't do it to be cruel or to enjoy themselves. It begins as a duty. But then, just like others who sell their souls for 'bread money,' they slowly get used to it and turn into machines. What's most repulsive is their becoming machines. Yes, as long as I remain myself and he remains himself and the distance between us is maintained, torture and beating are not that important. But anything that removes that distance—that's a careless mistake that throws you in your murderer's arms...

"This is why I continue to tremble like an aspen leaf, even though those 20 days of hell are now over. How did it happen? How could I do it? I am not sure if I can describe it. But it was like a prisoner's smile to an executioner or a sheep's smile to a butcher. Contemptible. It still gives me goosebumps when I think about it. This is how it happened. About ten days after they introduced us, I was thrown into a tiny cell for a week. Every now and then, they would pull me out for questioning. However, I was never one to be the most severely tortured. I just got a once-over every once in a while. Once, maybe twice a day, five to ten beatings... Next was that cell with the 1000-watt light-bulb hanging from the ceiling that could turn anyone's brain into mush! But I was sure that 60-something-year-old unionist, who had been shrinking from the cold for more than two weeks on a dry bench out in the corridor, snow falling down on him from the broken window above, was suffering much more. Suffering from just waiting there...

"It was a week or so after I was in that cell. A short man in clerk clothes, a civil servant, came to get me. First, he had me shave my beard, which had grown a full centimeter. Then he asked me to straighten my clothes. We walked together. When we reached the corridor, the daylight hurt my eyes. We arrived at a leather-covered door, and he whispered something to another officer standing there, turning me over to him before going inside. A little later, he called me in as well. I was in a well-furnished office, where a man with a plump face, full lips, and glasses sat behind a large crystal table. He got up, stood next to me, extended his hand, and said, 'God save you, sir.'

"He had a pleasant smile on his face. I had not seen him in any of the committees that had questioned me. From the behavior of the officer standing guard and especially the one who brought me there, I discerned that the man in the glasses was a high-level officer from Ankara, who came to follow up on my investigation. I looked at his extended hand with surprise. The white hand with thick fingers was still extended to me. I shook it and felt a lukewarm stickiness in my palm. He pointed to a Moroccan leather chair next to the desk and politely asked, 'Won't you sit here?' He sat on another chair across from me and said, 'I was very sad to hear that you were treated in a manner not worthy of you.' He continued, 'You're an important young intellectual, well-educated and cultured. Our country expects much more from you. This totally insignificant incident—well, with our combined efforts, it can easily be resolved.'

"I didn't know what to say or how to respond. Was I supposed to respond warmly, or maintain my usual cool and distant behavior? Were these gracious words an expression of sincere regret or a well-laid trap? Without allowing me to reflect further, he continued, 'I suspect your opinion of our officers is not positive. You are right. But if you reason fairly, you will realize their actions are excusable. What is their education or how they were raised? For the salary the government pays them, there is no prospect of finding better ones either. I visited Vienna once to study their police organization. Not a single police officer didn't have a high school degree. We are trying to do the same, but it will take years. I hope we will eventually have officers who know how to treat people properly based on their backgrounds.'

"While talking, he was closely observing the expression on my face and my hands, which rested on my knees. His eyes, continuously moving behind his glasses, were always smiling. Then he suddenly stood up and said, 'I told them it was wrong to treat you like those common people, the laborer types and the hooligans. I don't consider you someone under arrest, but rather a friend whose help we are seeking. We called you here because we needed information from you on certain matters, and we kept you for a few days. You must have gotten mixed up with those traitors because of curiosity. Surely you can give us useful information.'

"After that, he repeated the same stupid questions they'd been asking me since arrival, the ones I knew nothing about and had clearly been concocted by some officer's sick imagination. I tried to respond using a polite tone, similar to his. 'Sir, just like the less kind methods did not yield any results, this very polite method of questioning will also not succeed. Because I don't have any answers to your questions that I haven't already provided. I am not involved in any hidden, secret activity, and I don't know the people you are suggesting I am communicating with.'

"Next, a struggle began between us, which was just a variation on what had been going on between the police officers there and myself for the past 15 days. He tried to trick me into contradicting myself by asking rapid questions, to get me to confess to certain things at all costs, and to convince me to accuse some people I didn't even know of wrongdoings. I told him I was providing short answers because I really did not know and had nothing to say. He kept getting closer to me, a continuous smile on his face, bending over to convince me, and when he didn't get results, he looked more bored than angry. He would go back and sit in his chair with an expression suggesting that he was sad. He would close his eyes for a little while, reflect, and then return to the same endless game, this time from a completely different angle.

"My distress was growing, and I was almost beginning to miss the beatings and insults I had suffered previously. At the same time, I kept thinking and repeating to myself that nothing would be achieved by angering a man who had been so courteous to me, that if I handled it correctly perhaps I would be able to convince him I was telling the truth, and that there was no point in shaking his somewhat positive opinion of me through a negative attitude. I tried to speak sincerely as I expressed regret for not being able to give him the answers he was seeking. To not cloud the cooperative spirit that had formed between us, I followed all his movements with friendly eyes and enthusiastically affirmed what he said outside the questions he was asking me. However, I did not give him any of the answers he was soliciting.

"At one point, he sank into an armchair as if tired. For the first time he looked me over from head to toe with inquisitive and serious eyes, but without smiling. He took a pack of cigarettes from his pocket and asked, 'Won't you take one?'

"I hesitated for a moment. I am not really a smoker. Once in a while I will smoke one, but under those circumstances and on a half-empty stomach, even the sight of a cigarette made me queasy. I was going to refuse, but when I noticed his serious gaze, I reached out. With an expression that said 'for the sake of not ruining this rapport between us, I will take one,' while trying to smile for the first time during this entire conversation, I took a cigarette and placed it between my lips. He immediately jumped from his seat and pulled a box of matches from his vest pocket. Then, with a large grin on my face, I looked at him."

Rıfat became very excited, as if reliving that moment. Hands trembling, he picked up his water and drank it all without stopping. He bowed his head, waiting for his excitement to subside as it was forming a lump in his throat that caused his voice to tremble. But when he realized this was not helping and was, instead, increasing his excitement, he stood up. He wanted to leave the well-lit restaurant and get away from the young woman's careful gaze.

"Let's leave," he said, "I will continue telling you on the way." He left several liras on the table. They walked down the street for several minutes without talking. Then the young man took the arm of the young woman and spoke in sentences that sounded like they were chasing one another.

"Yes, I looked into his eyes with a smile covering my face like an oily, sticky thing. I will never forget that despicable smile splashed across my face for a cigarette and a match. No beating or insult has ever caused me as much indignity or crushed me as much as that smile, that grinning smile that I didn't witness, yet I continue to see even now as if I were standing in front of a mirror. Think about it. Can there be anything funnier or more disgusting than a man smiling to his executioner, thinking that his own softness will soften him too?

"Behind his glasses, his eyes shone with pleasure. Even at that moment I could detect some ridicule in that pleasure, and I was surprised. Perhaps because of my surprise, instead of composing myself, I leaned forward—with a face that deserved to be spat on—toward the match, which by then he had lit.

"Before I knew it, the match had fallen from his hand, and a horrendous slap cracked against my face. The cigarette flew from my mouth, and my nose began to bleed.

"The one in front of me, who had been holding his grudge and fury for hours, was now rapidly breathing those sentiments out of his nose, like fire—slapping my face over and over, kicking me in my belly and knees, and screaming with a croaky voice in rage, 'Animal... did you really think you could smoke a cigarette in front of me? Do you deserve to be treated like a human being? Was I going to light a cigarette for an animal like you? Traitor! We should crush you and your ilk like lice! You dumbass... He sat on the couch and expected me to light his cigarette! Impudent fool—get out!' He turned to the door and yelled, 'Come here!' He pointed me toward the two officers who immediately came in. 'Take this schmuck away and don't let him breathe until he confesses everything!'

"Sure enough they did not let me breathe for two days. But later, I couldn't understand what had happened. Perhaps they got tired, or maybe they finally believed that I didn't know anything... Suddenly they'd lost interest in me. And when the bruises on my body healed, they released me."

The young woman stopped. "We arrived at my house. You probably have more to go."

Rıfat pointed toward a house. "Here?"

"No, on this street, but don't trouble yourself!" Extending her hand, she added, "We both need to be alone."

REGARDS

I rolled over in bed to escape to a corner where the sunlight would not strike my face. It was no use. Wherever I turned, a few minutes later, the strong sunlight found me, making my face and neck sticky with sweat. A gramophone playing in the hotel coffee shop on the ground floor broke my last will against waking up. A singer was screaming in a croaky voice: "Tinge your eyes with kohl, apply henna to your palms."

I got up, dressed, and laughed at myself and my rascally behavior, which was what was keeping me in this small town. I had set off to visit a friend in Bursa, hoping to talk about subjects other than literature for a while. Then, I had settled into a comfortable bus in Yalova and, after passing through many beautiful and dangerous meandering curves, we arrived in Orhangazi, otherwise known as Pazarköy.

We had disembarked in this small town for a short break. In a strange way, I was intrigued by the view of Lake İznik in the distance. Then, for no discernible reason, I missed re-boarding my bus and stayed here. This was supposedly an important heroic act in my life, which was normally governed completely by order and logic.

However, the leisure and pride of being free from what expedience and calculated thoughts dictated and doing what I wanted did not last long. Even while heading to Lake İznik, I became bored. Once close to the lake, I went astray and got lost among reed beds and swamps.

The view of the shore, after I arrived with some difficulty, did not appear at all exceptional or appealing. Like the shore of every other large body of water, it consisted of a fair amount of sand and gravel and a meaningless surface that rippled from the strength of the winds blowing above. The only novelty was the knowledge that this water was free of salt.

Worried that I might get lost again, I quickly returned to town. By then, it was already dark, and gas lamps were lit in a few stores. In the hotel coffee shop, the light of a lux flickered between bright and weak light. Somewhat earlier, while passing a restaurant, I had looked through its window. That was enough to turn my stomach upside down. So I sat in the coffee shop and ordered a tea, a little cheese, and some grapes. All the while I was annoyed with myself: You really don't have any brains. That water you saw from a distance, looking like melted lead, kept you here. You didn't realize it looks beautiful only from a distance. Getting close to it requires putting up with a lot of small nuisances which, when added up together, amounted to a large nuisance. I am more than 30—long past the age when such meaningless whims are considered an adventure. Am I to consider making a large sacrifice for a small reward for me bravery?

As the night advanced, my boredom increased. I was feeling cheated in the deal. The daily newspapers, all worn out, were spread out on marble-top tables. I turned and perused, once again, the same pages that I had been looking at since the morning, in Yalova, at the pier, in the boat, and even on the bus. At a table in a distant corner, three civil servants were playing cards. To kill some time, I stared at them, trying to figure out their characters from their faces. But I quickly realized that I was not really reading their characters, but rather sticking a character to each that my imagination had fabricated. I got up and went to my room.

In the morning, it was clear the sun that woke me up had already visited and warmed every corner of the room. I immediately got up, dressed, grabbed my bag, and rushed out to the street.

There was no movement there other than the dust raised from time to time by the blowing wind. A decrepit mosque's minaret, which somehow managed to stay standing, was in close embrace with the branches of a wild fig tree. A waste collector sitting on the side of his anvil was dozing off. In a nearby street, two boys were playing; they were using soil to build a dam over a dirty water drain. From the gramophone playing in the coffee shop, a pitiful female voice was singing, "I never leave, God forbid, the bar!"

With more than an hour until the bus to Bursa would arrive, I was yearning to leave this lifeless town. I came across a barbershop and hesitantly touched my cheeks. My beard had grown, and I didn't want to show up among the elegant bus passengers from İstanbul in such a state. They had to know, at first glance, that I wasn't from that town; I was one of them. Returning to the hotel to open my shaving set, prepare warm water to shave, and afterwards clean my set and put it away would be too tiring. So, reluctantly, I stepped into the barbershop. The barber greeted me, saying, "Welcome, come on in." Then, without saying anything else, he fetched a towel and warm water from the faucet.

On top of the long marble counter before me was a framed, gilded mirror covered with powder intended to prevent flies from dirtying the countertop. The flies were free to do what they wanted on the surface of the mirror, and clearly they had taken advantage of that freedom. In front of the mirror, the counter held bottles of shepherd-cologne and large powder boxes decorated with the pictures of German Emperor Wilhelm—with his handlebar moustache—and his angel-faced wife. They too had been subjected to the flies' attacks. Hanging on the walls were several old colorful pictures that also had not escaped the flies' attacks. The pictures depicted a field in Holland with canals and windmills, a forest church with sad-faced and slow-walking visitors, and the famous scene of General Trikopis's conceding his sword.

The barber was a tall, thin, gray-haired man in his forties with a pockmarked face; his clean teeth showed from under his sparse beard. He frequently turned his long neck to the left or right, and his eyebrows were constantly raised as if he was astonished. Because of this, his forehead was wrinkled, giving him the impression of a statesman confronting serious state problems.

I sat in front of him and surrendered my face to his hands. As he was rubbing my cheeks with his large palms, a girl about nine years old appeared at the shop's door. In the mirror with the powder boxes, I saw her leaning on the wall near the doorstep without saying anything, her blonde-haired head bowed. Her dirty but orderly toes were peeking out from the straps of her clogs.

The barber took some money from a drawer and gave it to the girl, saying, "Here Feride, take this. How are your siblings? Is your mother well?" The girl nodded and quickly left as the barber returned to his work. I was curious. I found the shy, calm behavior of the girl, whom at first I thought was the barber's daughter, a little odd.

Because the barber's manner didn't seem suitable to ask, I began speculating on various possibilities. First, I imagined that she was his daughter but he had divorced her mother. Then I considered that she could be a relative. Eventually, I stopped wondering. But soon after, the girl's bowed head, her shy, quiet look as she waited, appeared in my head again and bothered me.

When the barber moved the razor away from my face, I asked: "Was that your daughter?"

"No."

Silence.

The barber was leaning down to reach my face, making strange movements in the air with his arms. He went to fill a brass basin with warm water to wash my face. To his back, I commented again.

"She doesn't look like a beggar."

I had seen the amount of money he had given her, about 30

or 40 kurush, which was not the type of money given to beggars.

He brought the basin and held it against my cheek.

"She isn't a beggar," he said. He took a towel from a drawer and dried my face. After he finished his work and said "good health to you," as is customary, he added, "She is Barber Yusuf's daughter."

From his raised eyebrows I concluded that Barber Yusuf was an important man.

"Who is this Barber Yusuf?" I asked.

He pointed to a shop across the street whose shutters were closed. "He had a shop there."

"What happened?"

"Don't ask." He continued his work, folding towels and emptying the water in the basin in a large tin can in a corner.

Afraid I would hear an unpleasant story and without a convincing voice, I asked, "Did he die, this Barber Yusuf?"

"No, he took off and left."

I imagined it could be related to a family fight, neighbor fight, or even a land fight. Lots of possibilities raced in my head. Oh no! I thought. This story could be more meaningless than I feared. I put my hand in my pocket to pay and leave.

The barber said, "There is a lot of time before the buses arrive. Sit and I will tell you Yusuf's story. May God not take one's sanity, or else!"

He said this with such a commanding expression on his face that, along with the wrinkles on his forehead, it convinced me to stay. I wondered how he knew I was waiting for the bus.

"If a man in his forties doesn't keep his feet on the ground, this is what happens. He didn't care about his three children or his beautiful family. He shut his shop where he made his living for 25 years and took off!"

He seemed somewhat bothered when he saw his words didn't raise my curiosity.

He continued, "We started our work more or less together. We both apprenticed in Bursa. After we became proficient with the razor, we came back here and opened our shops. Thank God, we were doing just fine. Then the enemy invaded the country; they burned the town, and we had to leave. Here and there, we suffered mightily, until we came back and began to work in our shops again. Now, all this feels like a story, fiction. Both good days and bad days go by like a dream. I never got married, it wasn't meant to be. And now we are certainly past the age to act rakish. Yusuf got married. He married a Circassian woman from Büyükköy, not far from here. He had three children."

He sat in a chair in front of me and crossed his legs.

"You saw the older daughter. She looks exactly like her mother... The others are boys. God bless them. To the one who appreciates them, they are worth the whole world. However, our Yusuf's mind was looking for an excuse to escape. Totally unexpected. No one saw it coming.

"Yusuf wasn't interested in anything other than his work. Even if he wanted to, there isn't much here. You've been here since last night, looking around. What did you see? Yes sir, we were getting by. Then, 2 or 3 months ago, a traveling theater troupe arrived. They covered the windows of a coffee shop with black curtains and began performing there. What business do men like us have in such a place? But the troupe's women came every few days to get their hair straightened. Thank God, we earned a little money from them. One day, I noticed that one of the women, instead of leaving after her hair was done, stayed at Yusuf's shop to chat. I was surprised. What could Yusuf chat about? Similarly, what could the young woman have to say to Yusuf? He is like me...

"Furthermore, Yusuf had no hair left on his head. Then the young woman began coming at noon, in the evening, she was often there. One day what did I see? Yusuf brought his saz from home. He used to play really well. When we were younger we would play together. I couldn't count how many sazes we destroyed, chasing after and trying to impress women those days. But Yusuf had not touched his saz in years. He began to play for her. One day, two days, there was no end... Then I noticed that the young woman started to accompany Yusuf by singing.

"They were enjoying themselves. Here, we don't have many clients. In the evenings a few civil servants and on Sundays a few villagers come. There wasn't much work, but plenty of free time. This is how people go astray. One day, I pulled Yusuf to the side and asked, 'What will happen to you?' He responded, 'What is it?'

"'Well, you can't take her in your arms during daylight, can you? You should be ashamed of the state you are in!' His face turned red. He responded, 'Cousin, what are you saying? She probably just likes my conversations. I play her a few folk songs too. She laughs and says, "Thank you, Yusuf Agha." That's all...'

"He continued, 'Do women like that look at men like us?' When Yusuf said these words, it was obvious to me he was hurting. At least, he didn't have any hope. Some days the young woman didn't come to Yusuf's shop because, after the performances, some gentlemen would take the women out for entertainment. They had them dance until the morning while they drank and had a good time. On such days, Yusuf was totally devastated. He would look down with a sad expression, play a few tunes, and not pay attention to his clients. I feared he would accidentally cut someone's face with his razor and get into trouble. Occasionally, he came to my shop. When I asked, 'What's the news from your woman?', he would say, 'Oh, forget about that tramp!' But if she showed up that evening, he would immediately grab his saz and play for her.

"I saw everything. His shop is right in front of mine, like a mirror. As Yusuf, like a baby lamb, looked at her, the tramp would smile and become playful. According to Yusuf, she was understanding. Her father was also a barber and had a shop with mirrors just like Yusuf's. Because there were eight of them, her father did not look after them. That's why she was earning a living this way. It was her fate.

"One day disaster struck. Our crazy Yusuf could not take it anymore, so he gets drunk and shows up at the theater. He sits in the first raw. When the young woman sees him there, she is surprised. She greets him with a glance. Yusuf gets excited and yells, 'Ahh!' After that, the woman sends him an even more daring greeting with her eyes. Yusuf totally loses it and yells, 'I give my life to you!' Next, with a quick sign from the governor in the corner, Yusuf is thrown out.

"After that day, the woman never came to Yusuf's shop—perhaps she was afraid of a scandal. Older lovesick men are very unpleasant; they get stickier and stickier… In any case, the troupe didn't stay long after that incident. Three, maybe five days later they left for Bursa. After that night, Yusuf let himself go. He became totally helpless. I was worried about him.

"When his daughter came to his shop to ask for money, he yelled so loud that the entire neighborhood could hear him. The poor girl—the one who was here a little earlier—she would cry and run home. But it didn't continue very long. After a week or so, Yusuf became himself again. One day he came to my shop and said, 'I have been so stupid. Do women like that look at us? She just played with me and left. But she was a real sweet talker. I am only sorry that we separated on bad terms!'

"He kept silent for a long time before he sighed and said, 'Now, who knows where she is? With whom is she making sweet talk?' I encouraged him to pull himself together and think about his family. God knows, I wasn't entirely sincere. I know what it means to be in love. Giving advice to a lovesick person is easy, but ask the one who is in love… But Yusuf pulled himself together quickly. He stopped yelling at his children and wife, and he never mentioned the young woman. One day I noticed, he even took his saz back home…

"I was almost ready to put the entire affair behind us. One day Yusuf and I were sitting in my shop talking. I said, 'Look at me, this is human nature. You can't fill 15 days of life in 15 years, but you can easily live 15 years of life in 15 days! Don't you worry! God willing, when we grow old, our beards turn gray, and we can no longer stand straight, we'll sit across from one another and reminisce about these days. Both our good and bad days pass. What's important is that we leave behind memories we would want to remember and talk about.'

"Yusuf nodded and sighed. But it was clear he was over his troubles. Just then, our friend Kara Hakkı entered my shop. 'Welcome Hakkı. How is business?' I asked. 'You haven't been around; we thought you had disappeared somewhere.' Kara Hakkı didn't stay in town long. He often traveled to Bursa, Balıkesir, even as far away as İzmir, and had fun. You see, Kara Hakkı was a drug dealer. From the cannabis grown around here, they produce top quality marijuana. Hakkı greeted us. When he saw Yusuf he said, 'Oh, I must deliver your greetings. I don't want it hanging around my neck. Yusuf Agha, I bring you greetings.' Yusuf turned yellow, as if he had sensed it…

"'From whom?' he asked. Hakkı smiled. 'You are something else Yusuf Agha. I didn't expect it from you. Not a bad woman at all.' He then explained. Coming back from Balıkesir, he had been drinking coffee at an inn in Susurluk when he met a theater troupe traveling from Bursa to Balıkesir. During the conversation, a woman from the troupe who heard Hakkı was from Orhangazi and was on his way back there asked if he knew Yusuf Agha. Hakkı told her everybody from Orhangazi knew Yusuf Agha. Then the woman asked Hakkı to give her regards to Yusuf when he saw him again. She did not give her name but told Hakkı that Yusuf Agha would know who the sender was. Hakkı was talking and having fun too, making fun of Yusuf. Every now and then, he put his hand on Yusuf's knee and said, 'You are a hell of a man! The broad sent you her regards. Even after they got in the bus and the bus was disappearing in the dust, she was screaming from the window, "Please, don't forget to give my regards to Yusuf Agha."'

"Yusuf didn't say anything. He looked alternately up and down until I finished shaving Hakkı. After Hakkı left, he too left without saying anything. He went to his shop, shut it down, then came back and gave me the keys, saying, 'Cousin, take these; you hold on to them. I received her regards, I can no longer stay around here. I must find her.' Before I could say anything, he left. That was it. He never came back!"

The barber unwound his crossed legs and stretched them in

my direction. The tips of his large shoes with worn heels almost touched my knees. With a thought-filled look, he nodded his head and continued:

"Since then his family, his children, have been left to twist in the wind. All those years we worked across the street from one another. We earned our bread from the same vocation. It fell on me to look after them."

He fixed his eyes on the shop across the street. He thought for a short while. Then, with the clarity of a person who was not afraid of seeing and talking about realities, he added: "In reality, after Yusuf shut down and left, I inherited all of his clients. His children's livelihood came to me. So looking after them is my responsibility."

Not finding a word to say, I looked around. From the noises coming from outside the hotel, it was clear that the buses had begun passing. I quickly paid for the shave and jumped up, heading outside.

I was slightly embarrassed. Although I considered sacrificing one day of my life and suffering one night of discomfort to see a beautiful scenery as a lost bet, I was thinking about Yusuf, who had left everything behind because of a simple greeting. His hairless head must be full of who knows what kinds of worlds.

Yusuf, who taught me how easy it is to toss out what we cling to with our hearts and our souls—thousands of things supposedly so valuable that, for their sake, we even give up living our lives, as our hearts and heads desire—I too send you my regards!

HOT WATER

(Content warning: sexual assault)

In twilight, two gendarmerie arrived in a village and dismounted from their horses, handing the reins to the errand boy who worked at the coffeehouse at the edge of the village. The boy had come running as soon as he saw them. The officers stood tall as they walked with a swagger.

The streets were empty. Only the sad mooing of a cow could be heard in the distance. The wind tickled the branches of several willow trees, evoking soft murmuring sounds. The forest covered the shoulders of the mountain west of the village, like a pile of clouds descended from the sky. The gendarmerie went to the coffeehouse to talk with the owner, briefly, in low voices. Then they left the coffeehouse to walk toward the village. The houses were covered with darkness.

They walked the length of the village to where the forest line began until they approached a small house. It was clear they did not want to make any sound.

At the fence, they stood on tiptoes, stretching upwards to gaze at a window lit by lamplight. Inside the house, a woman was kneeling down and drinking soup. Her hair was arranged in many braids draped loosely down her back. Every now and then, the woman glanced outside anxiously.

One of the gendarmerie grumbled, "Look how the wife of the swine is pretending not to be aware!"

The other one responded, "This is our fourth search! We haven't caught him yet and, once again, it looks like İsmail is not here. But we shall see."

They pushed the gate open and entered. One of them knocked on the door while the other one proceeded around to the back of the house. There was no sound of any rush or fuss inside, only the swish of the woman's dress as she approached the door.

A young voice asked from behind the door, "Who is it?"

"Open up! We are looking for İsmail."

The woman unbolted the door and let it swing open. "İsmail is not here. Go ahead and search if you like, but as I told you last time when you were here, İsmail has not been here since the spring. It's been—how many?—four months or so..."

"Shut up. We heard that he has been here for the past two days."

The woman responded with a soft voice. "That's a lie! Since the incident, İsmail has not even shown his face around here. Who knows where he is? Perhaps he got wasted and died in the mountains."

The gendarme searched the house, opening the pantry and overturning everything as he looked around.

The house consisted of one room and a toilet. In the corridor were a jug for storing olive oil, a wooden bread board, and a few other random items. On one side of the large room was a mattress on the floor, and on top of the mattress, an open Koran.

The gendarme moved closer to the woman to start his interrogation, adopting a polite demeanor at first. "Look, Emine, stop the denial! It is clear that no good will come to you from this guy. The government will not leave him to you; he will be held accountable for his crime. Why do you feel sorry for the savage murderer? Now, you may say, 'he didn't kill that man for fun; he did it to save his own life.' But then why did he run to hide in the mountains? Doesn't the government have courts? Just because the man he shot was an agha's son doesn't mean they will be unfair to him. Whatever prison term he deserves, he will serve it and then be released. But leave all this aside. Just tell us where he is and where he's run off to tonight. You have your youth—don't waste it! C'mon, Emine, tell us. A little earlier İsmail was here, right? Who told him that we were coming?"

"I told you. Why don't you believe me? I have not seen İsmail for four months!"

"Emine, this is going to end badly. Look, we are not here for fun either. Our lieutenant is on our case, and he is very upset with us. If we return without İsmail, he will punish us badly. Who knows which remote, forsaken police station he will transfer us to?"

Emine kept quiet and looked down at the ground.

The gendarmerie glanced at each other. Whispering to each other, one asked, "Did our informant tell us the truth?"

The other responded with a shrewd smile. "We will find out." As if to show that he was an old hand on such matters, he waved his hand. He turned to Emine, pointed to wooden door in the corner, and ordered, "Open it!"

Emine briefly hesitated, then moved to the door and released the latch. The door swung opened on its own to reveal a small bathroom. No one was there.

The other officer looked at his friend with questioning eyes and muttered, "What the heck?!"

His friend responded, "Quiet!"

Inside were a large metal pot covered in smudges and a small wooden seat. One of the gendarmerie approached the toilet slowly and dipped his fingers in the pot, but quickly pulled his hand away as if his fingers burned. "What is this hot water for?"

"Nothing."

"What do you mean 'nothing'?" A shrewd grin spread across his face.

Emine blushed as she mumbled, "I was going to bathe."

"Did the day get away from you? Who do you think you're fooling? If your husband is not here, why are you preparing hot water so late in the day?" He turned to his friend. "This is the surest way. When I am searching a fugitive's home, I always start with the bathroom." He grabbed Emine's arm and shouted,

"There is no point in denying it anymore! Tell me where İsmail is. The water is still very hot, so he must have just been here. He can't be far. If you don't tell me—well, it's up to you!"

Emine's face paled as she tried to pull her arm away from the officer. With a trembling voice she said, "I don't know."

The officer let her arm go and walked the length of the room. His friend stood in a corner, leaning against the wall while staring at Emine's heaving chest. Suddenly, the pacing officer stopped and beckoned to his friend. With a soft voice that he was sure Emine would hear, he said, "İsmail can't be far. He won't come to surrender to us, but will he come to protect his wife's honor?" He lowered his voice. "I'll grab Emine and throw her on the mattress. If she screams İsmail will not be able to resist— he'll come to her rescue. You wait by the door and capture him, dead or alive. If she doesn't scream, well, what can we do? You can try again."

Emine's face turned white, and she was shivering. She bit her lower lip so hard that it bled. She looked in all directions. There was nothing but the four walls and the two gendarmerie.

The officer who had dipped his fingers in the hot water grabbed Emine's wrist and, with a shine in his eyes, dragged her to the mattress by the wall. The other officer stepped outside, his gun in his hand.

Neither officer was able to get a sound out of Emine. She did not scream even once. She did not cry out for help.

After a while the two officers, whose faces were flushed with pleasure, hastily left the house. Emine moved quietly as she slipped outside. Staying close to the fence to remain hidden from prying eyes, she made her way to the forest and disappeared among the trees.

Hidden among some distant bushes, İsmail waited outside all night. In the morning, even after dawn had broken, the lamp in his home still burned. He crawled slowly and carefully toward the house and, once he reached the half-open door, sneaked inside, his face grim with worry.

The room was in total disarray. Strange noises were coming

from the lamp, which was almost completely out of oil. No one was around.

İsmail stepped outside and whistled. A teenage boy appeared from the direction of the village, running toward İsmail while continuously surveying his surroundings. İsmail sent the boy to the coffeehouse while he waited in agony, asking himself, "If the gendarmerie took Emine away, what am I going to do?"

About half an hour later, the boy returned and told İsmail that the two gendarmerie had taken their horses and left the village around midnight. They had been alone.

İsmail and the boy searched for Emine. Many villagers came out to help. They asked her whereabouts at every house in the village. In the forest, they repeatedly called out her name, but Emine was never seen or heard from again.

THE SWALLOWS

A t the edge of the town, next to a small stream, there is an old willow tree whose branches droop down, almost touching the water below. At the start of spring, a female swallow appeared and perched on one of the tree's branches. She began watching the other swallows flying from one end of the stream to the other with lightning speed, their white chests skimming the surface of the water, as they caught and feasted on small insects with sheer wings. She was gently shaking her head, clearly in deep thought.

At one point, the branches of the willow tree rustled. A male swallow appeared and perched on a branch directly across from the female. There isn't much formality between swallows, so shortly thereafter, and without any formal introductions, the two began to talk; they quickly became friends.

Their conversation started with small talk, about the weather. (When two strangers meet, it is customary that they first make small talk). A little later, the male swallow advanced two branches closer and the female began feeling less reserved.

The two got along really well and became immersed in deep conversation.

Don't say "So what?" It is not often that, on a spring morning, two swallows on the branch of an old willow tree delve into a deep conversation—wasting precious time—while the rest of the swallows are busy flying in every direction and working hard.

These two swallows were regarded as odd because they were

not like the other swallows. The female swallow switched to a serious subject:

"Do you ever work?" she asked

Another swallow would have responded, "Why are you sitting here?" but this one sighed deeply and kept silent.

The female swallow, as if she understood all that was not being said, nodded and moved her gaze to the water, which swirled past them below.

The two remained silent for a while. Then, abruptly, the male swallow gazed at the female and started to talk to her:

"Look at them…" He pointed to the other swallows flying swiftly below, resembling the shuttles used in textile blooms as they cross each other. "Look at them… Day or night, summer or winter, they are always working. I have asked them many times: 'Why are you working so hard and why do you never stop?' They never respond. They shrug their shoulders and turn away from me."

Female swallow: "How about addressing each other less formally?" Although this was not the response the male swallow expected, he liked what he heard and continued:

"I am almost embarrassed. If all the birds were ranked and lined up, we would not be the last ones. We look pretty decent. Our intelligence is surely superior to the nightingales that keep shouting at the top of their voices from morning until evening. If we push our wings, we can certainly fly further than the fastest pigeon. But we keep on laboring away, working nonstop as if we are the most miserable birds. Even the foolish sparrow takes pleasure in living, whereas we don't take the time to even notice the trees we are flying by."

He stopped for a moment and looked at the female:

"After we die," he said, "if someone asks what we have seen in the world, we will probably not have an answer. We are so busy running around we have no time to see anything…"

The female swallow's eyes became misty:

"Oh, you think exactly like I do."

The male answered: "No wonder, when I saw you here alone,

121

I knew we are of the same mind. Am I not right? If we are not going to see the world properly and really understand what it is before we depart from it, what is the point of being here? If we are not going to be conscious of our lives, then why are we living?"

The female swallow nodded her head in agreement:

"When I look around, like you, all I see is hard-working swallows flying everywhere in a big rush. I ask myself: Am I one of them? Then, I conclude that I am probably not. Anyhow, they don't accept me very much either. So, what else can I do? I just sit here and look around. If you weren't here, I would have spent the entire summer alone."

Towards the evening, their conversation got even deeper... Then they separated.

After that, they began meeting every day.

Oh dear, there was nothing they did not discuss. If it was customary for swallows to write books, the books these two would write would have been used to teach in universities.

As time passed, the two grew closer. Often, the female would arrive first, and gazing at the water below, she would wait for the male.

One day they would talk about the flowers; the next day about the stars; and the following day about the swallows. They agreed on everything.

However, in time, they both began to feel a growing fear about their eventual separation.

Neither dared to tell the other about this fear. Perhaps, they worried that the other might misunderstand. (Because others often misunderstand what we feel inside).

As their fear of separation grew, they began wondering how to reveal it to the other.

For example, they could have said:

"Let's never separate."

But this could be interpreted in a variety of ways:

How would they not separate? By starting a family or building a nest together?

No, that would be too vulgar! Also, if they said something like that, would they not become just like the other swallows?

Day after day, while looking at each other's eyes, they continued to talk about the temporary nature of life, the endlessness of the universe, the slowly splashing waters, and about the other swallows, when in reality what they really wanted to ask each other was: "How will we bear to get separated?"

They knew that serendipity is not kind, and most likely, they would not encounter each other by chance a second time. But the language they used in communicating with each other was the same language used by all other swallows, and in that language, they were too shy to express their true thinking.

That language was not suitable to express their feelings.

Slowly, a sadness began to cloud their eyes and gazes.

When they talked about friendship, their voices trembled, or that's what they thought. At such times, even while they felt a pain deep inside, one of them would laugh loudly, and quickly turn the conversation into a joke. Eventually, they realized this situation could not go on forever. They both decided to open up to the other.

The next morning when they were together, the female tried to express herself with her eyes. Just at that moment, a yellow leaf slowly began to fall waveringly from the willow tree whose branch they were on, and when the female sent her most meaningful glance to the male, the falling leaf covered her face.

The male swallow did not see that significant look.

But, they both saw the yellow leaf falling slowly.

The male opened his mouth; he was about to say —"I don't want to separate from you"— but a cold wind blew and made a buzzing sound.

The female did not hear his words.

But, they both heard the buzzing noise of the cold wind.

They looked at each other's eyes knowing that the time for making a nest had passed, the fall season was arriving, and that they would soon have to separate.

They both sighed.

Several swallows migrating to warmer locations were flying over their heads. They separated... And they never saw each other again.

However, they never forgot the old willow tree next to the small stream where they spent the spring and summer together.

And, they both looked at the other swallows with disdain because they had not spent such a spring and summer as the pair of them had. (Because those in the minority somehow always regard the majority with disdain.)

THE MOUNTAINS

My head is the mountain, my hair the snow,
I have crazy winds,
I am too constrained in the plains,
My home is the mountains.

The cities are a trap for me
The conversations prohibited.
Keep away from me, far away,
The mountains are my home.

Their rocks resemble my heart,
Their turrets ever stark.
The birds sing solemnly among
The mountains that are my home.

Give my beloved to the strangers
Give my love to the winds
Send the winds to me:
The mountains are my home.

One day, if I am appreciated,
If my name is mentioned,
If they ask where have I gone, tell them
The mountains are my home.

THE CYPRESS TREE

A cypress tree said to me:
"Peace is under my canopy.
Don't bang your head on the walls
Peace is under my canopy.

You ran a lot, got tired
You were left alone, undesired
You trusted me and came to me
Peace is under my canopy.

I'll give you room near my roots
Provide shade over your head
Hey oaf, looking for rest!
Peace is under my canopy.

You may stretch in my breeze
Enjoy the birds and the bees
If you lie here, you win
Peace is under my canopy.

Now, your love strolls and hums
But one day, she too comes
Here, all longings end
Peace is under my canopy."

LIKE CHILDREN

I was full of life
Like a spring awakening.
As if my chest were on fire
My heart was always pounding

At times I was in light, at times in fog,
At times my head rested on a loving chest.
Like the wind whispering everywhere
One moment I was flying high, in prison the next

My loves were two-day affairs
My life a never-ending adventure
Like a poet or an emperor,
I was obsessed by a thousand desires

When I felt I was falling for you
I realized how tired I was
I mellowed, calmed down
Like a spring flowing into the sea

Now, for me, poetry is your glee
Now, my throne is your knee
My love, at last, happiness is ours
Like a gift sent from the skies

Your poetry is perfect
Loving another would be madness
You are the prettiest of all flowers
Your eyes are like foreign lands

Bury your head in my chest, my love

Let my hand run through your hair.
Let us cry one day, laugh the next
Like mischievous children…

MAY

May is the rose of the months
It's a fresh flower branch.
My insides fill with fire and pain.
In May, my heart goes insane.

To the green highlands, we move
Red wines are drunk, spirits improve
My love generously opens herself
In May, my heart goes insane.

Under the sky, we lay on the ground
Troubles are forgotten,
Old flames put behind.
In May, my heart goes insane.

In the distance, birds softly chant
Craving and pining is my heart
It longs to live not to depart.
In May, my heart goes insane.

Softly, the wind blows
On the grass, my love strolls
In my direction, mistakenly, she smiles
In May, my heart goes insane.

MY BELOVED

I turned into a dry leaf fallen from a branch.
Morning wind, shatter me, scatter me around.
Carry me away from here,
Place me at my beloved's bare feet!

I left to see the world with my saz.
I returned to you, beloved, to pay my respects.
What's the point of asking strangers?
Without you, look what has become of me!

The moonlight falls on my saz.
I am the master of my songs.
Come to me, beloved, with delicately arched brows;
Embrace me, you on one side, the moon on the other!

I haven't been home in eight years;
I didn't search for a friendly ear for my troubles.
One day, should you decide to follow me,
Ask your heart for guidance, not others!

I FOLLOWED YOU HASAN

Heard your voice from a distance,
Found your head cover in a stream,
Knew where you had gone,
I followed you Hasan!

My blond forelocked, slender,
Pale faced, quince haired,
Soft spoken, gentle tempered,
Hasan, I followed you!

Expelled from the plain and the highland,
Drowned in clear waters,
Crumbled as foam and mist,
I followed you Hasan!

The one I dragged to the mountains,
Lost too soon,
Buried without a white shroud,
I followed you Hasan!

The one making Emine mourn,
Becoming Kerem as I, like Aslı, burn, (*)
The one the mountains are crying for,
I followed you Hasan!

(*) Kerem and Aslı are the 'Romeo and Juliet' of Turkish folklore

PRISON SONG 1

I was like an eagle in the skies
Shot on the wing.
I was like a branch of purple flowers
Broken in spring.

Time has not been my friend
Each day brings a different poison.
Cold iron bars are
All I embrace in prison.

I was exuberant like the springs
Drunk like the winds.
Now I have been toppled like an aged plane tree,
In a single day.

My bread is harder than my fate
My fate crueler than my foe.
I am tired of living
This disgraceful life.

I was separated from my beloved
Whose news I couldn't receive,
Who I had not embraced enough,
The one I couldn't do without.

PRISON SONG 3

Here, flowers don't bloom,
Birds soar through the gloom,
Stars don't shine,
Days don't pass, they drag on and on.

Pacing the yard, I wander
At times, I sit and ponder,
I dream many dreams
Days don't pass, they drag on and on.

In my heart are old flames,
In my head rivers and plains,
In the mirror my reflection weeps
Days don't pass, they drag on and on.

Outside, the season is spring,
Some people stroll, some wander,
The days flow like water...
Days don't pass, they drag on and on,

Lying next to me is a stranger,
Every word I hear is poisonous, bitter
The hardest thing to suffer
Days don't pass, they drag on and on.

PRISON SONG 4

Oh, my beloved, during these hard times,
Help me not lose my mind...
I am stuck in prison day and night,
Help me, show me the light...

Your breath sweetens the air,
Drifting through the snow is your hair.
On the ground, in the sky, in every spring shower,
I search for you, my delicate flower...

You are the moon in dark skies,
A flowing stream in parched lands,
You are my only truth,
I am extending my hand to you...

Let my foes laugh and celebrate,
My friends turn their backs...
You are the one I trust,
Who will not break my heart!

I wish I could leave this prison,
Come kneel at your feet...
I wish I could confide in you and cry,
About my impossible, miserable state...

PRISON SONG 5

Don't bow your head
Never mind my heart, never mind
Don't let them hear you cry
Never mind my heart, never mind

It's those crazy waves outside
That graze and wash these walls
It's their noises that drown my thoughts
Never mind my heart, never mind

Even if you can't see the sea
Turn your head up to the sky
The sky is a lot like the sea
Never mind my heart, never mind.

When your grief runs rampant
Send a reproach to Allah
There are days yet to be lived
Never mind my heart, never mind

Bullets end shot by shot
Roads end step by step
Sentences end day by day
Never mind my heart, never mind

TURKISH VERSIONS

DEĞİRMEN

Hiç sen bir su değirmeninin içini dolaştın mı adaşım? Görülecek şeydir o... Yamulmuş duvarlar, tavana yakın ufacık pencereler ve kalın kalasların üstünde simsiyah bir çatı... Sonra bir sürü çarklar, kocaman taşlar, miller, sıçraya sıçraya dönen tozlu kayışlar... Ve bir köşede birbiri üstüne yığılmış buğday, mısır, çavdar, her çeşitten ekin çuvalları. Karşıda beyaz torbalara doldurulmuş unlar...

Taşların yanında, duman halinde, sıcak ve ince zerreler uçuşur. Hâlbuki döşemedeki küçük kapağı kaldırınca aşağıdan doğru sis halinde soğuk su damlaları insanın yüzüne yayılır...

Ya o seslere ne dersin adaşım, her köşeden ayrı ayrı makamlarda çıkıp da kulağa hep birlikte kocaman bir dalga halinde dolan seslere? Yukarıdaki tahta oluktan inen sular, kavak ağaçlarında esen kış rüzgârı gibi uğuldar, taşların kâh yükselen, kâh alçalan ağlamaklı sesleri kayışların tokat gibi şaklayışına karışır... Ve mütemadiyen dönen tahtadan çarklar gıcırdar, gıcırdar.

Ben çok eskiden böyle bir değirmen görmüştüm adaşım, ama bir daha görmek istemem.

Sen aşkın ne olduğunu bilir misin adaşım, sen hiç sevdin mi?

Çoook desene! Sevgilin güzel miydi bari? Belki de seni seviyordu... Ve onu herhalde çok kucakladın... Geceleri buluşur ve öperdin değil mi? Bir kadını öpmek hoş şeydir, hele adam genç olursa.

Yahut sevgilin seni sevmiyordu... O zaman ne yaptın?

Geceleri ağladın mı? Ona sararmış yüzünü göstermek için geçeceği yolda bekledin, ona uzun ve acındırıcı mektuplar yazdın değil mi?

Fakat herhalde ikinci bir aşka atlamak, senin için o kadar güç olmamıştır. İnsan evvela kendi kendisinden utanır gibi olur ama bilir misin, bizim en büyük maharetimiz nefsimizden beraat kararı almaktır. Vicdan azabı dedikleri şey, ancak bir hafta sürer. Ondan sonra en aşağılık katil bile yaptığı iş için kâfi mazeretler tedarik etmiştir.

Ha, sonra bir üçüncü, bir dördüncüyü sevdin ve bu böyle gidiyor.

Peki, ama bu sevmek midir be adaşım, bir kadını öpmek, onu istemek sevmek midir?

Çırçıplak soyunarak şehrin sokaklarında koşabiliyor musun?

Bir bıçak alarak kolundaki ve bacağındaki adalelere saplamak ve böylece bir nehre atılarak yüzmek elinden geliyor mu?

Bir şehrin adamlarını öldürmek cesareti sende var mı? Bir minareye çıkarak bütün dünyaya işittirecek kadar kuvvetle bağırabilir misin?

Aşk sana bunları yaptırabilir mi? İşte o zaman sana seviyorsun derim...

Sen sevgiline ne verebilirsin sanki? Kalbini mi? Pekâlâ, ikincisine? Gene mi o? Üçüncü ve dördüncüye de mi o? Atma be adaşım, kaç tane kalbin var senin? Hem biliyor musun, bu aptalca bir laftır. Kalbin olduğu yerde duruyor ve sen onu filana veya falana veriyorsun... Göğsünü yararak o eti oradan çıkarır ve sevgilinin önüne atarsan o zaman kalbini vermiş olursun...

Siz sevemezsiniz adaşım, siz şehirde yaşayanlar ve köyde yaşayanlar; siz, birisine itaat eden ve birisine emredenler; siz, birisinden korkan ve birisini tehdit edenler... Siz sevemezsiniz

Sevmeyi yalnız bizler biliriz... Bizler: Batı rüzgârı kadar serbest dolaşan ve kendimizden başka Allah tanımayan biz Çingene'ler.

Dinle adaşım, sana bir Çingene'nin aşkını anlatayım...

* * *

Bir gün—karların erimeye başladığı mevsimdeydi—bütün

çergi—otuza yakın kadın, erkek ve çocuk, dört beygir ve iki defa o kadar da eşek—Edremit tarafına doğru göçüyorduk.

Can sıkan ve bize hiç uymayan bir kıştan sonra ısıtıcı güneş ve yeni belirmeye başlayan yeşillikler hepimize tuhaf bir oynaklık vermişti. Sırtlarında beyaz ve kısa bir gömlekten başka bir şeyleri olmayan küçük çocuklar hiç durmadan koşuyorlar, bağırıyorlar ve şose yolunun kenarındaki hendeklerde yuvarlanıyorlardı.

Delikanlılar keman ve klarnet çalarak yürüyorlar, genç kızlar parlak sesleriyle su gibi türküler söylüyorlardı.

Ben de etrafı gözden geçirerek bir köy, bir çiftlik, yanında kalabileceğimiz bir yer araştırıyordum.

İkindiye doğru siyah zeytin ağaçlarının arasında yükselen açık renkli çınar ve kavaklar gözüme ilişti. Burası küçük bir değirmendi. Suyu bol bir çay küçük söğüt ağaçlarının arasından geçtikten sonra dar ve taş bir mecraya giriyor, oradan da dört tane tahta oluğa taksim oluyordu.

İhtiyar çınarlar çukura gömülen eski değirmenin siyah kiremitli çatısını örtüyorlar ve ön tarafındaki geniş meydanı gölgeliyorlardı.

Ağaçların hışırtısını bastıran bir gürültüyle değirmenin altından fıkırdayıp çıkan köpüklü sular iki sıra taze kavağın ortasından geçip ilerideki sazlıkta kayboluyordu.

Burada sergilemek hiç de fena değildi. Yüklü eşeklerle sık sık gelip giden köylülerden, değirmenin işlek olduğu anlaşılıyordu.

Ve bir kurşun atımı ötede beyaz minaresiyle bir köy görünüyordu.

Daha çadırları kurmadan Atmaca, klarnetini alarak, kanatlarının biri açık duran kocaman kapıya yanaştı, çalmaya başladı.

İçeride sesi duyan köylüler, oraya birikerek dinliyorlardı.

Değirmenci de bunların arasındaydı, beyaz sakalını karıştırarak lakayt gözlerle bakıyordu.

Bilir misin adaşım, bu köylüler tavuk ve oğlak çaldığımızı söyleyerek bizden şikâyet ettikleri halde bizi gene severler.

Aralarında bir kileye yakın buğday toplayarak Atmaca'ya

verdiler. Ve değirmenci buna iki çömlek de yoğurt ilave etti.

Biz bu güzel kabulden cesaret alarak, biraz ötedeki zeytin ağaçlarının arasında çadırlarımızı kurduk.

İşler iyi gidiyordu. Kadınlar taze söğütlerden yaptıkları sepetleri yakın köylerde satmakta güçlük çekmiyorlardı. Çalgıcılarımız yarım gün uzaktaki köylerden bile düğüne çağırılıyorlardı.

Atmaca tabii en baştaydı...

Sen bu Atmaca gibisine daha rastlamamışsındır.

Bir kere heybetli delikanlıydı: Yağız derisi, yüzüne delice dökülen simsiyah saçları ve koyu gözleri...

Sonra burnu... Uzun, sivri, ucu biraz aşağı kıvrık burnu...

Bunun için biz ona Atmaca derdik...

Başı, geniş omuzlarının üstünde bir arapatındaki gibi dik dururdu ve bir arapatı ondan daha çevik değildi...

Bütün çergilerde onun cesareti, onun güzelliği, onun çalgısı söylenirdi.

Başka Çingene'ler gibi çalmazdı o, adaşım: Bir kere nota bilirdi.

Şehir mektebini okumuş, bitirmişti; sonra içliydi... Sanırdın ki, klarneti çalarken, havayı ciğerlerinden değil, doğrudan doğruya yüreğinden veriyor.

Geceleri tek başına bir ağacın dibine çekilirdi. Biz de çadırların önüne çıkıp yüzükoyun yatar, çenemizi toprağa dayayarak onu dinlerdik.

Hiçbir sevgilisi yoktu. Ne geçtiğimiz Türkmen köylerindeki al yanaklı güzeller, ne de ince dudaklı Çingene kızları onun bakışlarını bir andan fazla üzerlerinde alıkoyabilirlerdi...

Hâlbuki çalgı çalarken büyük gözlerde -oradaki kıvılcımları söndürmek ister gibi- bir nem belirdiğini, esmer yanaklarında -bir ateşe rastgelmiş gibi derhal kuruyan- birkaç ufak damlacığın yuvarlanmak istediğini görmüştük.

Çok konuşmaz, konuştuğu zaman da içindekilerden bize bir şey sezdirmezdi. Neler hisseder, neler düşünürdü? Onu bu dünyaya bağlayan şey neydi? Hiçbirimiz bilmezdik. Acaba birisini sevdiği için mi, yoksa hiç kimseyi sevemediği için mi, bu kadar yanık, bu kadar derinden çalıyordu?

Ara sıra uzun müddet kaybolur, başka çergilerde dolaştığı, şehirlere inip büyük beylerin meclisine girdiği söylenirdi.

Kasabadaki efendiler ona akran muamelesi ederlerdi, fakat o davarlardan bizimle beraber koyun uğrular, düğünlerde bizimle beraber çalgı çalardı.

Hemen her akşam değirmenin önündeki meydanlıkta toplanıp ahenk yapıyorduk. Şimdilik bir şey anaforlamadığımız için değirmenci de memnundu. Kızıyla beraber büyük çınarın altına bir hasır atıyor, bağdaş kurup oturarak bizi dinliyordu.

Değirmencinin kızı tam bir köy güzeliydi. Yuvarlak bir yüzü, kalın dudakları, kalçalarına kadar uzanan ince örgülü saçları vardı.

Ama yüzü hep soluktu. Etrafındaki şeylere, kendisiyle alışverişi yokmuş gibi, dümdüz bir bakışı ve dudaklarının kenarından dökülüyormuş gibi, isteksiz bir gülüşü vardı.

Bu kızcağız sakattı adaşım, küçükken sağ kolunu değirmenin çarklarından birine kaptırmıştı. Şimdi onun yerinde şalvarının beline iliştirilen boş bir yen sallanıyordu.

Ve bu onu insanlardan ayırıyordu.

Düşünebilir misin, güzel bir kızın bir kolu olmazsa bu ne demektir? Derenin üst başında çıpıl çıpıl yıkanan genç kızlara karışamıyordu. Vücudunu ve ondaki ayıbı her zaman örtmeye mecburdu.

Geceleri birbirlerinin evinde toplanıp cümbüş yapan kızlarla da birleşemezdi, çünkü ne tef çalmak, ne de parmaklarının arasına tahta kaşıklar alarak oynamak elinden gelirdi...

Belli ki onun bütün çocukluğu bitmez tükenmez bir hasretle geçmiş; belli ki zeytin dallarına sincap gibi tırmanan, birbiriyle alt alta, üst üste güreşen, değirmenin önünde erkek çocuklarla su fışkırtmaca oynayan akranlarına bir duvara yaslanarak istek dolu gözlerle bakmıştı.

Şimdi bütün bunlara alışmış görünüyordu. Başka insanların yaptığı birçok şeyleri yapmak hakkının kendisinde olmadığını biliyor ve hiçbir şey istemiyordu.

Değirmenin kapısı yanındaki taş sedire saatlerce oturup

meydanda eşelenen tavuklara yahut kocaman çınarın kıpırdayan yapraklarına yarı yumuk gözlerle bir bakışı vardı ki, adamı ağlamaklı ederdi.

Geceleri babasıyla beraber gelir, onun yanında diz çöküp oturarak bize bakardı...

Sözü kısa keselim adaşım, bizim mağrur ve insafsız Atmacamız, değirmencinin bu sakat kızına vuruldu.

Tavuslara, sülünlere bakmaya tenezzül etmeyen yabani kuş, kanadı kırık bir çulluğun, şikârı (avı) oldu.

Eyvah bana ki meselenin çok geç farkına vardım. Ben anladığım zaman alev saçağı sarmıştı... Yoksa çoktan çergiyi toplar, başka yere göçerdim...

Atmaca hiç kimseyle konuşmuyor, düğünlere gitmiyor, zeytinlerin altında tek başına çalıyordu. Ama geceleri çınarın altında adamakıllı coşar, gözlerini kıza diker, üfler, üflerdi...

Ve biz titrediğimizi, bağırmak, konuşmak yahut yerlere atılıp ağlamak istediğimizi hissederdik...

Onun çalışında, bir ateş yığını etrafında haykıran ateşe tapanların yahut batmakta olan bir gemiye çarpan dalgaların feryadı ve inleyişi vardı.

Atmaca'nın kanatları düşmüştü adaşım. Sarardıkça sararıyordu. Değirmencinin köye indiği günler kapının yanındaki taş sedirde kızla beraber oturduğunu ve tırnaklarını, parçalamak ister gibi, iki tarafındaki sert kayada gezdirdiğini görünce, bu işin böyle gitmeyeceğini anladım...

Bir gece onu çağırdım, derenin alt başına gittik, kavak fidanlarının arasına oturduk.

Çakıllarda acele acele seken sulardan ve uzaklardan gelen bir kurbağa sesinden başka hiçbir şey duyulmuyordu.

Atmaca önüne bakıyor, niçin çağırdığımı, ne söyleyeceğimi sormuyordu.

Elimi omuzuna koydum, gözlerini bana kaldırdı:

"Seviyorsun!" dedim.

"Öyle..." dedi.

"Ne yapacaksın"

Bu sualin cevabını bulmak ister gibi gözlerini yukarıya,

yıldızlı göğe çevirdi; uzun uzun baktı, birdenbire:

"Sen bizim çeribaşımızsın" dedi, "gezdiğin yerler benden çok, tecrübelerin fazla, aklın, dirayetin bütün Çingene'lerden üstündür. Sana açılmalıyım..."

Gözlerini hiç indirmeden, sanki yıldızlara anlatıyormuş gibi, söylemeye başladı:

"Onu seviyorum, ne yapacağımı da hiç düşünmedim. Sen benim sevmemin nasıl olacağını bilirsin... Ben ki, arkamdan uşaklarını koşturan konak sahibi hanımlara başımı çevirmedim; yedi köye hükmeden eşraf bana gelip, 'Kızım senin için yataklara düştü, Çingene olduğunu unutup seni evlat gibi sineme basacağım, yalnız gel, gel de kızımızı kurtar!' diye yalvardılar da, gene cevap vermeden yoluma gittim; işte şimdi bu bir kolu olmayan kızı seviyorum.

"Onu alamam, onu kaçıramam... Hâlbuki o da beni seviyor.

"Bunu bana evvelisi gün ağlayarak söyledi. 'Gel' dedim, 'beraber kaçalım.' Acı acı güldü, 'Ağam,' dedi, 'ben senden noksanım, bana sadaka mı veriyorsun?' Onu nasıl sevdiğimi anlattım: 'Bana kolunun yerine kalbini veriyorsun,' dedim, 'bir kalp bir koldan daha mı az değerlidir?'

"Tekrar gözyaşları boşandı: 'Olmaz' dedi, 'düşün ki, her karşına çıktığımda senden utanacağım, başım yerde olacak, beni böyle zelil etmek ister misin? Bırak beni, ne olduğumu bilerek ihtiyar babamın yanında kalayım, sen de bir daha buralara uğrama. Bana sakatlığımı unutturarak deli deli rüyalar gördürdün, seni ömrümün sonuna kadar unutamam, ama olmayacak şeylere beni inandırmaya kalkma, eğer sahiden beni seviyorsan hemen buralardan git!'"

Atmaca burada bir nefes aldı ve gözlerini yere indirdi:

"Düşünüyorum, birleşirsek bu ikimiz için de sahiden azap olacak. Aramızda anlaşılmaz, boğucu bir havanın dolaştığını hissedeceğiz. Eğer o bana açılamaz, bana naz edemez, bana içinden geldiği gibi sarılamazsa, gözleri her zaman: 'Ne diye gençliğini benim için nara yaktın, sana yazık değil mi?' demek isterse, ben ne yaparım? Her sözümden, her tavrımdan alınır; kızsam ona dokunur, sevsem ona acıyormuş gibi gelir, kucaklasam boş olan kolunun yerinde bir sızı duyar ve bunlar hep böyle sürüp gider...

"Ne yapacağımı, bu halin beni nereye götüreceğini sorma, bende artık kuvvet yok, akıl yok, düşünce yok, yalnız aşk var. Mavzer kurşunu gibi çarptığını yere seren bir aşk... Senin Atmacan artık kanatlarını kımıldatacak halde değil!"

Sustu, son sözler öyle acınacak bir tavırla ağzından dökülmüştü ki, fazla bir şey sormaya, hatta teselli etmeye kalkışmadım; ona bu halde ne söz söylenebilir, ne de o söyleneni duyardı.

Koluna girip çadıra kadar götürdüm.

İşler gittikçe sarpa sarmıştı adaşım, Atmaca'nın hali beni korkutuyordu. Fakat yapılacak hiçbir şey yoktu. Şimdilik işi oluruna bırakmaya karar vererek yattım. Bütün gece, büyük çınarın altında kollarını açarak sabırsızca bekleyen Atmaca'yı ve dudaklarının kenarında geniş bir sevinç, soluk yanaklarında görülmemiş bir pembelikle ona doğru koşan değirmencinin kızını gördüm. Fakat birbirinin kucağına atılacakları zaman şekli belli olmayan tuhaf bir cisim ikisinin arasına giriyor, bir çark gibi fırıl fırıl dönerek ve gittikçe büyüyerek onları ayırıyordu.

Günler, kuvvetli bir rüzgârın sürüklediği beyaz bulut kümecikleri gibi birbiri arkasına geçip gidiyorlardı. Ve biz, bunların sonunda muhakkak bir fırtına kopacağını seziyorduk. Herkes müthiş bir şeyden korkuyor gibiydi. Bütün çergiyi ağır bir durgunluk kaplamıştı.

İhtiyar ve tecrübeli Çingene karıları bildikleri afsunları okuyorlar, bütün iyi ve fena ruhları zavallı Atmaca'nın imdadına çağırıyorlardı. O, gittikçe çöken yanakları, nereye baktığı belli olmayan şaşkın gözleriyle geçerken delikanlılar başlarını yere eğiyorlar, genç kızlar ölü gibi sararan benizleri ve titreyen dudaklarıyla arkasından bakıyorlardı.

Kadın, erkek, genç, ihtiyar hiçbir şeye karar veremeyerek bekliyorduk. Sanki serseri bir rüzgâr kafalarımızdan her düşünceyi silip süpürüyor, bizi şaşkın ve meyus buralarda bırakıyordu.

Bir gün Atmaca yanıma sokuldu, "Bu akşam değirmende ahenk yapacağım, ben ihtiyarla konuştum!" dedi.

Hafif yağmur çiseliyordu. Akşama kuvvetli bir yaz sağanağı gelmesi çok mümkündü. Bunu ona da söyledim.

"Değirmenin içinde çalacağım!" dedi.

"Değirmen geceleri de işliyor, o gürültüde mi?"

Tuhaf tuhaf güldü:

"Korkma!" dedi, "Klarneti o gürültüde de size duyururum. Nefesim daha o kadar kuvvetten düşmedi."

Yağmur akşama doğru sahiden arttı. Karşı tepedeki palamut ormanına birbiri arkasına yıldırımlar düşüyor, iri damlalar zeytin ağaçlarının siyah yapraklarını garip tıpırtılarla oynatıyordu.

Hepimiz değirmenin içine dolduk. Tavanda sallanan iki tane gaz lambası etrafa yarım bir aydınlık serpiyordu ve çarklar, taşlar, tozlu kayışlar dönüyorlar, dönüyorlardı. Hepsinin birden çıkardığı yırtıcı gürültü yağmurun alçak tavandaki kesik hıçkırığına karışıyor, birbirini kovalayan gök gürültüleri bu korkunç ahengi tamamlıyordu.

Değirmenci ve kızı duvarın dibindeki sedire oturmuşlardı. Sallanan lambalar genç kızın yüzünde acayip gölgeler oynatıyordu.

Bütün gürültüleri bastıran ince bir ses birdenbire yükseldi:

Kendisini değirmenin karanlık bir köşesine çeken Atmaca çalmaya başlamıştı. Adaşım, ben o gece dinlediğim şeyleri öldükten sonra bile unutamam.

Dışarıda fırtına gittikçe artıyor ve rüzgâr ıslak kamçısını kerpiç duvarlarda gezdiriyordu. Yükselen sular tahta oluklardan taşıyor, haykıra haykıra yerlere dökülüyordu.

İçeride taşlar nihayetsiz bir coşkunlukla homurdanıyor; çılgın gibi dönen kayışlar şaklıyor; birbirine geçen tahta çarkların dişleri ağlar gibi gıcırdıyordu. Ve bunların hepsini bastıran deli bir ses kâh yalvarıyor, kâh hiddetle kıvranıyor, susacak gibi olduktan sonra tekrar yükseliyordu.

Alacakaranlıkta Atmaca'nın siyah ve parlak gözleri hiç kıpırdamadan genç kıza bakıyorlardı, genç kızın acınacak bir perişanlıkla çırpınan büyümüş gözlerine...

Ve öyle şeyler çalıyordu ki adaşım, onları anlatmaya bizim kullandığımız kelimelerin takati yoktur... Bazen okşayan, ısıtan bir sabah güneşiydi... Fakat derhal yüzümüzü yırtan, gözümüzü kör eden, içindeki ateşleri kum tanesi gibi etrafa saçan bir çöl fırtınası oluyor yahut bağrımıza işleyen bir bıçak haline geliyordu.

Son ve keskin bir çığlıktan sonra Atmaca'nın ayağa kalktığını gördüm. İki üç adım ilerledi ve klarneti bir köşeye fırlattı.

Herkes doğrulmuştu. Üzüntülü gözlerle ona bakıyorlardı. O, yüzüne büsbütün dökülen kara saçlarını eliyle geriye attı. Birdenbire çukura gitmiş gibi görünen gözlerle etrafını araştırdıktan sonra onları değirmencinin kızına dikti, uzun uzun baktı...

O dakikayı ömrümde unutamam adaşım; dışarıda fırtına arttıkça artmıştı, duvarlar sarsılıyor, tepemizdeki kiremitler uçuyordu. Ve değirmen, azgın bir hayvan gibi homurduyor ve dönüyordu. Ve o, lambanın sönük ışığında, olduğundan daha büyük, adeta bir gölge gibi duruyordu. Gözleri genç kızın üzerindeydi. Tahammül edilmez bir acı yüzünün şeklini tanınmayacak hallere sokmuştu. Kâh esmer derisini şişiren bir kan gözlerinin kenarına kadar fırlıyor, kâh dişlerinin arasında ezilen dudakları bile bembeyaz oluyordu. O dudaklar ki, bir şey söylemek ister gibi kıpırdıyorlardı ve kenarları ağlayacak gibi aşağıya çekiliyordu.

Bu bakış ancak bir an kadar sürdü. Sonra gözkapakları yavaşça düştüler ve o, yere yıkılacak gibi sallandı. Fakat hemen kendisini topladı. Bir kere daha etrafına bakındı. Sanki bir imdat bekliyor gibiydi: Kendisini bu kahredici; bu parçalayıcı ağrılardan kurtaracak bir imdat... Nihayet kafasına bir şey vurulmuş gibi inledi. Gerisingeriye dönerek değirmenin öbür başına, çarkların ve kayışların kudurmuşçasına döndükleri köşeye doğru atıldı.

Bir nefes alımı kadar hepimiz olduğumuz yerde kaldık, sonra delice bağırarak arkasından koştuk... Heyhat adaşım, çok geçti. Atmaca yerinden fırlayan ve -iş işten geçti- demek isteyen gözlerle bize doğru geliyordu. Sağ kolu yerinde değildi ve oradan oluk gibi kan fışkırıyordu. Birkaç adımdan sonra sendeledi, ayaklarımızın dibine yıkıldı.

* * *

İşte adaşım, sana seven bir Çingene'nin hikâyesi.

Çiçeklerin açtığı mevsimde, senin kollarına yaslanan ve çiçekler kadar güzel kokan bir vücutla uzak su kenarlarında oturmak ve öpüşmek, yoruluncaya kadar öpüşmek hoş şeydir...

Seni gördüğü zaman zalimce başını çeviren mağrur bir dilberin kapısı önünde ve ay ışığı altında sabaha kadar dolaşmak, bunu candan arkadaşlara ağlayarak anlatmak, -söz aramızda-gene hoş şeydir.

Fakat sevgili bir vücutta bulunmayan bir şeyi kendisinde taşımaya tahammül etmeyerek onu koparıp atabilmek, işte adaşım, yalnız bu sevmektir.

ÇİLLİ

Sıcak ve boğucu bir gündü. Kan ter içinde gece yarılarına kadar boş laf dinlediğim bir ahbabın evinden çıkmış, ağır ağır Kordonda yürüyordum. İzmir'in gündüzlerinden beter olan bu yapışkan, ıslak gecelerinde deniz, serinlik değil, sadece buğu halinde etrafa yayılan bir yosun ve pislik kokusu verir. Yol tenha idi. Birbirinin içine girmiş gibi karmakarışık, sahile yaslanan irili ufaklı yelken gemilerinin direkleri kuru ağaç dalları gibi, hafif hafif kımıldıyor, teknelerin içinden ara sıra Giritli kayıkçıların Rumca konuşmaları duyuluyordu. Biraz daha ilerde vapur iskelesinin yakınlarında tek tük hammallar ile arabacıları yerlerinde uyuyan bir iki fayton vardı. Bunların ötesinde bir binanın ikinci kat pencerelerinden sokağın kaldırımlarına parlak ışıklar ve kötü bir dans müziği dökülüyordu. Bu rıhtımda dört beş tanesi sıra sıra dizilmiş olan barlardan birinin önündeyiz. Belki bu saate kadar kaldığım evdeki ipe sapa gelmez gevezeliklerin uyuşturucu tesirinden kurtulmak, bir şeyler, kirli veya temiz, ama herhalde hareketli bir şeyler görmek için, fakat kendi kendime: -Bu sıcakta soğuk bir şey içeyim- bahanesini ileri sürerek, bu gemici barının dar taş merdiveninden yukarı çıkmaya başladım.

Bütün masalar dolu değildi. Ama dört beş yerde öbek öbek kalabalık gruplar vardı. Cazın bulunduğu yere yakın bir masada beş altı tane, tuvaletleri de yüzlerinin yorgun ifadesi kadar pörsümüş kız oturuyordu. Müşteriler birbirlerine hiç uymayan çeşittendi. Direklerin arkasında loş bir köşeye çekilmiş olan birkaç genç, herhalde ellerine nasılsa biraz para geçmiş birkaç bekâr memur, iki kişiye bir bira içip, dans başlayınca kadınların bulunduğu masaya doğru koşmakla bu gece müthiş hovardalık ettiklerini sanıyorlardı. Daha ortalama bir masada dört beş Marmarisli gemici, süngercilikten kazandıkları para ile aldıkları motorun son seferinde ellerine geçeni, biri Rum, biri Türk iki şişman kadına üst üste bool ısmarlayarak tüketmeye uğraşıyorlardı. Yukarı kat localarından birinde kır saçlı eski bir hovarda, bar sahibi ile ahbaplığına dayanarak üç kadını birden etrafına oturtmuş, az masrafla son çağlarının esaslı bir zevk gecesini yaratmaya uğraşıyordu. Smokininin kolları yıpranmış kirli gömlekli ve kirli tırnaklı bir garson, masama yaslanarak ne istediğimi sordu. Bir bira söyledim ve bu sırada başlamış olan dansı seyre koyuldum.

Okumuş yazmış olanla kara cahili, kibar terbiye görmüş olanla ömrünü ekmek parası ardında ve denizde harcarken terbiyeye vakti kalmamış olanı, iyi ile kötüyü aynı hale, aynı tek biçime sokan sarhoşluğun o ilerlemiş haddi, bütün erkeklerin suratında yılışık, şehvetli, ama tamamen ruhsuz bir maske halinde sırıtıyordu. Sarhoş olsun olmasın bütün kadınların yüzlerinde, hareketlerinde ise "Aman Yarabbi, ne zaman bitecek!" diyen bir ifade vardı ve bununla bu geceyi değil, bu hayatlarını da değil, her şeyi, ama her şeyi kastettikleri besbelli idi. Bu akşam mümkün olduğu kadar çok para bıraktırmak vazifesini üstüne aldığı erkeğin yüzüne meslek icabı, fakat lüzumsuz bir gülüşle bakan kadın, adamın biraz fazlaca sarılması yahut sakallan fırlamış terli suratını yanağına yapıştırmak istemesi üzerine, derhal kuyruğu çekilmiş bir kedi halini alıyor, herifi iki eliyle birden itiyor, sonra fazla kızdırıp müşteri kaybetmemek için de, hemen sırnaşmaya başlıyordu. Bütün bu değişmeler o kadar çabuk oluyor, o kadar keskin hatlarla birbirinden ayrılabiliyordu ki, bunlarda insan hislerinin değişmelerini aramak saçma idi.

İçimde tuhaf bir ezilme ile başımı başka taraflara çevirdiğim zaman; bar kadınlarının masasında tek başına oturan, siyah kadife tuvaletli, bütün sırtı, omuzları ve aşağı yukarı bütün göğsü açık sarışın bir kızın dikkatle bana baktığını gördüm. Yüzü o anda bana pek yabancı gelmedi. Fakat buralardaki kadınlar zamanla o kadar birbirlerine benzer oluyorlar ki, ben de: -Herhalde bir yerde görmüş olacağım yahut benzetiyorum!- dedim ve bunun üzerinde fazla durmadım. Yalnız dans etmek için sıra bekleyen bu kadar delikanlı varken onun masada oturması tuhafıma gitti. Öyle pek çirkin değildi, sonra gecenin bu saatinde erkekler sarılıp ortada dönecekleri kadınların yüzlerine bakmıyorlar, sadece ellerinin dokunacağı bir çıplak et ve burunlarını dolduracak keskin bir kadın kokusu arıyorlardı. Kadının gözlerini hiç çevirmeden bana bakmasından adeta rahatsız oldum. Başımı tekrar dans edenlere çevirince, düz siyah saçları yüzüne dökülmüş, gözleri sarhoşluktan yarı kapalı, zayıf bir kadınla kırk yaşlarında ciğer gibi kırmızı suratlı bir gemicinin tokalaştıklarını gördüm. Adamın ustura ile kazınmış başının derisi ve bir tarafı uzun, bir tarafı kısa olan, sigaradan sararmış kır bıyıkları bile hırsından titriyordu. Bir garson onları ayırmaya uğraşırken yanımda başka bir garson belirdi. Kulağıma doğru ahbapça eğilerek kaşları ile tek başına masada oturan kadını işaret etti:

"Bayan masanıza gelmek istiyor" dedi.

"Aman aslanım, benim öyle yağlı müşterilerden olmadığımı bilirsin!"

"Hayır, sizinle bir şey konuşacakmış!"

"Allah Allah, buyursun!"

Garson o tarafa bakıp, başı ile kadını çağırdı. Ben de yüzüme, buna razı olduğumu anlatmak isteyen bir ifade vermeye çalışarak o tarafa baktım. Kadın yerinden kalktı, o zaman çok sarhoş olduğunu anladım. Masalara, iskemlelere ve salonda bir baştan bir başa sıralanmış olan direklere tutunarak yürüyor ve güçlükle ayakta duruyordu. Garsonun çektiği iskemleye yığıldı. Başı önünde, biraz durduktan sonra gözlerini bana çevirdi, dikkatle baktı. Bu bakışlarda, çok sarhoş bir insanın bir parça olsun aklını başına toplayabilmek için sarf ettiği o müthiş gayretten başka bir şey görmedim. Yalnız, yüzüne yakından baktığım zaman, onun bu biraz yukarıya kalkık burnunu, çekik ve tatarımsı gözlerini, hele o burnu ile gözlerinin altına doğru yayılan kırmızımtırak çilleri muhakkak tanıdığımı anladım. Ama nereden tanıyorum, diye yine kendimi zorlamadım. Kadın susuyor, hep o faydasız gayretle yüzünün adalelerini oynatıyordu. Bir şey söylemiş olmak için:

"Niçin dans etmiyorsunuz?" dedim.

Eliyle, "Haydi be!" der gibi bir işaret yaptı, sonra birdenbire ayağa kalkmak ister gibi toparlandı. Sarhoşluğu hiç belli olmayan bir sesle:

"Beni tanımadın mı Hoca?" dedi.

O zaman birdenbire bir tuhaf olduğumu hissettim. Sırtımdan sıtma titremesine benzeyen bir ürperme geçti.

"Kız" dedim. "Kız... sen..."

"Evet. Ben! Ben..." dedi.

"Nigar... Aydın'da..."

Çok pencereli, çok aydınlık bir sınıf. Çok aydınlık yüzlü çocuklar ve orta sıraların en önünde oturan iki örgü saçlı, çilli bir küçük kız çocuğu gözlerimin önünde birdenbire canlanıverdi. Ben onlara Almanca okutuyordum. Eskişehirli bir tren memurunun çocuğu olan bu haşarı kız, bu yabancı kelimeleri ve kaideleri herkesten önce kavrıyor, ezberliyor, ayağa kalktığı zaman: -Ah, bunlar da bir şey mi sanki! Ben daha neler öğrenebilirim!- diyen yarı alaycı bir gülüşle insanın yüzüne bakıyordu. Zil çalar çalmaz yerinden fırlayıp beni elimden tutar: -Hoca, haydi voleybol oynayalım- diye bahçeye sürükler ve o kısacık boyu ile topu ok gibi filenin öbür tarafına fırlatırdı. On iki yaşlarında ya var, ya yoktu. Ateş gibi, her hareketinden hayat fışkıran bir çocuktu. Bütün bunlar kaç sene önceydi? Şöyle bir hesapladım. On dört sene olmuş. Ama onun yüzüne baktıkça artık o güçlükle kendini toparlayan sarhoş kadını değil, benim olduğu kadar bütün mektebin, hocaların ve arkadaşlarının sevgilisi olan küçük "Çilli"yi görüyordum. Sanki hiç değişmemişti. O burun, o gözler, o altın sarısı saçlar ve o kızıl çiller.

Akla ilk gelen o boş, o yersiz şeyi sormamak, "Kızım, nasıl oldu da buralara düştün?" dememek için kendimi zorladım. Aydınlık sınıfımızda olduğu gibi, gülmemek için kaşlarımı çatmaya çalışarak, yüzüne baktım ve bekledim. O zaman o, benim farkında olmadan beklediğim şeyi söyledi:

"Hoca, hiç değişmemişsiniz! Bana hep eskisi gibi bakıyorsunuz!" dedi.

"Öylesin Nigar!"

"Değilim Hoca!"

Bunu der demez sahiden yüzü değişti. Bizi bir anda on dört sene önceye götüren o yakınlığın yavaş yavaş kaybolduğunu hissettim ve çok üzüldüm. Nigar çıplak kolunu masaya, başını omzuma dayayarak mırıldandı:

"Başınızı ağrıtacak değilim Hoca, sizi görünce hemen tanıdım. Ama bir derdim olmasaydı size kendimi tanıtmazdım. Mademki yüzüme baktığınız halde Çilli'yi tanımadınız..."

Başını omzumdan çekti, göğsü ile masaya yaslandı. Damdan düşer gibi, "Bir çocuğum var da ondan size geldim!" dedi.

Ne demek istediğini iyice anlamadığım halde, pek anlayışlı görünmek isteyen bir tebessümle, "Devam et!" der gibi başımı salladım.

Çilli, "Bakın size anlatayım..." diye kopuk kopuk cümleler, yarısı ağzından çıkmadan dağılan kelimelerle ve adeta başka birinin hayatından bahsediyormuş kadar kayıtsız, şunları söyledi: Babası onu orta mektebi bitirir bitirmez, daha on beş yaşındayken, istasyonda şef muavini olan kırk beşlik birine vermiş. Nigar:

"Ne yapayım, oturacaktım herifle! Bu kadar sene de oturdum zaten. Ama adam ellisinden sonra rakıya vurdu. Başkalarının da sarhoş kocaları var diyeceksin. Ama çocukları da var. Onlarla avunuyorlar. Bizimkinde ise çocuk yapacak hal de yoktu. Üstelik bir de kıskanç! Bizim sınıftan Buldanlı bir Kemal vardı ya, o, o zaman tıbbiyede okuyordu. Şimdi doktor. Eşek. Hani güzel bir çocuktu. Mektepte iken beni bisikletine bindirir gezdirirdi. İşte o, tatilde Aydın'a gelmiş, parkta gördüm. Mektebi hatırladım. Ayol bize gelsene, dedim. Evi de tarif ettim. Hemen bizim ihtiyara yetiştirmişler. Meyhaneden kalkıp benimle kavga etmeye eve gelmiş. Hiç de bu kadar erken sökün etmezdi diye şaştım kaldım. Ben daha ağız açmadan bir küfürdür başladı: 'Parklarda delikanlılarla konuşmuşsun! Benim bu memlekette namusum var, kaltak!' diye üstüme yürüdü. Bende de artık sabır taşmış. 'Herif senin neyin var bilmem ama neyin yok pekiyi biliyorum. Yeter artık sünepe kahrı çektiğim!' deyivermişim.

"Sen misin diyen! Herif kapı arkasından şemsiyesini kaptığı gibi başıma gözüme vurmaya başladı. Bu sırada Kemal de gelmez mi? Halimizi görünce hemen gitmeye kalktı. Ben arkasından bağırdım. Ne bileyim ben, cahillik işte: 'Gitme Kemal' dedim, 'senin yüzünden başıma bunlar geldi.' Bizim ihtiyar işte bu lafa yapıştı. Beni bütün Aydın'a rüsva etti. Kemal'le bir geçmişimiz olmadığına kimseyi inandıramadım. Aman Hoca, siz bilirsiniz, ben delibozuk bir kızım. O herifle yedi sene nasıl oturdum, şaşıyorum. Dedim ya, cahillik. Bu da cahillik. Kan başıma çıkıverdi. Kapıyı suratına kapadığım gibi çıktım gittim. Ama ortada ne Kemal var, ne bir şey. Ben arkasından bağırırken o sıvışmış. Akşam da Buldan'a gitmiş. Bu halde baba evine de gidemem. Zaten laftan bıkmıştım. Orda da oturup gık dediğim bu muameleleri yeni baştan görecek değilim. O gece bir ahbap evinde yattım. Ertesi gün evden eşyalarımı aldırdım, bileziklerimi sattım, İzmir'e geldim. Sizin anlayacağınız İzmir'den de üç beş gün sonra buraya geldim. Ama bu üç sene evvelki gelişim. O zaman altı ay çalıştım.

"Her şeye boş verdim. Ne olacak? Bir can değil mi? İnsan evde de yaşar, barda da yaşar. Ama günün birinde bizim Kemal bir sürü arkadaşı ile beraber bara gelmez mi? Beni görür görmez bir masama koşsun, bir ağlasın, bir dövünsün! 'Ah, sen benim yüzümden buralara düştün. Bu mesuliyet beni mahvediyor!' falan, hep sarhoş ağzı. Ama insanın canı inanmak istiyor işte. 'Ben seni burada bırakmam, yürü gideceğiz, beraber yaşayacağız. Nikâh edeceğim!' deyince kandım. Bar sahibi ile hesabımı kestim. Zaten alacaklıydım. Hepsini bağışladım. Hır çıkarmadan bıraktılar. İstanbul'a gittik. Beş altı ay oturduk.

'Babamdan izin çıkarsa nikâh edeceğim!' deyip dururdu. Canım, keyfine kalmış bir şey, ister etsin ister etmesin, vız gelir.

"Ama günün birinde baktım gebeyim. 'Hemen çocuğu aldır!' dedi. 'Ne lüzumu var' diyecek oldum. 'Olmaz, olmaz! Nikâhsızken çocuk istemem!' dedi. Baktım asıl korkusu, çocuk olursa balta olurum diye. Bana namus numarası yapıyor. Bir gözümden düştü, bir gözümden düştü! Böyle budala yerine koymuyorlar mı, işte insana asıl o dokunuyor. 'Peki!' dedim. 'Sen üzülme! Ben İzmir'e giderim, tanıdık doktor var, masrafsız, gürültüsüz aldırırım!' Bindim vapura geldim. Hemen bara yerleştim. Beş on kuruş kazandım.

"Sekiz ay oluyor çocuğu doğurdum. Görme, nurtopu gibi bir oğlan, Hoca. Bir kadın tuttum, o bakıyor. Süt veriyor, biz burda her akşam sarhoşuz. Sarhoş sütü çocuğa yaramazmış. Elin bakması ana gibi olmuyor ama ne yaparsın. Kemal adresimi bilmiyor. Mektebi var gelemiyor da. Gelmek istediği de şüpheli ya zaten. Ne diyecektim? Çocuk bu yaşlarda otellerde sefil oluyor. Sizi görünce aklıma geldi. Ankara'da bildiğiniz çoktur. Orda bir çocuk yuvası varmış. Oraya yerleştiremez misiniz? İki yaşına gelsin, alırım, isteseler bırakmam! Ama böyle kucak çocuğu olmaktan bir çıksın!"

"Elimden geleni yaparım çocuğum!" dedim. "Ama babasına neden haber vermiyorsun?"

Belki de anlattığı şeylerin tesiri ile sarhoşluğu bir hayli azalmış olan Çilli, gözlerini adeta hiddetle üstüme dikti:

"Ne münasebet?" dedi. "Çocuğunu istemeyene ne diye haber verecekmişim? Onu ben doğurdum, ben büyüteceğim. Haberi bile olmayacak budalanın."

Yorulmuş gibiydi. Ama gözlerinde çocuğundan bahseden her ananın gözündeki o biraz vahşi parıltı vardı. "Yaparsın işimi değil mi, Hoca?" dedi. "Bilirim siz beni çok seversiniz. Rahatsız etmeyeyim!" Kalktı, elleri ile masaya dayandı, yüzüme doğru eğilerek fısıldar gibi:

"Göreceksin Hoca" dedi, "yemeyeceğim, içmeyeceğim, oğlumu büyütüp adam edeceğim. Sonra günün birinde oğlumla yolda giderken babasına rast geleceğim. Oğluma, 'Sen yürü!'

diyeceğim. Ondan sonra babasının yakasına yapışıp: 'Bak pezevenk, diyeceğim, doğmadı sandığın oğlun büyüdü, aslan gibi oldu. Ama seni bilmeyecek, sana baba demeyecek."

Arkasını döndü, biraz önceki sarhoşluğu tekrar geri gelmiş gibi sallana sallana, masalara ve direklere tutunarak masasına gitti, oturdu.

KANAL

Ç umra Kanalı'nın suları Beyşehir Gölü'nden çıkarken su rengindedir; Konya Ovası'nda kan renginde...
Siz buna, ovanın kırmızı toprağının rengidir diyeceksiniz; ben, Dedemköylü Mehmet'le kardeşinin kanlarının rengidir diyeceğim.

Konya Ovası'nın ufukları mavi değil, sarıdır, sapsarıdır...

Siz bunun, rüzgârın kaldırdığı tozlardan böyle olduğunu söyleyeceksiniz; ben, Konya hapishanesinde yatan Zağar Mehmet'in benzinin sarılığından diyeceğim.

Bozkırlardan mahsul tırnakla kazıyarak alınır. Sapan işlemez topraklar devedikeninden ve iki santimlik otlardan başka bir şeyi üzerlerinde yaşatmak istemezler, susuzluktan yanan göğüslerini, çırçıplak gökyüzüne açmak isterler.

İnsan ellerinin açtığı kanal, bu ovaların yalnız susuzluğunu artırır. Bulanık ve tembel, sanki buraya geldiklerine kızıyorlarmış gibi yüzlerini buruşturarak ağır ağır akan sular, biraz ötede çatlaklarını "Su!" diye bir karış açan toprakları doyurmak değil, buğuları ve serinlikleriyle olsun avutmazlar. Bir zeytinyağı ırmağı gibi koyu, sıkıntılı bir akışla sallana sallana geçip giderler.

Bu ovadaki uyuz ağaçlı, kül yığınına benzeyen köylerde insanlar parça parça elleri, yanık derili yüzleri, kenarları çok kırışık gözleriyle çalışarak inatçı topraktan bir lokma ekmek söküp almaya uğraşırlar.

Dedemköy, kanalın yakınındadır. Yalnız, sular Beyşehir

Gölü'nden gelinceye kadar öyle azalır ki, değil dönüm dönüm tarlaları, üç karışlık bir bostanı bile doyuramazlar. Yağmur yıllarında gülen yüzler, parlayan gözler kurak senelerde buruşur, kanalın sarı sularına dikilir, faydası olmayacağını bildiği halde bundan medet umar; yağmur yılları da ancak beş senede bir kendini gösterir.

Dedemköylü Menmet'le Zağar Mehmet kapı bir komşuydular. Aralarında yaş farkı da yoktu. Küçükken köyün harman yerinde beraber emeklemişler; sokağın gübreli tozlarında beraber yuvarlanmışlar; sıska inekleri, ellerinde boylarından büyük bir değnekle, köyün kıyısından geçen sığırtmaca beraber götürmüşler; kanalda beraber kurbağa taşlamışlardı...

Biraz daha büyüyünce analarıyla beraber pazara yağ ve yoğurt satmaya giderler, yedi saat ötedeki dağdan eşekle odun getirirler, hatta bunları beraber satarlar ve bazen acemi ve yabancı bir memurdan beş on kuruş fazla koparırlarsa, bir örnek mintanlık zifir alırlardı. Delikanlılıklarında beraber düğünlere gitmişler, avrat oynatmışlar, kadın kaldırmışlardı. Bütün Orta Anadolu insanlarında olduğu gibi bunlarda da lakırdı haline gelmeyen bir dostluk vardı. Bu dostluk pek delikanlı zamanlarında, yan yana giderken birbirlerinin elini tutup sallamak şeklinde görünürdü.

Biraz sonra topraktan ekmeği dişiyle sökenlere mahsus ciddilik onları da ağırlaştırdı. Ev yükü üstlerine çökünce, daha az buluşur oldular, Zağar Mehmet evlenmişti; Dedemköylü Mehmet'in babası öldüğü için anası, bacısı, bir de on sekiz yaşında oğlan kardeşi onun başına kalmıştı.

İki eski arkadaş bazen, akşamüzerleri caminin duvarları dibinde yan yana çömelerek köye dönen sığırlara bakarlar, yarım saat kadar konuşmadan dururlar, sonra birbirlerine bakıp, yalnız ağızlarının kenarında kalan bir gülüşle sırıtarak evlerine giderlerdi.

Nihayet, evin içindeki çalışan elleri artırmak için Dedemköylü Mehmet'le kardeşi Mustafa aynı günde evlendiler. Yaşları yirmiyi geçmeyen iki tane gelin kerpiç kulübenin birer köşesine yerleştiler.

Hayat, yüzyıllardan beri devam ettiği gibi, katı topraktan bir lokma bir şey sökmek için, sessiz bir dövüş halinde ilerlemeye başladı.

Dostluklar, hovardalıklar, kabadayılıklar, yalnız ekmek düşünenlerde yavaş yavaş yok olmaya başlayan bu hisler ve hareketler, bir hatıra bile olamayacak kadar kafalarda sislendi. Bir gün Zağar Mehmet, tarlasını kanaldan sularken, arkın yavaş yavaş boşaldığını, meydana sarı bir çamur tabakası çıktığını gördü. Başını kaldırıp evvela kanala, sonra biraz yukarıdaki Dedemköylü Mehmet'in tarlasına baktı. Suyu orada önlediklerini ve kendi tarlalarını suladıklarını gördü.

Altı yaşındaki oğlunu oraya yolladı. Çocuk çıplak ayaklarıyla tezeklerin üstünden koşarak Dedemköylü Mehmet'in tarlasına gitti ve: -Babam suyu koyuversinler diyor!- diye bağırdı. Mehmet hiç cevap vermedi. Çocuk biraz daha bekledikten sonra gene koşarak kendi tarlasına döndü.

O zaman iki Mehmetler, aralarında yüz elli adım mesafe olduğu halde, birbirlerine şöyle bakıştılar.

Bu bakış birçok şeyler ve her şeyden evvel, o günden itibaren aralarında barışması olmayan bir dövüş başladığını söylüyordu.

Bu bakışta kin yoktu, çünkü aralarında kin doğuracak bir şey geçmemişti. Bu bakışta yalnız toprak ve su kavgasının gölgeleri, insanların içini kapkaranlık yapan gölgeleri vardı. Hatta ihtimal biraz da teessür vardı: Yaşayabilmek, şu çatlak tarladan bir avuç ekin çıkarabilmek için birbirleriyle ölüme kadar dövüşmeleri lazım geldiğini bilmekten doğan bir teessür.

Çünkü birbirlerine başkaca kinleri yoktu.

Zağar Mehmet iki erkek kardeşle başa çıkamazdı. Bunun için evvela sulh olmak istedi. Böyle bir şeyin mümkün olamayacağını, suyun iki adamı kandıracak kadar çok olmadığını biliyordu.

Nitekim Dedemköylü Mehmet onun gönderdiği habere cevap bile vermedi.

Zağar Mehmet gene bekledi. Tarlasına gitti, dibindeki çamurlar kuruyup çatlayan su yollarına, sonra yukarı taraftaki tarlada dolaşan Mehmet'e uzun uzun baktı ve bekledi.

Gökyüzüne baktı, bir bulut aradı ve bekledi...

Ekinler, sıska ekinler, yavaş yavaş bir karış kadar oldular. Ondan sonra güneş bu bir karış yeşilliği kurutmak için işini gücünü bırakıp bozkırların bu köşeciğine dökülmeye başladı. İnce yapraklar güneşin altında, sıcaktan soluyan bir köpeğin dili gibi titreşiyorlardı. Bir karıştan fazla büyüyemiyorlardı... Zavallı ekinler...

Dedemköylü Mehmet'in tarlası diz boyu oldu. Zağar Mehmet'inki hala bir karış... Ve güneş, görünmeyen bir borudan yalnız Zağar Mehmet'in tarlasına akıyordu. Yapraklar daha bir karışken sararıyorlardı.

Çumra'da sulama idaresi vardı, bu idarenin müdürü, muhasebecileri, memurları vardı, fakat kanal Dedemköylü Mehmet'in tarlasından öteye bir damla yaşlık bile geçmiyordu. Zağar Mehmet, bir karışken sararan ekinlerle beraber karısının, akşamlara kadar elinde çapa ile iki kat çalışan altmışlık anasının ve altı yaşındaki oğlunun da sarardıklarını görüyor, düşünüyor ve bekliyordu. Bozkır köylüsünün ne düşündüğünü ve ne beklediğini kimse bilmez.

Bir gün sabahleyin erkenden, mavzerini alıp tarlaya gitti. Kuru su yolunun içine yattı. Dedemköylü Mehmet'le kardeşi tarlada göründükleri zaman beş el ateş etti. Bu ölü toprakların üstünde hiçbir şey ölmek ve öldürmek kadar kolay değildir. Zağar Mehmet koşup gelen karısına, kanalı açmasını, tarlayı sulamasını, bundan sonra kanalın suyunu kimseye kestirmemelerini, çünkü yukarı tarlanın artık erkeği kalmadığını söyledi.

Karısı kanalı açmaya giderken arkasından seslendi, oğlunu zebil etmemesini, ara sıra hapishaneye beraber getirmesini, kocakarıya da hakaret etmemelerini tembih etti. Sonra tarlanın kenarına oturdu. Kanalı açan karısına baktı, baktı ve uzaktan doğru gelen muhtarla candarmayı bekledi.

Dedemköy kanalının suları kıpkırmızıdır: Mehmet'le kardeşinin kanları gibi. Konya Ovası'nın ufukları sapsarıdır: Zağar Mehmet'in benzi gibi... Ve hapishanede, ağasından yıllığını almadan gitmediği için davar çaldı diye iftiraya uğrayarak iki seneye mahkum olan Dedemköylü bir çoban, Zağar Mehmet'in koğuşundan uzak bir yerde, etrafına toplanan hapislere, gözlerini kapayıp başını biraz arkaya atarak, Dedemköylülerin şarkısını söyler:

"Ecel gelir kapımızı dolaşır,
Kara haberimiz köye ulaşır,
Çifte gelin kuzu gibi meleşir.
Yuma hocam, yuma, kanımız aksın,
Dostumuz ağlasın, düşmanlar baksın..."

Zağar Mehmet'in bu şarkıyı dinlemeye yüreği dayanmadığı için, kendisi uzaktan görününce hemen susar.

HASAN BOĞULDU

Kazdağı'nın Adalar Denizi'ne bakan yamaçlarından birindeki bir yörük obasına gidip dört beş gün kalacaktım. Edremit pazarına çıra ve bal satmaya geldiği zamanlar ahbap olduğum ve devlet kapısında birkaç ufak işine yardım ettiğim uzun boylu, aksakallı bir yörük beni davet etmiş, "Çadırda yatmayı gözün tutarsa buyur! Taze bal yersin, kana kana acı su içersin!" demişti.

Ben ona, bir daha kasabaya indiği zaman yanına katılıp geleceğimi söylediğim halde, sıcak, rüzgârsız bir günün sabahında, aklıma esiverince, yalnız başıma yola düzülmüştüm. Yerini aşağı yukarı bildiğim obaya, uğradığım köylerde sora sora, öğleye kadar varacağımı umuyordum.

Yüzlerce, belki binlerce senelik zeytin ağaçlarının arasında uzanan, çukur, iki yanı böğürtlen ve hayıtlarla örülü yolda ağır ağır yürüyordum. Arkamdan yükselen güneş, gölgemi araba izlerinin kıvrımları üzerine serip uzaklara kadar götürüyor; deniz tarafından yüzüme doğru esen hafif, fakat serin bir bahar rüzgârı, kasabadan uzaklaştığımı hatırlatıyordu. Kırağı yemiş toprak ve taze çimen kokusu etrafı kaplamıştı. Tarla kuşlarıyla serçeler, ötüşe ötüşe ağaçtan ağaca sıçrıyor, güneşin vurduğu yerlerden dalgalı bir buğu yükseliyordu.

Kazdağı'nın eteklerindeki Zeytinli köyünün, bahçesi salkım söğütlerle gölgelenmiş havuzlu kahvesinde bir çay içip, Yüksekoba'nın yolunu sordum. Kahveci,"Hiç oraya varmadım ama bildiğime göre, Beyobası'nı geçtikten sonra Kızılkeçili

Deresi boyunca dağa vuracaksın; patlakların yanına gelince soldaki bayıra tırmanıp yaylada bir kurşun atımı gideceksin!" dedi.

Ne Beyobası'ndan, ne de patlaklardan haberim olmadığı için adamcağızın yüzüne garip garip bakmış olmalıyım ki, güldü ve ilave etti, "Yabancı adamın tek başına gideceği yer değil orası efendi. Dağlarda, ormanlarda yolunu sapıtıverirsin!"

"Yok canım, sora sora bulurum!"

"Kime soracaksın?.. Beyobası'nı geçtikten sonra insan göremezsin ki!"

Cevap vermedim. Kahveci fincanı götürdü. Ben:

"Acaba Edremit'e dönsem de bizim koca sakallı İsmail Baba'yı beklesem mi?" derken tekrar geldi, "İşin rast gidiyor efendi!" dedi. "Yüksekoba'ya giden var, sen de yanına katıl!"

Hemen kalktım. Kahvenin önünde, yüzü güneşten yanmış, ince saç örgüleri sırtına dökülmüş, kanarya sarısı üçetekli giymiş bir yörük karısı vardı. Kahveci:

"Hacer kız, efendi sizin obada Koca İsmail Baba'ya misafir gidecekmiş, götürüver!" dedi.

Kadın yüzüme üstünkörü bir göz attıktan sonra, "Hadi yürü!" emrini verdi. Yüzünü bana çevirdiği sırada, bu yörük karısının henüz on sekiz yirmi yaşlarında bir kız olduğunu fark edip şaştım. O daima birkaç adım önde, ben arkasından yetişmeye çalışarak yola koyulduk. Kahveci gülümseyerek arkamızdan bakıyordu.

Köyün dışına çıkıp zeytinlikler arasına dalınca Hacer sarı entarisinin eteklerini toplayıp beline soktu; alçak topuklu, kalın rugan ayakkabılarını çıkarıp heybesine koydu; toprak üzerinde çıplak tabanlarının izini bırakarak yürümeye başladı. Başındaki ince, oyalı yazmanın altında küçük bir bal kutusu gibi kabaran altınlı fesi, her adımda hafifçe titriyor; uzun boyu, heybenin ağırlığı ile azıcık öne eğiliyordu.

Hiçbir şey konuşmadan bir saat kadar yürüdük. Birkaç meyve ağacının arasına serpilmiş beş on evden ibaret Beyobası'nı, biraz sonra da, ulu bir çınarın gölgesinde yıkılıp dağılmaya bırakılmış boş bir su değirmenini geçtik. Artık zeytinler bitmiş, çam ormanları başlamıştı. Gün ışığı vurmayan, gölgeli, loş bir boğaza iniyorduk. Karşımızda alabildiğine dik bir dağ yükseliyor, onun henüz gözümüzden saklı bulunan eteklerinden doğru, coşkun akan bir derenin uğultusu geliyordu.

Hacer kız bir aralık başını çevirdi, "Dere boyundan gideceğiz. Suyu fazladır, bastığın yere mukayyet ol!" dedi.

Kayalar arasındaki dik ve dar bir patikadan inince Kızılkeçili Deresi'yle karşılaştık. İki sırtın birleştiği dar boğazda kayadan kayaya atlayarak köpüren sular, kulakları dolduran büyük bir gürültü çıkarıyorlardı. Suyun kenarındaki dar yolda, çok kere taştan taşa atlayarak, yürümeye başladık. Kah derenin kıyısına kadar iniyor, kah tekrar sırta tırmanarak beyaz köpüklü çağlayanlara yüksekten bakıyorduk. Boğaz gittikçe darlaşıyor, iki yanda dimdik yükselen kayaların yarıkları arasından fırlayan kocaman çam ağaçları, yan yatmış bir halde, boşluğa uzanıyordu. Suların yalayıp parlattığı taşlarda çıplak ayaklarıyla seken Hacer'e yetişmek için güçlük çekiyordum. Dağdan yuvarlanıp derenin yolunu kapayan ev büyüklüğünde kayalar, yahut bir kayanın beri tarafındaki yumuşak toprağı oyan sular, dere boyunca yer yer büyük ve derin havuzlar meydana getirmişlerdi. Bir kararda durmayan aynalarına etraflarındaki iri çam veya çınar ağaçlarının gölgesi vuran ve suları içlerine çok kere birkaç adam boyu yüksekliğinde bir kayadan köpük köpük dökülen bu havuzlara her rastlayışımızda önümdeki kız başını çevirmeden:

"Buna Deli Büvet derler!"

Yahut:

"Buna Kunduzlu Büvet derler!" diye izahat veriyordu.

Boğazın biraz genişlediği bir yere yaklaştığımız zaman, kulaklarımı müthiş bir gürültü doldurmaya başladı. Hacer:

"Sütüven'e geldik!" dedi.

İki iki buçuk metre çapında bir borudan fırlıyormuş gibi bol ve coşkun akan sular, bembeyaz bir kayaya varınca birdenbire boşlukla karşılaşıyorlar, bir an, bir küçük an sanki duralıyorlar, sonra, geldiklerinden daha müthiş bir hızla derin bir çukura, sade köpük halinde dökülüyorlardı. Orada bir müddet kaynaşıyorlar ve çalkalana çalkalana sağa kıvrılıp, beyaz taşlar üzerinde sekerek, yollarına devam ediyorlardı. Kenara kadar sokulup aşağıya bakınca insanın yüzünü serin bir buğu sarıyor, ardı arası kesilmeyen bir gök gürültüsü iki yanda yükselen kayalık dağlarda uğultulu akisler bırakıyordu. Bu çağlayandan bahseden bir şiirin ilk satırları hep dudaklarımda idi:

Bir kayadan duman duman,
On yedi metre atlayan
Dağ kokusiyle yüklü su...
Akması tel tel ince saç,
Düştüğü yerde üç kulaç,
Mavi su, ak köpüklü su!..

Bir kenarda çömelip gözlerini bir bana, bir Sutüven'e çeviren kız, heybesini tekrar sırtladı. Dere boyunca, iki dağın gittikçe sıkışan yamaçları arasında, yeniden çıkmaya başladık. Menbaa yaklaştıkça dere artık akmıyor, çağlayanlar şeridi halinde, bir kayadan bir kayaya sıçrıyordu. Suyu aralarına alan kayalar bir yerde daralıp birbirlerine iki adım kadar yaklaşmışlardı; olanca hızlarıyla gelip bu cendereye giren sular, beş altı metre uzunluğundaki dar boğazdan görülmedik bir hırs ve süratle, ve simsiyah bir renk alarak geçiyorlar, kurtulduktan sonra da, kumlu ve çakıllı yataklarına serilip, beyaz kabarcıklı kahkahalar atarak fıkırdıyorlardı.

Yolun adamakıllı çetinleştiği, iki taraftaki taşlara, çalılara, çam fidanlarına tutunmadan yürümenin güçleştiği bir yerde önümüze koskocaman bir büvet çıktı. Bir başından bir başı on beş adım vardı. Üç adam boyu kadar derin olan suyu yüksekçe bir kayadan dökülüyordu. Gövdesini dört kişinin zor kucaklayacağı bir çınar havuza doğru eğilmiş, kalınlı inceli dallarını suyun üstüne uzatmıştı. Şimdi boğazın alt başı hizasına gelen güneş, iri yapraklar arasından geçerek büvetin dibindeki süt gibi beyaz çakılları, iri kumları ışıldatıyordu. Döküldükleri kayanın dibinden başlayarak yer yer anaforlar yapıp kenarları dolaşan sular, havuzun alt başına gelince, birdenbire yollarını bulmuşlar gibi, geniş bir kayanın üstünden hızla geçerek akıp gidiyorlardı.

Hacer kız burada hiç durmadan yoluna devam etti. Ben onun ardından yetişmeye uğraşırken, dönüp dönüp bu görülmemiş güzelliğe bakmaktan kendimi alamıyordum. Suların gürültüsünü bastırmak için bağırarak sordum:

"Bu büvetin adı yok mu?"

"Hasanboğuldu!"

"Ne dedin?"

"Hasanboğuldu!"

"Kim Hasan?"

"Zeytinli'den... Bahçıvan Hasan!"

"Ne zaman boğulmuş?.."

"Çok olmuş... Kırk elli sene var..."

"Nasıl boğulmuş?"

Kız durdu, geri dönüp, şimdi bulunduğumuz yüksek yerden, aşağıya, güneşin ışığıyla balık karnı gibi parlayan sulara ve bunların üstünü yer yer örten çınara baktı:

"Yaylaya varalım da, azıcık oturur dinleniriz, o zaman anlatırım!" dedi.

Tekrar yola koyulduk, bir hayli daha çıktık. Dönüp boğazın geldiğimiz taraflarına baktığım zaman, ovayı epeyce aşağılarda, adamakıllı küçülmüş olarak görüyordum. Zeytin ve kavak ağaçlarının arasında kırmızı kiremitleri ve beyaz minareleri görünen köyler birer oyuncak gibiydi.

Hacer, "Patlaklara geldik; buradan dağa vuracağız!" dedi.

İleriye dönüp baktım. Derenin iki yanında, sudan hemen birkaç karış yukarıda, birbirlerinden ancak birer ikişer adım uzaklıkta, yan yana belki yirmi tane pınar vardı. Kimi irice bir taşın altından, kimi kumlu bir topraktan fırlıyor, binlerce kuşun bir arada çıkardığı sesi andıran bir şırıltı ile dereye karışıyordu. Koşup yüzükoyun yattım ve bunlardan birinin dayanılmayacak kadar soğuk suyunu dinlene dinlene içtim. Hacer de çömelmiş, avucuyla su alarak yüzüne ve şakaklarındaki saçlara sürüyordu.

Vücudumdan terler boşanarak dağa tırmanmaya başladım.

Dere sağımızda ve aşağıda kalmıştı. Üzeri kuru çam pürleriyle örtülü keçiyolunda kayıp yuvarlanmamak için bazan diz üstü çöküp bir ardıç dalını yakalıyor, bazan da tutar tutmaz köküyle beraber elimde kalan bir kekiğe yapışıyordum. Nihayet bayır mülayimleşti, biraz sonra da önümüz açıldı. Seyrek çamların arasından ilerideki denizi gördüm. Birkaç adım daha yürüyüp gölgeli bir yere oturduk.

Hacer kız heybesini karıştırarak, "Yanında yiyeceğin yok herhalde!" dedi. "Sokul da ekmek yiyelim!"

Ben üç dört saatte obaya varacağımı sandığım için yanıma bir şey almamıştım. Ne kadar acıktığımı şimdi birdenbire anlıyordum. O, bu sırada önüme bir tutam yufka koymuş, yere serdiği kırmızı yazma mendilin üstüne bir topak tulumpeyniri ile birkaç taze soğan bırakmıştı. Hem yiyor, hem etrafıma bakıyordum. Bulunduğumuz yer, denizden bin beş yüz metre kadar yüksekte idi. Akçay iskelesinin önünde duran kayıklar, ağaçların arasındaki seyrek binalar iğne topuzu kadar ufaktı. Karşıda, Burhaniye'nin arkasında yatan Madra Dağları şekilsiz bir yığından ibaretti. Güneşin altında göz kamaştırıcı pırıltılarla yanan deniz, ta uzaklarda açıklı koyulu gölgelere bürünen Midilli Adası'na kadar uzanıyor, bunun sağ yanından geçerek ufukta, sisler içinde gökle birleşiyordu. Kazdağı'nın körfeze kadar yaklaşan eteklerini sayılamayacak kadar çok, her biri başka renk ve biçimde, irili ufaklı dağlar ve tepeler çeviriyordu. Arkamızda Sarıkız, bu dağların en yüksek tepesi, ağaçsız başını beyaz bulutlara uzatıyordu.

Yanımdaki kız, ortada kalan yufkalarla peyniri mendile sarıp heybesine yerleştirdi; ben, hemen kalkmayı asla düşünmediğimi belli etmek ister gibi arkamdaki çama yaslanarak:

"Hani şu Hasan'ın nasıl boğulduğunu anlatacaktın!" dedim.

"Nasıl boğulduğunu gören yok ki... Yalnız orada boğulduğunu söylüyorlar!"

"İyi ya, neden boğulmuş?"

"Obaya varınca kime sorsan diyiverir... Hadi yolumuza gidelim!"

"Yok canım!" dedim. "Yemek üstüne hemen yola çıkmak iyi değildir. Sonra obada İsmail Baba'yla konuşacak çok lafımız var... Sen bildiğin kadarını söyleyiver!

Hacer heybeyi tekrar yanına bırakarak azıcık düşündü. Bir aralık gözlerini üstümde gezdirerek hikâyesini ne dereceye kadar alaka ile dinleyeceğimi, ne kadar anlayabileceğimi keşfetmek ister gibi beni süzdü. Genç yüzünde büyük bir ciddilik, iri, siyah gözlerinde dalgın bir hal vardı.

"Bu Hasan Zeytinli'de bahçıvanmış..." diye başladı. Anlatırken önüne ve ara sıra ovaya bakıyor, güzel bir delikanlı eline benzeyen irice elinin şahadet parmağıyla toprağı karıştırıyordu:

* * *

"Bu Hasan Zeytinli'de bahçıvanmış... Ufacık bir bahçesi varmış; yazın bostan, yeşillik eker, kışın el zeytini silkmeye gider, koca anasıyla yaşar dururmuş. Daha da pek genç imiş; hani bıyığı yeni terlemiş. Anasından başka kadına göz kaldırıp bakmaz, düğünde, bayramda öbür delikanlılar gibi rakıya, oyuna katılmaz, kız gibi bir oğlanmış...

"Pazarlara gidip bostan ne satınca da parasını getirir, anasına teslim edermiş. Bizim obadan onu bilenler var da onlar söylüyorlar... Anam daha şuncağız çocukmuş... İşte o zamanlar bizim Yüksekoba'dan Emine, Edremit pazarında bu Hasan'ı görmüş... Anam Emine'yi bilirdi; sekiz yük balları varmış; babası ağaç devirip kereste yapar, anasıyla Emine de arılara bakarmış. Dağ gibi bir kızmış. Danaları, inekleri, boynuzundan tutunca şu yana savuruverirmiş. Bu geldiğimiz yolu iki saatte iner, üç saatte çıkarmış. Çocuklarla da pek oynar, obanın kızlarını ardına takınca ormanda koşturup terletir, sonra da hepsini bicik bicik yanaklarından öpermiş... İşte bu Emine, Edremit pazarında Hasan'dan bostan almış; hani dağlık yerde pek kavun karpuz olmaz da onun için...

"Hasan bostanları Emine'nin heybesine doldururken, 'Yörük kızı!' demiş, 'Yükün ağır oldu. Kazdağı'nın yolu çetindir, nasıl çıkacaksın?'

"Emine onun yüzüne gülüvermiş de, 'Ne sandın düz ovalı!'

169

demiş, 'Biz dağlıyız, sizin boş çıkamadığınız bayıra biz kırk okka yükle çıkarız!..'

"Hasan önüne bakmış, Emine yoluna gitmiş, ama ertesi pazar yine onun sergisine varmış, 'Bostanların iyi çıktı, sarı oğlan, al sana bal getirdim!' demiş; omuzundan bal teknesini indirip bir gömeç almış, Hasan'a vermiş. Hasan'ın yüzü yine al al olmuş, 'Ne zahmet ettin, yörük kızı!' demiş, ama Emine cevap vermeden gülüp yürümüş.

"İkindi vakti Hasan eşeğini önüne katıp köye dönerken, Kadıköy Mezarlığı'nın önüne varınca, bakmış Emine heybesi sırtında ileriden gidiyor. Önce dili tutulmuş, hiç tınmadan ardından yürümüş, sonra bir yüreklenmiş, eşeğini sürüp Emine'nin yanına varmış:

"'Uğurlar olsun, yörük kızı! Sen hangi obadansın?' diye sormuş. Emine, Hasan'ı görünce, 'Sana da uğurlar olsun, sarı oğlan! Ben Yüksekobalı'yım sen nerelisin?' demiş.

"'Ben Zeytinli'denim... Köye kadar yolumuz bir... Heybeni eşeğin üstüne at da rahat git!..'

"'Olmaz! Ovada heybeyi eşeğe taşıtırsam, koca dağa bu yük ile nasıl çıkarım?'

"Zeytinli'ye gelene kadar yan yana yürümüşler; az konuşmuşlar, çok bakışmışlar; ama ikisinin de gönlü birbirini sevmiş. Ondan sonra her pazardan beraber dönmüşler... Emine arada bir Hasan'ın, Zeytinli'nin alt başındaki bahçesine uğrayıp ona süt, peynir, bal götürmüş; Hasan, Emine'ye dut silkivermiş, kiraz, vişne toplamış. Bahçenin ortasındaki ayvanın dibinde yan yana çömelip konuşurlarken görenler çok olmuş. Ama Hasan'ın anası bakmış ki bu iş böyle sürüp gidesi değil... Oğlunu önüne oturtup, 'Oğlum, Hasan!' demiş. 'Baban öleli beri evin erkeği sensin... Ben bugün varsam yarın yoğum... Evine bir kadın lazım. Sana bizim köyden bir kız almak isterdim ama yine sen bilirsin... Eğer gönlün bu yörük kızını pek sevdiyse bu ihtiyar halimde obasına gidip isteyeyim... Güz yaklaştı; zeytinden sonra düğününüzü yaparız...'

"Hasan da hep bunu düşünürmüş ama bir türlü içini dökemezmiş. Bakmış artık beklemenin yolu yok, Emine obadan indiği bir gün onu bahçede yanına oturtmuş, 'Emine' demiş, 'Bahar geçti, yaz geçti; leylekler yerine göçtü! Kış gelip dağları yolları kar örtmeden ya sen bana gel, ya ben sana geleyim!' Emine'nin yüzü sapsarı olmuş, 'Ah, Hasan!' demiş, 'Kışın derdi senden evvel benim içime çöktü, ayrılık günleri geldi çattı. Ne ben senin köyünde edebilirim, ne sen benim obamda... Bu yaz büyük günah işledik... Artık sen beni unut, ben de seni unutayım...'

"Bunu duyunca Hasan'ın aklı başından çıkmış; Emine'nin eline sarılmış, 'Aman yörük kızı, aman biricik Eminem!' demiş, 'Senin tatlı dilini duyan, güler yüzünü gören bir daha seni nasıl unutur? Böyle deme, burda kal. Sen bahçeye bakarsın, ben zeytine giderim, kimseye muhtaç olmayız...'

"Emine acı acı gülmüş de demiş ki, 'İnsan nereye giderse rızkı da beraber gidermiş; bunu düşündüğüm yok. Ama ben dağlıyım, bu çukur ovalarda kalamam. Köyünüzün eli kınalı kızlarına katışamam, senin içine dert olur... Kızılbaş kızı geldi de Hasan'ı elimizden aldı derler, benim içime dert olur... Yörük kızı dağdan köye, çadırdan eve inmemeli... Ben seni görmemeliydim... Gördüm, sözüne uymamalıydım... Ama neyleyim, senin de tatlı sözünle güler yüzün etti bunları... Hadi benim Sarı Hasanım, tut ki birbirimizi düşte görmüş de uyanmışız... Bırak beni dağıma gideyim!'

"Yanından kalkıp kuş gibi uçmuş. Hasan arkasından bakmış kalmış..."

* * *

Hacer toprakla oynayan parmağını eteğine silerek, önce bana, sonra ileriye, boşluğa baktı. Ben gözlerimi onun yandan görünen yüzüne dikmiştim. Bakışının hala tesiri altındaydım. İnsan ruhlarının ince ve derin kıvrıntılarını bütün karmakarışıklığı ile anlayan ve şaşılacak bir kolaylıkla anlatan bu genç yörük kızı sanki birdenbire büyüyüvermişti. Gözlerini çevirmiş, aşağıya, yeni yeşeren ağaçları, taze ekinleri, koyu yapraklı zeytinleri, yer yer görünüp tekrar kaybolan dereleri ile pırıl pırıl yanan ovaya bakıyordu.

Dağınık siyah kaşların altında düşünceli duran gözleri,

sımsıkı kapalı ince dudakları, tozlu ve hala biraz terli yanakları çam dalları arasından sızan güneşte parlıyor; çocuk çizgilerini henüz kaybetmemiş olan yüzü garip bir olgunluk ifadesi alıyordu.

Aşağılarda kalan derenin uğultusu rüzgârın esişine göre azalıp çoğalarak bize kadar geliyor, çamların mırıltısına karışıyordu. Baygın bir kekik ve çam kokusu ortalığı doldurmuştu. Hacer kız elini yanına uzatarak yerden kuru bir kozalak aldı; parmaklarıyla onun dişlerini büküp kırmaya başladı. Sonra başını bana çevirdi, elinde ufaladığı kozalağın çıtırtılarına karışan hafif bir sesle yeniden anlatmaya başladı:

* * *

"O günden sonra Hasan'ın yüzü gülmemiş, rengi yerine gelmemiş. Gönlünü bir yerde eğlemez, ağzını açıp dünya kelamı eylemez olmuş. Pazarlara ayva, nar satmaya gider, ne alıp ne verdiğini bilmeden geri dönermiş. En sonunda bir gün dayanamamış; Edremit pazarı günü, akşam vakti Zeytinli'nin üst başında, Yüksekoba'ya giden yolun kıyısında oturup Emine'yi beklemiş. O gün kızın pazara indiğini kestirirmiş. Az sonra Emine yolun alt başında görünmüş. Onun da yüzü sarı, hali perişanmış. Hasan'ı görünce yüreği yanmış ama hiç tınmadan oradan geçip gidecek olmuş. Hasan yolunu kesmiş:

"'Emine!' demiş, 'Bu dünyada gönlüne karşı gelen babayiğit çıkmamış. Ocağına düştüm! Deli gönlün bizim çukur köyümüze sığmazsa al beni obana götür! Ananı ana, babanı baba bileyim; ineğini sağıp davarını güdeyim; babanla tahta biçip keresteyi dağdan sırtımda indireyim. Tek beni buralarda garip koyup gitme!..'

"Emine durmuş, Hasan'ın yanına çökmüş, gözlerini koluna silmiş, 'Hasan' demiş, 'yüreğimi deldin! Ne çare ki dediğin olacak iş değil. Ovada büyüyen dağda yapamaz... Dağın suları serindir ama yolları sarptır, kışı çetindir... Kar altında odun kesmek, bahçeye bostan ekmeye benzemez. Benim erim diye götürdüğüm adamı obamızın yiğitleri kınamamalı!.. Ben seni bildim, artık gözüme hiçbir yiğit görünmüyor; ama anamın, babamın, akranımın yanında seni küçük düşüremem. Sal beni gideyim!..'

"Hasan ayak diremiş, 'Her işi yaparım; obanızın yiğitlerini kardeş bilip işlerine koşarım; eğer of dersem kov beni köyüme gönder!' demiş. Emine'nin aklı yatmamış ama, yüreği yumuşamış, 'Haftaya burada bekle de cevabımı al!' demiş.

"Hafta sekiz gün, Hasan anasının boynuna sarılmış; hak alıp hak vermiş; gelmiş yolun başına, Emine'yi beklemiş... Çok geçmeden yörük kızı görünmüş... Sırtında koca bir çuval varmış, içi pamuk doluymuş gibi onu beli bükülmeden taşırmış.

"Hasan'ın yanına gelince, 'Hasan!' demiş, 'Anamla, babamla danıştım; onlar da emmilerimle danıştılar. Ovalıya varanın, ovalıdan kız alanın olduğunu gören yok. 'Deli kız, deli kız!' dediler. 'Yüksekoba'da gönlünü verecek yiğit mi bulamadın?' Ben de, 'Herkesin yiğidi kendi gönlüne göreymiş!' dedim. 'Peki öyleyse,' dediler, 'Bir sına bakalım, senin yiğidin Kazdağı'ndaki yörük Emine'ye er olacak adam mı?' Konuşup kavil ettik (sözbirliği ettik), 'Zeytinli'den kırk has okka tuz aldım; bunu sırtına vurup bir yerde durup dinlenmeden benimle Yüksekoba'ya çıkabilirsen haftaya düğünümüz olacak. Kırk okka yükle dört saatlik dağa çıkan adama eğri bakacak babayiğit bizim obamızda yoktur. Çıkamazsan, kaderimiz böyleymiş!'

"Hasan bir söz söylemeden çuvalı sırtlamış. Emine'nin önüne düşüp yürümüş. Ayakları kuş gibi uçarmış. Beyobası'nı geçmişler, bayır aşağı dereye inerken Emine bir bakmış, Hasan'ın yüzünden, ellerinden su gibi ter boşanıyor... Az önce genişleyen yüreği daralmış, 'Kendine yazık etme, Hasan!' demiş. 'Ver çuvalı bana, ben gideyim! Sen bahçene dön!'

"Hasan soluk soluğa, 'Buraya gelirken ant içtim. Geri dönersem sağ dönmeyeceğim!' deyip yürümüş. Emine'nin yüreği daha da daralmış ama çaresi yok. Eski değirmeni geçmişler, Sutüven'in yanına gelince Hasan durmuş, 'Emine!' demiş, 'Bana ettiğin zulümdür! Tuzlar sırtımı yaktı... Dur bir soluk alayım!'

"Emine, 'Kavlimizde durup dinlenmek yok!' deyip yürümüş. Hasan bir taştan bir taşa atlayıp ardından yetişmiş. Az daha gitmişler; Hasan yine durup yalvarmış, 'Emine, zalım anana babana uyup beni çok ağır sınadın! Bu kadarı yeter, hadi köye dönelim!'

"Emine'nin yüreği dilim dilim olmuş da içindekini yine dışarı vurmamış, 'Ben sana dedim Hasan, bu dağlar sana göre değil! Ver çuvalı ben gideyim.' demiş.

"Hasan gayretlenmiş, biraz daha yürümüş. Demin yanından geçerken Hasanboğuldu dedim ya, eskiden oraya Gök Büvet derlermiş. Hasan oraya geldiğinde dizleri bükülüvermiş, olduğu yere çökmüş, 'Ah, Emine!' demiş, 'Beni boş yere yaktın. Ben bu dağlara çıkamayacağım, gel köye dönelim!'

"Emine ağzını açıp bir söz demeden Hasan'ın sırtından düşen çuvalı yüklenmiş, tek başına, gerisine bakmadan yürümüş. Çalıların ardında kaybolup giderken, Hasan anasız kalmış yavru kuş gibi bağırmış, 'Emine, obana gelemem, köyüme dönemem, beni buralarda bırakıp gitme!'

"Emine durmuş, durmuş, sonra başını çevirmeden yine yoluna düzülmüş. Ta patlakların yanına gelinceye kadar Hasan'ın bağırdığını duymuş. Garip oğlan suyun gürültüsünü bastırıp, 'Emine, ben senin ardından gelemedim, sen benim ardımdan gel!' diye seslenirmiş.

"Emine bir yerde durup soluk almadan, bir kere dönüp ardına bakmadan kırk okka tuzla obaya varmış. Anası babası onu görünce her şeyleri anlamışlar. Kız çuvalı oraya atıp yere yıkılmış, kendinden geçmiş; ama daha ortalık kararmadan yerinden fırlamış, 'Duydunuz mu? Hasan beni çığırıyor!' demiş.

"Anası babası sormuşlar, 'Hasan'ı nerde bıraktın?'

"'Gök Büvet'in orda!'

"'Kız sen deli mi oldun? İki saatlik yerden buraya ses gelir mi?'

"Emine kimsecikleri görmez, kimseciklerin sözüne bakmaz, durup dinler, sonra, 'Anacığım! Bak nasıl çığırıyor! Yazık oldu... Dur bir varıp bakayım!..' dermiş.

"O gece zor tutmuşlar. Obanın yanındaki ormanlarda sabahacak dolaşmış. Gün ağarırken Gök Büvet'e inmiş. Bakmış oralarda kimsecikler yok... Suyun yanından geçip gidermiş, bir de ne görsün: Hasan'ın dallı çevresi, koca çınarın su içindeki dallarından birine takılmış, yüzüp duruyor... Onu oradan aldığı gibi koynuna sokmuş... Dere boyunda bir aşağı, bir yukarı koşup, 'Hasan'ım! Ses ver de yanına varayım!' diye bağırmaya başlamış. Her defasında dağlar taşlar ses verir, 'Emine, ben senin ardından gelemedim, sen benim ardımdan geleceksin!' dermiş.

"Yemeden, içmeden üç gün dağlarda, ormanlarda, dere boylarında dolaşıp Hasan'ı aramış. Zeytinli'ye inip anasından sormuş. Kocakarı saçını başını yolar, ağlarmış.

"Köylüler Hasan'ın Gök Büvet'te boğulduğuna kayıl olmuşlar (inanmışlar), 'Güz yağmurlarından derenin suyu coştu. Ölüsü kim bilir hangi kovuğa girip kaldı? Belki de sular aldı denize götürdü!' derlermiş. Emine bunu duyunca, 'Yalan!' demiş, 'Hasan ölmedi ki! Beni çığırıp duruyor ama yerini diyivermiyor. Araya araya bulurum helbet!'

"Anası babası ardına düşmüşler, alıp kapamışlar. O bir yolunu bulur, dere boyuna iner, Hasan'a seslenirmiş. Gök Büvet'in yanındaki kayalara oturur, koşmalar düzer söylermiş. Bir gün anasına, 'Hasan bana yine seslendi; bugün beni Gök Büvet'te bekleyecek. Bu sefer sağlam kavilleştik, gayrı kavuşacağız!' demiş.

"Anası, 'Amanın kızım, neler oldu sana?' diye ağlayıp dövünmüş. Kız bir yolunu bulup ortadan kaybolmuş. Akşamüstü oradan geçenler Emine'yi Gök Büvet'in yanındaki koca çınarın dalında, Hasan'ın çevresiyle asılı bulmuşlar."

* * *

Hacer kız kara gözlerini yüzüme dikerek, "İşte Gök Büvet'e o zamandan beri Hasanboğuldu diyorlar; koca çınara da Emine Çınarı derler. Hadi, geç olmadan yolumuza gidelim!.." dedi.

Akşam yaklaştığı için aşağıdan doğru derenin uğultusu daha çok duyuluyordu. Kalkıp yürümeye başladık. Güneş Sarıkız'ın arkasına girmiş, bulunduğumuz yeri birdenbire artan serin rüzgârlara bırakmıştı. Eteklerine kadar çam, oradan denize kadar zeytin ormanlarıyla örtülü olan Kazdağı'nın bu yamacında saatlerce süren bir akşam başlamıştı. Güneş bin yedi yüz metrelik dağın arkasına adeta vaktinden evvel saklanmakla, günün bu en güzel zamanını sanki isteye isteye uzatıyordu. Midilli tarafından esen bir rüzgâr körfezin girinti ve çıkıntılarında kırılarak boyuna yolunu değiştiriyor, suların üzerinde ayrı ayrı taraflara koşuşan dalgacıklar meydana getiriyordu. Güneşin, Madra Dağları'nın üstündeki bulutlara vurarak onları kızıllaştıran ve oradan tekrar denize akseden son ışıkları, başka başka istikametlerde kırışan sularda türlü renkler yaratıyordu. Dağın eteklerine sıralanan ve bazan hemen önümüze kadar yükselen tepeler, birbiri üstüne yığılmış karanlık bulut kümeleri gibi görünüyordu. Daha uzaklarda, Ayvalık'ın karşısındaki Cunda Adası'nın alçak tepeleri, Kazdağı oralara siper olmadığı için, hala güneşin kırmızı ışıkları içinde yanıyor; biraz daha arkada, Midilli'nin o taraflara kadar uzanan kollarına karışıyordu. Rüzgâr çamların dallarında uğulduyor, önünde giden Hacer kızın etekleri ve ince örülü saçlarını öne doğru savuruyordu. Saatlerce beraber geldiğimiz bu kızın ne kadar güzel, ne kadar ahenkli bir yürüyüşü olduğunu ilk defa fark ediyordum: Olgun bir buğday tarlasında ilerliyormuş gibi hafifçe dizlerini kaldırarak ve başını ileri geri sallayarak adım atıyor; çimenlerin ve renk renk çiçeklerin, üstüne çıplak ayaklarıyla basarken vücudunun ağırlığı olmadığı hissini veriyordu.

Yanına sokuldum, "Hacer kız," dedim, "Emine'nin Gök Büvet'te oturup söylediği koşmalardan bildiğin var mı? Obaya varmadan bana bir tanesini söyleyiver!"

Durdu. Gözleri, etrafımızı saran manzaranın ve biraz evvel anlattığı hikâyenin içinde kaybolmuş gibi büyük ve dalgındı. Şakaklarında, tozlarla karışıp sonra kalın çizgiler halinde kuruyan terlerin izleri vardı. Derin derin nefes alıyordu. Bu anda onu, etrafını saran tabiattan ayırmaya imkân yoktu. Akşamın loşluğu içinde topraktan, çiçeklerin arasından fırlayıp büyüyüvermiş bir mahlûk gibiydi. Yavaşça dudaklarını oynattı, "Sana Emine'nin bir koşmasını okuyuvereyim!" dedi. "Hasan'ına kavuşmadan az önce bunu söylemiş derler!.."

Biraz düşündü; gözleri kapalı ilave etti, "Kim bilir..."

Sonra arkasındaki çam ağacına sırtını dayadı, heybesini sağ omuzundan yere düşürdü, gözlerini yere dikti; hafif, fakat tüyleri ürpertecek kadar içli bir sesle şu koşmayı okudu:

Uzaklardan sesin aldım;
Çevreni derede buldum;
Nereye gittiğin bildim,
Hasan'ım arkandan geldim.

Sarı kahküllü, dal boylum;
Saz benizli, ayva tüylüm;
Tatlı sözlü, melek huylum,
Hasan'ım ardından geldim.

Köyden, obadan koğulan,
Duru sularda boğulan,
Toz köpük olup dağılan
Hasan'ım ardından geldim.

Sarp dağlara getirdiğim,
Kavuşmadan yitirdiğim,
Ak kefensiz yatırdığım
Hasan'ım ardından geldim.

Emine'yi yaslı eden,
Kerem olup Aslı eden,
Dağı taşı sesli eden
Hasan'ım ardından geldim

CANKURTARAN

Asiye'nin sancıları ikindi vakti başladı, düveni bırakıp hemen eve döndü. İbrahim akşam karanlığında harmandan gelip öküzleri dama koyarken, evin önünde bir sürü çocuğun toplandığını gördü. Damın kapısını örtmeden eve koştu, fakat kadınlar bırakmadılar. Alçak tavanlı oda, kapının önüne kadar, köyün bütün kadınlarıyla dolmuştu. Onu daha dışarda göğüsleyen Makbule yenge, "Hadi, sen git... Bu erkek işi değil!" dedi. İbrahim arkasını dönüp, kararsız bir halde duraklarken, kadın sözüne devam etti, "Kurtulması kolay olmayacak ellalem! Köprüköy'ün ebesine de haber saldık..."

İbrahim yüzünü kadına çevirdi; ihtiyarın gözlerinin içine baktı; bir şey söylemeden bir şeyler sorar gibiydi. Kadın onun ne demek istediğini düşünmeden, kendi kendine mırıldandı:

"On beş yaşında, parmak kadar kızı kaçırdın, aldın... Allah'ın emriymiş... Amma senesine varmadan gebe komanın sırası mıydı? Hadi sen de var Köprüköy'e de ebeyi al gel... Bizim oğlan gitti ama belki onun sözüyle gelmez."

İbrahim, bu sıkışık dakikada Asiye için kendisine de yapacak bir iş düştüğüne memnun, koşar gibi köyden çıktı. Daha Köprüköy'ün harmanlarına varmadan, elindeki değneğini yere vurup tozuta tozuta gelen ihtiyar ebe ile yanında seğirten oğlanı gördü. Bir kabahat işlemiş gibi yüzü kıpkırmızı, gözleri yerde, onların yolunu bekledi. Ebe de onu görmüştü. Yirmi otuz adım uzaktan, dişsiz ağzını alabildiğine açarak, bir şeyler bağırıp duruyordu. Yaklaşınca sopasıyla İbrahim'in karnına dokundu, "Allah'ın izniyle hemen alırım... Elimin hafif olduğunu cümle âlem bilir. Anan da seni zor doğurmuştu ama bak büyüdün de tosunlar gibi oldun" dedi. Sonra küçük çocuğa döndü, "Koş, tuzlu su hazırlasınlar!" dedi.

İbrahim hiç konuşmadan, kadının biraz ilerisinden yürüyordu. Yüzü hep kırmızıydı. Daha on dokuzunu bile tamamlamadığı için, askerliğini bitirip dönen ve köye ilk vardıkları akşam kafayı çekip kavga çıkaran öbür köylü delikanlılarının pişkinliği henüz onda yoktu. Geçen yıl Asiye'yi nasıl kaçırdığına bile şimdi düşündükçe şaşıyordu.

Daha çok Asiye ona asılmıştı ama "karı sözüne uyup bir halt işledim!" dememek için bunu aklına getirmek istemiyordu. Babası, İbrahim küçükken rahmetlik olmuş, anası da bir sene evvel ölünce, kendini pek yalnız hissetmişti. Üç beş dönüm tarlada birlikte çalışacak, bulgur aşını birlikte yiyecek, sabahları ineği sağıp yoğurt çalacak biri lazımdı. Tam bu sıralarda komşuları Kara Halillerin öksüzü Asiye de, gelip geçtiğinde ona güler olmuştu. İstemeye kalksa, dünyanın masrafı. "Kaçırıvereyim gitsin!" dedi; öyle de yaptı. Bir seneden beri halinden şikâyeti yoktu. Yalnız Asiye'nin böyle tam harman zamanında doğuracağı tutmamalıydı.

Köprüköy'ün ebesi odaya girdikten sonra Asiye'nin çığırmaları büsbütün arttı. Hani nerdeyse harman yerlerinden duyulacaktı. Kapının dibindeki bir taşa çöküp elinde ebenin kalın sopasıyla yerleri eşeleyen İbrahim, Asiye'nin her bağırışında bir kere sıçrıyor, fakat ne yapacağını bilmediği için, tekrar oturuyordu. Hırsından yere eğilip bir taş aldı, etrafında kaynaşan çocuklara fırlattı, "Dağılın şurdan, kahbe enikleri!" diye bağırdı.

Vakti iyi hesaplayamıyordu ama yatsıyı filan çoktan geçmişti. Asiye'nin epeydir sesi duyulmuyordu. Bir aralık Köprüköy'ün ebesi, sopası olmadığı için, Makbule yengenin omzuna dayanarak çıktı. İbrahim yerinden fırlayıp onlara doğru bir adım attı. Ebe bu sefer elini onun omzuna dayayarak, "Kurtulamıyor tosunum!" dedi. "Bir türlü kurtulamıyor. Çocuk büyük, kıç küçük. Arabaya koyalım da şehire götür. Başka yolu yok..." dedi.

İbrahim yine hiçbir şey düşünmeden, yine kendisine yapacak bir iş çıktığından adeta memnun, damdan öküzleri aldı, kağnıya koştu; kadınlar Asiye'yi yatağı ile birlikte getirdiler; yerleştirdiler.

İbrahim öküzlere dah demeden önce, her zamanki gibi yüzü kızarıp önüne bakarak ebeye sordu, "Çocuk öldü mü ki?"

"Yok, Allah esirgesin. Ama ne bileyim, bir Cenabı Hakka malum. Sancılar kesildi, gayrı hakkından doktor gelecek." Yola düzüldüler. Üç saat kadar gittiler. Şehir göründüğü zaman şafak da sökmeye başlamıştı. Asiye'nin hiç sesi çıkmıyor, yalnız, biraz çukura kaçan kapkara gözleri, gökyüzünde bir şey arıyormuş gibi fıldır fıldır dönüyordu.

Şehrin göbeğinden geçen büyük çayın üzerindeki köprüyü aşıp hastanenin kapısına vardıkları zaman ortalık epeyce ağarmıştı, fakat sokaklarda kimsecikler yoktu. İbrahim arabayı bir kenara çekti, kapıyı çalmaya cesaret edemediği için, kendiliğinden açılacağı zamanı bekledi. Yavaş yavaş başka köylü hastalar da söküп etti. Kimi at, kimi eşek üstünde, kimi bir arabaya uzanmış, yanlarında karıları, kocaları, anaları, oğulları, kimi baygın, kimi inlemekte, sokağı doldurdular. Hiç ses çıkarmadan, hatta kendi aralarında bile konuşmadan beklediler.

Kapı açıldığı zaman hep birden içeri sokulmak istediler. İbrahim de aralarına karıştı, bir saat kadar da doktorun kapısında bekledi. Kimsenin sıra mıra dinlediği yoktu. On beş seneden beri bu hastanenin başhekimi olan kırk beşlik, Tatar yüzlü operatör, muayene odasının kapısını kendisi aralıyor, dışardakileri gözden geçiriyor, sanki yardımına o anda en çok muhtaç olanı arıyor, sonra eliyle bir işaret edip onu içeri alıyordu. İbrahim'e sıra geldiği zaman dışarda kimse kalmamıştı. Tatar yüzlü operatör yorgun bir halde iskemlesine çökerken:

"Senin neyin var oğlum!" diye sordu. Bu hastanenin her türlü hastalığının mütehassısı oydu. Çünkü kadroda başka müstakil hekim yoktu. Ufak ücretler mukabilinde hükümet doktoru dâhiliyeye, asker hastanesinden iki mütehassıs kulak ve göz hastalıklarına bakıyorlardı ama aybaşından başka günlerde keyifleri istediği zaman gelirler, başhekimle merhabalaşıp giderlerdi. Ehemmiyetli bir hasta çıkar da yatırmaya, sonra da her gün viziteye gelmeye mecbur oluruz korkusuyla poliklinik filan yaptıkları yoktu.

Her sabah kapının önüne biriken ve bazen sayısı yüze varan dertlileri hep başhekim muayene eder, uzun senelerin ve çaresizliklerin verdiği tecrübelere dayanarak her hastalığa deva bulmaya uğraşır, sırasına göre, trahom tedavisinden ebeliğe kadar her işi üstüne alırdı. Bekâr olduğu için hastanede yatıyor, bütün gecelerini koğuşları dolaşmak, tıp dergileri okumak ve Almancaya çalışmakla geçiriyordu. Başka doktorlara benzememek, kitaplarda okuduğu, -insanlara hizmet eden- soydan bir hekim olmak, onda bir inat haline gelmişti. Fakat bütün diğer meslektaşlarından bu şekilde ayrılması, kendi hakkında birçok tezvirler yapılmasına sebep olurdu. Bekâr yaşadığı için, dedikodu olmasın diye, hastaneye elli yaşından küçük hademe ve hemşire almazdı, fakat bu yüzden şehirde adı oğlancıya çıkarılmıştı. Hiçbir hastayı kapıdan çevirmek istemediği için, doktorlar arasında, bilmediği işlere burnunu sokan gösteriş meraklısı bir ukala diye şöhret almıştı. Hastanenin küçük bir odasında, içkisiz, cıgarasız, pek az bir masrafla yaşar, maaşının bir kısmını yabancı dillerdeki kitap ve dergilere, bir kısmını da hastane tahsisatıyla alınmasına imkân olmayan bazı ilaçlara sarf ederdi. Bu yüzden pintiliği dillere destan edilmiş, hırsızlığı bile söylenmişti. Bankada seksen, yüz bin lirası olduğu herkesçe muhakkak sayılırdı.

Doktor bütün bunları duyar, en iyi konuştuğu ve işin iç yüzünü bilen kimseler tarafından bile budala yerine konduğunu bilir, fakat dediğimiz gibi, garip bir inatla eskisi gibi işine devam ederdi. Bütün bunları, büyük bir ideal sahibi olduğundan yahut insanlar için derin bir sevgi beslediğinden değil, başka türlü olanlara karşı, adeta hastalık halinde, bir tiksinti duyduğundan yapıyordu. En çok şefkat gösterdiği hastalarına muamele edişinde bile: -Sizin de elinize fırsat geçse ötekiler gibi namussuz olursunuz... Ben bunu pekâlâ biliyorum, fakat ben sizin gibi olmadığım için işte sana karşı da bütün vazifelerimi fazlasıyla yapıyorum! - demek isteyen, insanlara inancını kaybetmiş, acı bir hal vardı.

"Senin neyin var, oğlum?" dedikten sonra, çekik gözlerini İbrahim'e dikerek bekledi. Delikanlı, "Bir şeyciğim yok doktor bey... Yalnız bizim aile... doğuramadı da... aşağıya getirdim. Kapıda, arabanın içinde... Ocağına düştük..." dedi.

Doktor, bacak kemiğinin keskin tarafına bir demirle vurulmuş gibi yerinden fırladı. Korku içinde ona bakan İbrahim, karşısındakinin köşemsi yüzünün donuk sarı bir renk aldığını gördü. Sesi titreyerek, "Hani ya doktor bey... iki ebe uğraştı... Hem bizim köyün, hem Köprüköy'ün ebesi... Kurtaramadılar... Ondan sonra sana getirdim... Bizi kapından çevirme!" dedi.

Doktor kendini toparlamıştı, sarı yüzünde zehir gibi bir gülümsemeyle, "Yazık ki sizi kapımdan çevireceğim, oğlum!" dedi. "Amanın doktor, Asiye aşağıda. Köye varmadan arabada ölür."

"Belki öyle olur. Ama sizi kapımdan çevireceğim."

"Dabanının altını öpeyim doktor..."

Doktorun yüzünden çekilmeyen o zehir gibi gülümseme İbrahim'i büsbütün şaşırtıyordu.

"Ne ideyim ben şincik, doktor bey?"

"Karını alır, İstasyon Caddesi'ndeki hususi doğumevine götürürsün! Paran varsa çocuğun doğar, yoksa doğumevinin yanındaki arsaya arabanı çekersin. Karın ya bağıra bağıra orda kendiliğinden doğurur yahut da köye dönerken arabada doğurur. Doğuramazsa ölür. Anladın mı?"

İbrahim, köylüler arasında adı "Baba" diye anılan hekim sahiden bu mu acaba? diye hayretle karşısındakine baktı. Bunu fark eden doctor, "Ne şaştın?" dedi. "Sana her şeyi dosdoğru söylüyorum. Benim bu hastaneye kadın hastalığı olanları almam yasak edildi. İyi anladın mı? Ben yalnız operatörüm, kol, bacak keserim. Başka şeyden anlamam!"

Bunları söylerken, gergin derili sarı yüzüne hiç yakışmayan o tebessüm, daha doğrusu o gerilme, dudaklarının kenarını aşağıya doğru çekiyordu. Senelerden beri yüzlerce kadının karnını kesip çocuğunu almıştı. Fakat şimdi, üstüne vazife olmayan işlere karıştığı ileri sürülüyor, hastanede kadın hastalıkları doktoru bulunmadığı halde, ihtisası dışındaki vakalara müdahele ederek halkın canını tehlikeye düşürdüğü iddia ediliyordu. Şehirde yeni açılan doğumevinin sahibi doktor Mutena Cankurtaran, vatandaşların sağlığını korumak için bütün bunları valiye söylemiş, dinletemeyince Sağlık Bakanlığı'na bildirmiş, ayrıca da, Ankara'da -taylı bir yerde başkan olan kaynatasına yazmıştı. Bu kaynata ise, eskiden bilmem nere valisiyken yanında sıhhat müdürlüğü etmiş olan sağlık bakanıyla görüşmüş, bakan da halkı bu gibi tehlikelerden esirgemek maksadıyla, başhekime bir ihtarda bulunmayı münasip görmüştü.

Bunları zihninden geçirirken itidalini bir an kaybetmek üzere olduğuna canı sıkılan doctor, "Yani evladım" dedi, "senin karının derdine derman olacak doktorumuz yok. Onun için hastanı al, doğumevine götür. Doktor Mutena Cankurtaran'a rica et, belki az bir para ile işini görür."

Sonra arkasını döndü, pencereden gökyüzüne bakmaya başladı. Fakat İbrahim yakasını bırakmadı:

"Sen varsın ya, doktor bey... Bana başkası lazım değil... Kurbanın olayım!"

Kendini zor tutan doktor döndü, "İmkânı yok dedim ya, çocuğum!" diye sertçe söylendi, kapıyı hızla vurarak dışarı çıktı, kendi odasına kapandı.

İbrahim aralık kapıdan ağır ağır koridora süzüldü.

Kendisine akıl öğretecek bir insan arar gibi sağa, sola bakındı. Bahçe tarafındaki pencerelerin camlarına vınlaya vınlaya kafalarını çarpan sineklerden başka canlı bir şey göremedi.

Doktor Mutena Cankurtaran otuz beşlik, sarı kıvırcık saçlı, altın gözlüklü, kibar halli biriydi. Tok ve tatlı bir sesi vardı. Asiye'yi sokakta, arabanın üstünde muayene etti, sonra İbrahim'e:

"Hasta burada kalsın, sen benimle gel!" diyerek içeri girdi. Masanın arkasında, koltuğuna iyice yaslanıp gök gözlerini pencereye dikerek hesaplara daldı, sonra, "Dört yüz liraya çocuğunu alırım kardeşim" dedi. "Güç ve mesuliyetli bir ameliyat yapacağım. Bunu her doktor kıvıramaz. Bak, düşün, taşın, bana cevap getir."

İbrahim şaşırdı. Odadan çıktığı gibi Asiye'nin yanına koştu. Öküzlere "Dah!" dedi. Tam bu sırada, belki sancılar yeniden başladığından, belki de geriye dönmenin kendisi için ölüm olduğunu anlayarak büyük bir korkuya kapıldığından, Asiye avaz avaz bağırmaya başladı. Yoldan geçenler etraflarına toplanıyorlardı. İbrahim arabayı çevirip doğumevinin yanındaki arsaya sürdü, hiçbir şey söylemeden sol öküzü boyunduruktan çıkardı, yularından aşıla aşıla çarşıya götürdü, yeni handa yüz otuz liraya sattı; nefes nefese doğumevine döndü, Asiye'nin yanına bile uğramadan doktorun odasına çıktı, parayı olduğu gibi masanın üstüne bırakarak:

"Hadi, dabanının altını öpeyim... Asiye'de bekleyecek hal kalmadı. Çocuğu da bir şey olmadan ne ideceksen et!" dedi.

Cankurtaran parayı teker teker saydıktan sonra eliyle itti. "Çocuk musun yahu?.. Yüz otuz liraya sezeryan yapılır mı? Al paranı da bir ebeye git!"

"Ebelerden hayır yok, doktor bey... Bir öküz sattım, bu kadar verdiler."

Bu aralık arsadaki Asiye'nin bağırışları, doktorun açık penceresinden içeri girdi. İbrahim'in yüzünde bir korku, Cankurtaranın dudaklarında tuhaf bir kıvrıntı belirdi:

"Öteki öküzle arabayı da sat, belki dört yüzü tamamlarsın."

"Ne istersen vireyim doktor. Hepsi senin olsun... Hadi sen Asiye'yi daha çok bağırtma..."

"Dur canım... Ya öküzlerle araba dört yüz etmezse?.. Sen bana daha iki yüz yetmiş liralık bir senet imzala bakayım... Ben karını ameliyat ederken sen de gider parayı tedarik edersin. Haydi, durma!"

Acele bir senet yazdı, İbrahim'e parmak bastırdı.

Asiye'yi baygın bir halde ameliyat odasına taşırlarken, İbrahim, tek öküzün sürüdüğü arabayı, üzerindeki yatak, yorganla birlikte tekrar yeni hana götürdü. Fakat bu sefer hepsine birden yüz elli liradan fazla veren çıkmadı. Sağ öküz zaten ihtiyar ve zayıftı. Alıcılar şöyle bir sağrısını yoklamaya bile lüzum görmeden: -Kocamış gayrı, yüz kayme bile etmez!- diyorlardı. İbrahim buna da razı oldu. Yüz elli lirayı avucunda sımsıkı tutarak doğumevine döndü. Bir hastabakıcı kendisine karısının kurtulduğunu müjdeledi. Doktor onunla koridorda karşılaştı.

İbrahim hemen elindeki paraları uzattı:

"Fazla etmedi doktor. Hakkını helal et!"

"Ne demek o? Burası imaret değil!.. Bak, alın teri döktük. Ameliyat bir saate yakın sürdü, karının da canı kurtuldu."

"Ya çocuk?"

"Çocuk ölmüş. Zaten birkaç saat daha müdahale edilmeseydi, annesi de yolcu idi."

"Çocuk ölmüş ha! Erkek miymiş?"

"Erkekmiş... Ne olacak?.. Yenisine sağlık. İkiniz de gençsiniz. Hadi, sen durma, köyüne git, dört yüzü tamamla... Daha yüz yirmi getireceksin!"

"Nereden bulayım doktor bey!.. Mümkünü yok." Mutena Cankurtaran'ın tok ve tatlı sesi birden sertleşti, "Ne demek o? Adam dolandırmaya mı çıktınız? Çok laf istemem. Beş gün sonra karın taburcudur. Yüz yirmiyi getirir, karını alırsın. Para gelmezse çıkarmam, her fazla kaldığı gün için de ayrıca on beş lira alırım!"

İbrahim yüz yirmi lirayı denkleştiremedi. Cankurtaran da kadını sahiden vermedi. Bir hafta sonra tekrar doğumevine gelen delikanlıya, "Şimdi borcun yüz altmış beş liradır. Yarın yüz seksen öbür gün yüz doksan beş lira. Parayı getirmedikçe karını alamazsın. Haydi, çek arabanı!" diye bağırdı, bir kerecik olsun Asiye'yi görmesine de müsaade etmedi.

Asiye'nin analığı, Makbule yenge ile danıştı, gidip kızı zorla almaya kalktılar, fakat hastabakıcılarla başhemşire bunları kapı dışarı etti, merdivene kadar inen Asiye'yi de, iki tokat vurup yatağa yatırdılar, bir daha böyle şeyler olmaması için elbiselerini alıp kilitlediler.

İbrahim, kaldırılması geç kalan harmanı bir gün daha

boşlayarak tekrar Cankurtaran'a başvurdu, "Doktor Bey!" dedi, "Bütün ekinimi satsam da kışın aç otursak, gene elli lira bile denkleştiremem... Kurbanın olayım, ver Asiye'yi de gidelim."

"Çok konuşuyorsun. Siz köylüler zaten hepiniz dolandırıcısınız... Sizin Allah bir dediğinize inanmamalı. İki yüz yirmi beş lira getirmeden karını alamazsın!"

"Doktor Bey, çocuk da ölü çıktı zaten... Dört yüz lira nesine bunun?"

"Elimde senedin var. Fazla yattığı günler için de on beş lira... Bu işin yalanı, dolanı yok... Haydi, çek arabanı!"

İbrahim yine Asiye'yi göremeden köye döndü. Ameliyattan beri on beş gün kadar geçmişti. Cankurtaran'ın hiç kimseyi bedavadan beslemeye niyeti yoktu. İbrahim'in para bulup getirebileceğinden de ümidini kesmeye başlamıştı. Doğumevinin kadın hademelerinden birine yol verdi, onun yerine Asiye'yi çalıştırmaya başladı. Hala kendini toparlayamamış olan kızcağız, Amerikan bezinden, paçaları bağlı bir donla kısa kollu bir gömlekten başka sırtında hiçbir şey olmadan, sabahtan akşama kadar yerleri siliyor, çöpleri taşıyor, tükürük hokkalarını temizliyordu.

Birkaç gün sonra analığı ile Makbule yenge Asiye'yi kaçırmak için yeni bir teşebbüste bulundular. Doğumevine gidip güya konuşuyormuş gibi yaparak, peştemallarının altına sakladıkları şalvarları Asiye'ye verdiler. Genç kadın apteshane aralığında giyindi, başını örttü, hep beraber çıkarlarken hademelerden biri işi çaktı, tam sokak kapısında Asiye'nin koluna yapıştı. Bunun üzerine hayli zorlu bir çekişme başladı. İki tarafın arasında kalan ve kolları kopasıya zorlanan genç kadın avaz avaz bağırıyordu. Bu sırada yetişen bir hemşire, hemen Asiye'nin başından peştemalını çekti, bunun üzerine ihtiyar kadınlar daha fazla zorlamaktan vazgeçip, yüksek sesle ilenerek uzaklaştılar. Ertesi gün İbrahim erken erken doğumevine geldi. Doktorun karşısına dikildi. O zamana kadar kendisinde hiç görülmeyen bir tavırla:

"Doktor Bey" dedi, "harmanım yüzüstü kaldı, evim perişan oldu. Sen bizim karıyı veriyon mu, vermiyon mu?"

Onun bu halinden kuşkulanan; fakat renk vermek istemeyen

Cankurtaran, önündeki bazı kâğıtları karıştırarak, başını kaldırmadan, "İki yüz elli lira getirir, karını alırsın! Fazla istemeyeceğim" dedi.

"Yani sen şimdi Asiye'yi vermiyon mu?"

Cankurtaran daha yumuşak bir sesle, "Söyledim ya kardeşim, parayı getirmeden veremem!"

"Al öyleyse senin olsun. Köyde karı yok değil a! Hayrını gör!"

Kapıyı vurduğu gibi çıktı. İki adım ötede, duvarın dibine sinmiş bekleyen Asiye'yi görmeden merdivenlerden indi gitti.

Asiye'nin işleri gece yarısına doğru bitti. Apteshaneleri, mutfağı silip temizledikten sonra, koridorun bir köşesinde bir perdeyle ayrılmış küçük aralığa girdi. Yere serili duran yatağına uzanarak, kirli, çarşafsız yorganı üstüne çekti. Koridorun sönük gece ampulü perdenin içine de loş bir ışık veriyordu... Kapkara gözleri, tıpkı karnında ölü çocuğu ile gelirken arabada olduğu gibi, fıldır fıldır dönüyor, sanki beyaz tavanda bir şeyler arıyordu...

Birdenbire fırladı. Başucundaki küçük pencereyi açarak aşağıya baktı. Bir buçuk adam boyu vardı. Amerikan bezinden donuyla gömleğinin üstüne bir şey almayı bile düşünmeden, yalınayak, aşağıya, bahçeye atladı... ve o anda dudaklarından fırlamak isteyen feryadı yumruğuyla zor zapt etti. Müthiş bir ağrı, bıçak sokulmuş gibi karnından baldırlarına ve omuzlarına yayılan bir sancı, gözlerini kararttı. Eliyle kasıklarını tutarak yürüdü, sokağa çıktı, ağır ağır köyün yolunu tuttu. Şehrin dışında yol, büyük çayın kenarından gidiyordu. Karanlık söğütlerin arasından, kıyıdaki otlara sürtüne sürtüne, yılan gibi sesler çıkararak akan suların uğultusu, şehirden uzaklaştıkça kuvvetleniyordu. Hele çayın dönemeç yerlerinde bu uğultular; bir insan kalabalığının karmakarışık sesleri gibi yükseliyor, alçalıyordu. Asiye yürüdükçe karnında artan sancıyı elleriyle bastırıp boğmaya muvaffak olamayınca iki kat kıvrılıyor, öyle yürüyor ve çaydan gelen seslere uyarak, "Ya... Köyde karı yok değil a!" diye mırıldanıyordu. Karnında tuttuğu parmaklarının arasından Amerikan bezi donunu ıslatarak sızan ılık, siyah bir yaşlık bacaklarına doğru süzülüyordu. Bunu fark edince daha hızlandı. Koşar gibi önüne eğilerek ilerliyor, gittikçe yükselen ve sağdaki çayın uğultusuna karışarak söğütlerin tepelerine, sol taraftaki bayırın kayalarına kadar yayılan bir sesle, "Köyde karı yok değil a!" diye haykırıyordu. Patlayan yarasından sızan kanlar ayaklarını ıslattığı için tabanlarına kumlar yapışıyor ve yerde kara noktalar halinde izler kalıyordu.

Köyün kıyısına geldiği zaman, kıvrıla kıvrıla başı dizlerine yaklaşmıştı. Böyle olduğu halde, vahşi bir hayvan gibi, "Köyde karı yok değil a!" diye bağırışı ortalığı çınlatıyordu. Bu sesi duyanlar evlerinden fırladılar. Yanına vardıkları zaman Asiye yere yuvarlanmış, debeleniyordu. Hemen kucaklayıp götürdüler. Fakat sabaha çıkmadı.

DUVAR

Uzun zamanlar deniz kenarında ve surlar içindeki bir hapishanede kaldım. Kalın duvarlara vuran suların sesi taş odalarda çınlar ve uzak yolculuklara çağırırdı. Tüylerinden sular damlayarak surların arkasından yükseliveren deniz kuşları demir parmaklıklara hayretle gözlerini kırparak bakarlar ve hemen uzaklaşırlardı.

Bir mahpusu dünya ile hiç alakası olmayan bir zindana kapamak ona en büyük iyiliği yapmaktır. Onu en çok yere vuran şey, hürriyetin elle tutulacak kadar yakınında bulunmak, aynı zamanda ondan ne kadar uzak olduğunu bilmektir. On adım ötede en büyük hürriyetlere götüren denizi dinlemek ve sonra aradaki kalın kale duvarlarına gözleri dikerek bakmaya, denizi yalnız muhayyilede görmeye mecbur kalmak az azap mıdır? Bahçede insanın ayakucuna inerek ekmek kırıntılarını toplayan ve aynı hürriyetsiz topraklarda sağa sola adım atan bir kuşun bir kanat vuruşuyla bu duvarları aşarak serbestliklerle kucaklaşmaya gittiğini görmektense, nefes almaktan başka hürriyeti hatırlatacak hiçbir şey bulunmayan bir yerde kapanmak daha iyi değil midir?

Fakat benim kaldığım hapishanede her şey, her ses, hürriyeti gözlerin önüne kadar getirmek, sonra birdenbire çekip götürmek için yapılmış gibiydi. Surların üstünde büyüyen ufak ağaçlar, yosunlu taşlardan aşağı sarkan sarı çiçekler bir bahar havası içinde eli kolu bağlı olmanın bütün acılarını içime dökerdi. Uçsuz bucaksız gökte bir kuğu gibi ağır ağır yüzen küçük beyaz bulutlar benden bir tek teselliyi: unutmayı alırlardı. Ve burada konuşulan şeyler hep eskiye, dışarıya ait şeylerdi. Sanki hiç kimse buraya girdikten sonra yaşamıyor yahut hafızası bunu zapt etmiyordu. Buradaki hayattan bahsetmek lazım gelince de o kadar isteksiz anlatılırdı ki, insanda, söyleyene azap veren bu şeyleri susturmak arzusu uyanırdı.

Yalnız kır saçlı bir mahpus bana hapishaneye ilk geldiği senelere ait bir vaka anlattı. Belki bunu ona sıkılmadan anlattıran, içeriden ziyade dışarıya ait olmasıydı. Bu, yarı kalmış bir firar hikâyesiydi.

Yalnız daha evvel hapishanenin duvarlarından bahsedelim:

Avlunun dört tarafını çeviren surlar kara tarafında kalın ve birbiri arkasına birkaç tane idiler. Bir zamanlar burası şehrin iç sarayı imiş ve şimdi sarı yüzlü, sakallı ve dünyadan uzak zavallıların dolaştığı bu bahçede asırlarca önce genç cariyeler, belki aynı hürriyet aşkıyla gözlerini yukarı çevirip denizi dinleyerek, dolaşırlarmış. Bu kalın surlar onları hem yabancı gözlerden, hem de düşmandan korumak için yapılmış.

Şimdi yer yer çöken ve üzerlerinde biten bin türlü ot altında taşları görünmez olan bu duvarların garp köşesindeki kısmının yıktırılmasına başlanmıştı. Buraya yeni münferit (hapishanede tek kişilik hücre) daireler yaptırılacağı söyleniyordu.

Bir gün yukarıda söylediğim kır saçlı mahpusla birlikte bu yıktırılan duvarı seyrediyor, kazmayı vurdukça parça parça aşağı dökülen harçlara bakıyorduk. Sekiz metre kadar geniş olan surun yıktırılması epey uzun sürüyordu ve dış bahçenin bu tarafına gelmelerine müsaade olunan emniyetli yahut eski mahpuslar, uzun seneler içinde pek bol olarak görülmeyen bu "eğlenceyi" sabahtan akşama kadar oturup seyrediyorlardı.

Duvar yarı yarıya yıkılmıştı ki, benim yanımda sesini çıkarmadan duran kır saçlı mahpus yavaşça kulağıma eğildi:

"Bir zamanlar ben bu duvardan kaçacaktım!" dedi.

Merakla yüzüne baktım. O, bahçenin bir kenarındaki kuru ayva ağacına doğru yürüdü. Yan yana çömeldik, gözlerini parça parça aşağı düşen duvardan ayırmadan anlattı:

* * *

190

"Dokuz sene evvel, yeni hapse düştüğümün birinci senesinde bu duvarların dibinde ahşap dükkânlar vardı. Bazı mahpuslar orada marangozluk, oymacılık, kuyumculuk yapar ve çıkardıkları işleri dışarıdaki komisyonculara vererek limana gelen vapurlarda sattırırlardı. Biz de, cürüm arkadaşımla birlikte, evimizden beş on kuruş getirterek şu şimdi yıkılan duvarın önündeki bir dükkânda çalışmaya başladık. Sessiz insanlar olduğumuz için müdür bizi koruyordu. Biz de karımızdan ona üç beş kuruş ayırıyorduk. Fakat ne bu iş, ne de kazanç bize dışarısını unutturamıyordu. Düşün! İkimiz de yirmi iki yaşındaydık.

"Dışarıda ele avuca sığar şey değildik. Bir orospu kadın yüzünden vukuat yapıp içeri düştüğümüz zaman, burada birkaç günden fazla kalacağımızı aklımız kesmiyordu. Fakat cezamız tasdik olup on beş sene yüklendikten sonra aklımız başımıza geldi. Daha doğrusu aklımız başımızdan gitti. Ama ne yaparsın? Dört taraf dört duvar. Belki af çıkar; cezasını sonuna kadar yatan kaç kişi var ki? diye kendimizi avutmaya çalıştık.

"Bir gün dükkânın bir köşesinde tutkal kaynatıyorduk. Çanağın altına sürdüğüm odun, duvarın taşına çarptı. Bana, taş yerinden oynar gibi geldi. Hemen ateşi ve çanağı oradan kaldırdım, taşın soğumasını beklemeden yapıştım. Azıcık kireç döküldükten sonra, koca bir tepsi ekmeği kadar büyük olan taş yere düştü. Eğilerek içeri baktım. Gözlerime inanamayacaktım: Uzakta, ta ileride dar bir ışık görünüyordu. Hemen arkadaşımı çağırdım. O da yere yatarak bakmaya başladı. Sonra bana dönüp:

"'Bu delikten dışarı çıkmak zor olmasa gerek, hemen kaçalım!' dedi.

"Ben kendisine 'Düşünelim' diye cevap verdim. Acemilik etmeye gelmezdi. Akşama kadar iş göremedik, bir içeri, bir dışarı dolaştık.

"Bazı geceler, iş çok olursa, gardiyana beş on kuruş vererek dükkânda kalmak mümkündü. Gardiyan, koğuş yoklamasında bizi mevcut gösterirdi. O akşam düdük çalıp herkes koğuşlarına giderken Arap gardiyanın eline bir yirmi beş kuruşlukla bir tutam esrar sıkıştırdık. O da, 'Hapishaneden banker olup çıkacaksınız ellâlem!' diye yarenlik ederek gitti. Gece oluncaya kadar ceviz takozlarını keserle yontup sözüm ona sedefli nalın yaparak vakit geçirdik.

"Yatsıdan sonra lambayı köşeye çekerek taşı oradan aldım, arkadaş pencereden nöbetçi gardiyanı gözlüyordu. Kâfir Arap her sefer esrarı çekince bir köşede uyur kalırdı ama bu sefer domuzuna dolaşacağı tutmuştu. Ben delikten içeri süzüldüm.

"Gözüm öbür baştaki delikteydi. Ay ışığı olmadığı için orası şimdi koyu yeşil bir fener gibi parlıyordu. Biraz daha sürünerek ilerledim. Sırtım taşlara dokunuyor, enseme kireçler dökülüyordu.

"İki adam boyu kadar gittikten sonra birden ferahladım.

"Elimle iki yanımı, üstümü yoklayınca geniş bir yerde olduğumu anladım, yine yoklaya yoklaya doğruldum.

"Burası üç adım eninde, üç adım boyunda bir yerdi. Başımı eğerek ayakta durabiliyordum. Duvara dayanarak solumaya başladım. Sürünürken oldukça yorulmuştum. Böylece biraz bekledikten sonra dükkân tarafında bir patırtı oldu ve delik karardı. Önce korktum, sonra baktım bizim oğlan geliyor. Sanki bu yerin dibindeki delikte bizi duyacaklarmış gibi, yavaş sesle:

"Arap gardiyan uyudu mu ki?' diye sordum. Yattığı yerde ilerlemeye çalışarak, 'Öyle olmalı, yarım saatten beri dolaşmaz oldu!' dedi. O benden daha zor sürünebiliyordu. Nihayet benim durduğum yere geldi, hemen:

"'Burası ne biçim yer?' diye sordu. Sonra ellerini duvarda gezdirerek söylendi:

"'Vıyy, her yanlar da yaş!'

"Elimle onu aradım, parmaklarıma meşin bir torba dokundu.

"O zaman ne diye zor zoruna sürüklenebildiğini anladım.

"Gündüzün acele ile bu torbayı bulmuş, belli etmemek için yalnız kendi tayınlarımızı içine koyarak saklamıştık. Belki bir gün, iki gün insan yüzü göremeyecektik...

"Ben bunu unutmuştum bile, arkadaş unutmamış ve beraber getirmiş. O da biraz dinlendikten sonra, 'Haydi bakalım dayan!' dedim. Bu sefer o öne düşerek şimdi daha yakına gelen deliğe doğru ilerlemeye başladı. Ben de yere uzanarak arkasından gitmeye hazırlandım. Önümdeki, birdenbire durdu, 'Buradan geçilmez!' dedi. Başı deliğe yaklaştığı için, dışarıda, kalenin üstünde dolaşan candarmanın duymasından korkuyor ve yavaş konuşuyorduk. Sonra, sesi taşların ve kendi elbiselerinin arasında boğulmaktaydı. Ben kalktım; o geri geri sürünerek geldi.

"'Delik birdenbire darlaştı. Bir taş var, onu söktürmek lazım. Ondan sonrası yine ferah!' dedi.

"O sıkıntılı yolu bir daha geçerek dükkâna döndüm. Bahçeyi bir güzel dinledim: Ne ayak sesi, ne de Arap'ın öksürüğü duyulmuyordu. Lambayı biraz açtım. Sandığın içinden bir keski ile bir çekiç alarak geri döndüm.

"Ondan sonra sıra ile deliğe girip çalışmaya başladık. Ses çıkarmamak için çekici hiç kullanmıyor, yalnız keski ile taşın etrafındaki harçları dökmeye, taşı oynatmaya çabalıyorduk. Bizi dışarı atacak olan deliğe yarım adım bile yoktu. 'Bir şu taş düşse!' diyordum.

"Gözüm karanlığa alıştığı için dışarısını seçebiliyordum.

"Karşımda öteki surun taşları vardı. Fakat bu surlar pek harap olduğu için aralarından geçmek kolaydı. Kasabadaki oğlanlar bile kuzularını alıp burada yayarlardı. Bu vakadan sonra hepsini tamir ettirdiler.

"Böylece her birimiz üç dört kere girip çıktık. En son ben girmiştim. Yarım saat kadar uğraştıktan sonra taş, bir sürü sıva ile beraber, önüme yuvarlanıverdi. Sevincimden deli gibi oldum. Arkada sesleri duyan arkadaşım da sabırsızlanıyordu. Ellerimle sımsıkı sarılarak taşı geri geri getirdim. Onu bir kenara iter itmez deliğe doğru atıldım.

"Fakat ben bu işle uğraşırken hiç dışarı doğru göz atmamıştım; deliğe yaklaşınca ne bakayım: Şafak sökmüş bile.

"Başımı yavaşça uzattım ve elli adım kadar ötedeki kalede nöbetçi candarmanın gölgesini gördüm.

"Tere gömülüvermiştim. Ağır ağır geriye döndüm ve, 'Yazık, kaçamayız!' dedim.

"Arkadaşım evvela güldü ve deliğe kendisi girdi. Fakat biraz sonra o da geldi. Karşı karşıya durduk, artık gözlerimiz birbirimizi seçiyordu.

"'Bu akşam geçti, başka bir akşam inşallah!' dedim.

"Fakat bu kadar yaklaştıktan, hatta serbestliğin içine böyle başını uzatıp baktıktan sonra insana geri dönmek pek zor geliyor.

"Arkadaş başını salladı, 'Başka akşamı falan yok, bu akşam gideriz!' dedi.

"'Artık bu akşam kalmadı, bugün diye konuş!'

"'Peki, bugün gideriz!'

"İlkönce ben de geri dönmeyi ister değildim, fakat bunun lazım olduğunu ona anlatırken onu değil kendimi kandırdım.

"En sonunda sözlerime o kadar inanmış ve kendimi o kadar korkutmuştum ki, 'Sen istersen git, ben kalırım, candarma kurşunuyla geberecek halim yok!' diye bağırdım, hızla geriye dönüp dükkâna doğru sürünmeye başladım. O arkamdan bağırdı, 'Ülen gitme! Candarmanın gözünü avlar, daha ortalık adamakıllı aydınlanmadan otların arasına sine sine gideriz!' dedi.

"Fakat benim yüreğim, kör olası bir korku, bir can korkusu ile öyle yaman atmaya başlamıştı ki, üstümü başımı yırta yırta kendimi dükkâna zor fırlattım ve taşı eski yerine kapatarak sabahı ve koğuşların açılmasını bekledim.

"O gün kuşluk vakti iş meydana çıktı. Gardiyanlar, candarmalar dükkâna doluverdiler. Ben yarı korkudan, yarı şaşkınlıktan aptala dönmüştüm. Taşı çektiler, delik meydana çıktı. Eğilip bakınca öbür baştaki delik, bu sefer kocaman olarak görünüyordu. Yol bomboştu... Bir candarma mavzerini uzatarak iki sıkı attı. Kurşunların karşı surlara vurdukları duyuldu. Hemen bütün dükkânları boşalttılar. Duvarlar muayene edildi, bizim arkadaşın kaçtığı delik iki yandan ördürüldü ve bir daha böyle dükkân açmak falan yasak edildi.

"Ben çok dayak yemedim. Kendim kaçmadığım için hapishane müdürü, karakol kumandanı, hatta müddeiumumi halime acıdılar. Fakat keşke dayaktan öldürselerdi!"

* * *

Kır saçlı mahpus bir müddet sustu. Yarı kapalı gözleri

bir hayali kovalıyor gibiydi. Başını bana çevirmeden, küfrediyormuş gibi keskin keskin:

"Ah... ne enayilik ettim!" dedi, "Ne enayilik ettim! Bir candarma kurşunu on beş seneden daha mı kötü sanki? Bir korku yüzünden gençliğimi yok ettim.

"Hâlbuki o... kim bilir şimdi nerelerdedir? Bir daha buralarda görünmedi. Herhalde uzak bir memlekette, kendisini tanımayanlar arasında yerleşti, akıllı uslu adam oldu... Belki çoluk çocuğa da karışmıştır. İstesem ben de onunla beraber olabilirdim. Fakat bir dakikalık korku... O kahrolası korku..."

Çenesinin adaleleri gerilmişti. Hayatımda kendisini bu kadar istihkar eden, kendisine bu kadar kızan insan görmedim; her gün üst üste yığılarak müthiş bir kin halini alan bu nefret dudaklarından çıkarak bir tükürük halinde kendi korkaklığının yüzüne fırlatılıyordu.

Karşıda ameleler duvarı iyice alçaltmışlardı, ikimiz de ayağa kalkarak o tarafa yürüdük. Tam bu sırada gürültüyle birkaç taşın yuvarlandığı duyuldu.

Ameleler geri fırladılar. Yanımdaki gülümsemeye çalışarak, "O benim söylediğim boşluğa geldiler galiba, duvarın tam orta yerindeki boşluğa... Ben o zamandan beri çok düşündüm, ama bunun ne diye yapıldığını bulamadım. Kim bilir, eski zamanlarda burada duvar içinde yollar, kapılar mı vardı?" dedi.

Ameleler bu sefer taşların düştüğü deliğe yaklaşmışlar, içeri doğru bakıyorlardı. Birkaç taşı daha ellerine alıp bir kenara koyduktan sonra birdenbire, yüzlerinde elle tutulabilecek bir dehşet ifadesiyle, doğruldular...

Etrafta bulunanlar ve bunların arasında kır saçlı mahpusla ben, o tarafa yürüdük; artık bir metreye kadar inmiş olan duvara tırmanarak deliğe yaklaştık. Herkes halka olmuş, ses çıkarmadan, aşağı bakıyordu. Bunları aralayarak biz de sokulduk ve gözlerimizi oraya çevirdik...

Elime birisinin yapıştığını, sımsıkı tuttuğunu ve sinirli sinirli titrediğini hissettim.

Orada, binlerce seneden beri güneş görmemiş olan rutubetli taşların üstünde bembeyaz bir insan iskeleti uzanıyordu. Çoğu birbirinden ayrılmış olan kemiklerin ayak ucunda bir çift eski kundura, yanı başında meşin bir torba vardı.

Başımı kaldırarak yanımdakine baktım. O hala elimi tutuyor ve sinirli sinirli sıkmakta devam ediyordu. Yüzü sapsarıydı ve bu yüzde, henüz ölümden kurtulanlarda görülen şaşkın bir hayata sarılış vardı...

KAZLAR

Dudu, elinde mektupla hızlı hızlı öğretmenin evine gitti: "Şunu okur musunuz?" dedi, "Seyit'ten geliyor!" Köyde bekârlıktan canı çıkan öğretmen, Dudu'nun çenesinin altından doğru görünen göğsüne yandan bir göz attı. Kadının esmer teninde elbiselerinin hafifçe gölgelediği bir yol, öğretmeni bir iki kere yutkundurdu. Sonra elini uzatarak: "Ver bakalım" dedi.

Dudu'nun kocası üç sene evvel düğün yerinde birisini vurmuş, on sene yemişti. Gerçi ölene kurşun atanlar sekiz kişiydi ve rastlayan kurşunun kimin silahından çıktığı belli değildi, fakat Seyit'le arkadaşı Durmuş'tan gayrısı kazadaki müstantiğe para yedirip men-i muhakeme kararı almışlardı. Vilayet ağır cezası da bu ikisine onar seneyi dayamıştı. Öğretmen mektubu okudu:

Evvela selam edip karısının hatırı şerifini sual ettikten sonra, kendisinin pek o kadar iyi olmadığından, koğuştaki yerinin pisliğinden ve bitten şikâyet ediyor, Dudu gelirken bir iki kaz getirirse başgardiyanla müdüre vererek yerini değiştirteceğini, koğuşun baş taraflarında, biti az, temizce bir yere geçeceğini söylüyordu.

Dudu mektubu öğretmenin elinden çekip aldı. Koynuna iyice yerleşti. Bu esnada öğretmen Dudu'nun göğsündeki gölgeli yolu biraz daha aşağılara kadar takip etmek imkânını buldu.

Dudu okulun kenarındaki gübrelikte yuvarlanan oğlu

Hüsnü'yü elinden tutarak düşünceli düşünceli evine döndü; ne yapacağını bilmiyordu.

Topu topu bir kazı vardı; onun da yumurtalarını bakkal İlyas Efendi'ye bağlamıştı. Kaz her gün yumurtlarsa, geçenlerde Hüsnü'ye içlik yapmak için aldığı bezin parasını bir ayda ödeyecekti. Şimdi kazı şehre iletirse İlyas Efendi evinde yorgan döşek koymaz, alır götürürdü.

Hem sonra bir kaz... Hâlbuki Seyit iki tane istiyordu...

Eltisinin evine gitti; bu, Seyit'in ağasının karısıydı. Kocasını daha on beş gün kadar evvel maktulün akrabaları avda vurmuşlardı. Dudu Seyit'e götürmek için bir kaz isteyince yeni dul bağırdı:

"Git şuradan, git! O Seyit olacak gidinin yüzünden kocamı elimden aldılar. Damlarda sürünsün de çıkamasın inşallah..." Ve ağlamaya başladı.

Dudu kapıdan döndü ve korkusundan başka akrabalarına gidemedi... Gece gözünü kapayamadı. Evde dört yaşındaki oğlundan başka kimsesi yoktu. Bu gece korkuyordu. Seyit'in düşmanları kocasına yardım etmemesi için onu mütemadiyen tehdit ediyorlardı. Seyit'in ağasını bile, kardeşine ara sıra yardım ettiği için vurmuşlardı. Köyde kime gitse kovulacaktı.

Hâlbuki Seyit iki tane kaz istiyordu. Hem de kendisi için değil.

Yavaşça yataktan kalktı, avluya indi. Kümesten kazı yakalayarak ayaklarını bağladı. Kaz bağırmaya başladı. Komşu bahçedeki çitin arkasından başka kazlar cevap verdiler.

Dudu biraz düşündü. Sonra çitin bozuk yerine doğru yürüdü. Öteki bahçeye geçti. Birbirlerini itip kakalayarak köşeye sinmeye çalışan kazlardan bir tanesini yakaladı.

Köpek, tanıdığı için sesini çıkarmıyordu.

Dudu, Hüsnü'yü sırtına bağladı. Kazları ayaklarından tutarak bir eline aldı. Öteki eline de bir torba bulgur yüklendi.

Hüsnü'nün eline de ufak bir çömlekle pekmez verdi. Ara sıra ayağı taşa çarpınca pekmezler arkasına dökülüyordu.

Gecenin serinliğinde şehre doğru yürümeye başladı.

Şehirle köyün arası yayan dokuz saatti.

Seyit aşağı yukarı üç aydan beri hastaydı, hapishane doktoru hastanede yatmasına lüzum gösteriyor, birkaç gün yatıyor, daha ağır bir hasta gelince taburcu ediliyordu.

En nihayet hiç kabul etmeyiverdiler:

Tedavisi kabul olmayacak kadar ilerlemiş olan veremleri hastaneler kabul etmiyorlardı. Nizamnameleri böyleydi.

Böyle hastaların cezalarının tecili ve tahliyeleri icap ederdi. Fakat Seyit, hastalığının ne olduğunu bilmiyordu.

Hapishanelerin bu gibi dalaverelerini bilen açıkgöz ve pişkin mahpusların da onunla meşgul oldukları yoktu. Çünkü çok fakirdi.

Evrakı ve raporları müddeiumumilik kaleminde duruyor, takip eden olmadığı için sıra bekliyordu.

Koğuşun en fena tarafında, aptesliğin yanında yatıyordu. Hem de yarı aç. Hasta olduğu için çalışamıyor, kimseye hizmet edemiyor, su falan taşıyamıyor ve bir tayınla kalıyordu.

Bu bir tayını da üç günde yiyor, kalan ikisini satarak katık yapmak istiyordu.

Ve bütün gün, hiç kalkmadan yatardı.

Biraz ilerideki pencereden bir avuç kadar gökyüzü görünürdü: Masmavi... Gözlerini oraya diker, hiç konuşmadan beklerdi.

Köye mektup yazdırdıktan sonra uzun müddet yollayamadı. Çift sürme zamanıdır, işler yarım kalır diye tereddüt ediyordu.

Daha fazla bekleyemeyeceğini anlayınca, iki bükülü mektubu kuşağının arasından aldı. Görüşme gününde nizamiye kapısına giden bir mahpusa:

"Şunu bizim gelip giden köylülerden birine ver!" dedi.

Ve daha sabırsızlıkla beklemeye başladı.

Mektubu götürecek olan köylünün bir sürü mahkemeleri vardı, on gün kadar şehirde kaldı; ve Seyit hep bekledi.

Gözleri, avuç içi kadar mavi göğe dikilmiş, yattı. Yalnız akşamüzerleri, yattığı yerde biraz kuru tayınla biraz pekmez yiyor, sonra uyumaya çalışıyordu.

Dudu gelirse nasıl kalkıp kapıya gideceğini düşünüyor, "sürüne sürüne bile olsa gene giderim!" diyordu.

Evlendikten bir ay sonra askere gitmiş, tezkere aldıktan yirmi gün sonra hapsedilmişti. Ve Dudu'ya hiç doymamış gibiydi. O da nedense hâlâ gelmiyordu.

Artık bekleyemeyecekti galiba.

Dudu hapishaneye geldi. Kapının önü tenhaydı. Sokulduğu zaman candarma itti ve "geri git!" diye bağırdı.

Kapıda duran gardiyan, kazları ve torbayı görünce onu tezkere almak: askerliği tamamlayarak bunu bildiren bir belge almak, çağırmak için elini kaldırdı. Fakat tam bu sırada birkaç hapis bir sedye çıkardıkları için o tarafa gitti.

Hapishane kâtibi: "Musallaya götürün, ben kaydına işaret veririm!" diye bağırarak odasına giriyordu.

Başgardiyan da elindeki bir kâğıdı gardiyanlara ve bazı mahkûmlara imzalatıyordu. Bu, ölünün bir yorganı, bir bakır kabı ve bir çift eski kundurası kaldığına dair müzekkereydi.

Sedye kapıdan çıkarken gardiyan biraz ötede duran Dudu'ya sordu:

"Kimi istedin?"

"Opruklu Seyit'i."

Gardiyan yüzünü buruşturdu. Eliyle, kapıdan biraz evvel çıkan ve bir gardiyanla hafif cezalı iki mahkûm tarafından musalla camiine götürülen sedyeyi göstermek üzereyken, gözleri tekrar kazlara ve torbaya ilişti.

Elini uzattı:

"İçerde ama bugün görüşme günü değil. Ver onları da sen haftaya gel!"

Torbayı, kazları, pekmez çömleğini aldı, duvarın kenarına koydu; hâlâ daha kapının dibinde oturan Dudu'ya:

"Haftaya gel, dedik ya... Biz bunları kendisine veririz. Hadi bakalım, bekleme!.." diye bağırdı.

Dudu şehirde bir hafta kalabilir mi hiç?

Hüsnü'yü kolundan tutup çekerek yürümeye başladı.

Çocuk dönüp dönüp arkaya bakıyor:

"Hani ya babam?.. Nerde ya babam?." diye vızıldanıyordu.

Dudu çocuğu hızla bir çekti:

"Ne diye bağırırsın?" dedi, "Göstermediler işte!"

Sonra biraz yumuşadı:

"Harmanda geldiğimizde görürüz!.." Köye döndüler.

Köye gelir gelmez Dudu'yu candarmalar yakaladı. Kaz çaldığı için kasabada muhakeme edildi ve üç aya mahkûm oldu. Yalnız, cezasını kaza hapishanesinde yattığı için, harman zamanına kadar, Seyit'in ölümünden haberi olmadı.

SES

Bizi Beyşehir'den Konya'ya götüren kamyon Barsakderesi dedikleri bir boğazda sakatlandı. Şoför ve muavini motör kapaklarını açtılar. Oturdukları minderi kaldırıp onun altından çıkardıkları bir sürü alet ve edevatı ortaya döktüler. Ondan sonra saatlerce süren bir tamir başladı. Bazan her ikisi makinenin altına sürünüp arka üstü yatıyorlar ve elleriyle motörün alt kısmını kurcalıyorlar, bazan da biri şoför mahallinde gaza basıyor ve motörü işletiyor ve diğeri bu esnada porselen başlıklı bir takım memeleri yerlerinden oynatıyordu.

İkindi güneşi altında kamyonun muşamba kaplı karoserisi tahammül edilemeyecek bir hal almıştı. Yolcular birer birer atlayıp dağıldılar. Bir kısmı merakla şoförü seyrediyor ve o dinlenmek için motörden biraz başını kaldırıp duracak olsa:

"Bitti mi?" diye heyecanla soruyordu.

Daha az meraklı birkaç yolcu ile ben ve arkadaşım boğazın garp tarafına, gölge bir yere doğru yürüdük ve birer taşın üstüne oturup beklemeğe ve etrafımıza bakınmağa başladık.

Kamyonun durduğu yerin biraz ilerisinde, yolun kenarında iki çadır ve bunların etrafında birkaç kazma kürek ile bir el arabası vardı. Daha uzakta ise taş kırmakla ve kum taşımakla meşgul bir miktar yol amelesi görülüyordu.

Güneş arkamızdaki sırta gömüldükçe, karşı taraftaki tepenin üzerine serpilmiş bulunan çam ağaçlarına gitgide kırmızılaşan bir ışık yolluyor, vadiyi süratle artan bir loşluğa terkediyordu. Serin bir ilkbahar günü idi ve orta yerde akan küçük dere mırıltıya benzer seslerini duyurmağa başlıyordu.

Yoldan birkaç araba ve otomobil gelip geçti. Bizim kamyonun yanında biraz durdular ve şoföre bir şey lazım mı, diye sordular. İçerisinde boş yer bulunan bir kamyon, vakit geçtikçe telaşları artan ve mütemadiyen şoföre söylenen bizim yolculardan iki kadını adlı. Konya'ya götürdü.

Diğer yolcular grup grup oturmuşlar, bir şeyler anlatıyorlardı. Bizim yanımızda bulunan ve buraya yakın köylerden birinde bakkal olduğunu söyliyen tahta ayaklı bir ihtiyar kalkıp otomobile gitti, çuvalını sırtladı, şoföre birkaç küfür savurduktan sonra yola düzüldü.

Adamakıllı akşam olmuştu. Yol amelesi çadırlarına dönerek ateş yakmağa başlamışlardı. Bizim kamyon şosenin bir kenarında muazzam bir hayvan ölüsü gibi hareketsiz duruyordu. Şoför ve muavini, üstleri yağ ve toprak içinde, yüzlerinden siyah terler damlıyarak, bir kenara oturup uzunca bir dinlenme yapıyorlardı.

Yolcuların ekserisi bu gibi hadiselere alışık oldukları için sadece başlarını sallıyorlar ve sepetlerini, çıkınlarını açarak bir şeyler yiyorlardı.

Bir müddet daha geçip ortalık adamakıllı kararınca şoför, yol amelesinden bir fener alarak yeniden işine koyuldu. Biz yolcular, birdenbire çöken sükutun içinde, olduğumuz yerlere uzanmış, kımıldamadan duruyorduk.

Arkamızda güneşin kaybolup gittiği tepenin ağaçları birdenbire mavimtırak ve soluk ışığa gömüldü. Arkadaşımın yüzüne baktım. O gözlerini karşıya dikmişti. Yamacın üzerine seyrekçe serpilmiş olan siyah çamlar, süratle aydınlanan gökyüzüne titrek silüetler çiziyorlardı. Arkadaşım bir müddet bunları seyrettikten sonra:

"Nerdeyse ay görünecek!" dedi.

Tam bu sırada kekik kokuları ve ince çıtırtılarla dolu havayı hafiften gelen bir saz titretti. Müzikle uğraşan ve bir müzik mektebinde vazifesi olan arkadaşım doğruldu. Kaşlarını çatarak dinlemeğe başladı.

Yol amelesinin çadırı tarafından gelen saz ustaca çalınan bir meyandan sonra, susar gibi oldu ve bir erkek sesi o zamana kadar duymadığımız, fakat bize yabancı da gelmiyen bir halk şarkısı söylemeğe başladı:

"Döndüm daldan kopan kuru yaprağa
Seher yeli, dağıt beni, kır beni;
Götür tozlarımı burdan uzağa
Yarin çıplak ayağına sür beni..."

Bu sefer ben de doğruldum. Saz tekrar kıvrak bir ara nağmesine başladığı halde, kulağımda hala deminkisi sesin çınlamaları vardı.

Arkadaşım:

"Bu ne?" demek ister gibi yüzüme baktı.

"Fevkalade!" diye mırıldandım.

Ses tekrar, ve bütün vadiyi çınlatırcasına başladı:

"Aldım sazı çıktım gurbet görmeğe,
Dönüp yare geldim yüzüm sürmeye,
Ne lüzum var şuna, buna sormaya,
Senden ayrı ne hal oldum gör beni."

Ömrümde bu kadar gür, tatlı bir erkek sesi dinlememiştim. Bir insan gırtlağından bu kadar manalı ve sarıcı seslerin nasıl çıkabildiğine hayret ediyordum. Arkadaşım kalktı, beni de kaldırdı. Amelenin çadırına doğru yürümeğe başladık.

Ovada, çadırın önünde, dört beş kişi oturmuşlardı. Etraflarında kazma ve kürek serpilmiş duruyordu. Çadırın kapısına asılmış bir fener sallandıkça, vadinin içine doğru uzanan ve başları karanlıkta kaybolan gölgeler belli belirsiz kımıldanıyorlardı.

Yirmi yaşından fazla göstermiyen bir delikanlı çadırın önünde, yan yatmış bir el arabasının üstüne oturarak saz çalıyordu. Başı göğsüne yatmış ve gözleri yere dikilmiş olduğu için çehresini tamamen görmeğe imkan yoktu. Fenerin aydınlattığı alnı ter damlalariyle kaplı idi. Sazının uzun sapı, şaşırtıcı bir süratle aşağı yukarı kayan parmaklarının altında, canlı bir mahluk gibi titriyordu. Tellere vuran sağ eli, küçük fakat kendinden emin hareketler yapıyor, bu el sazın gövdesine her yaklaştıkça, insan, sanki, o tahta ile bu et arasında gizli, fakat çok manalı ve mühim bir konuşma oluyormuş zannediyordu.

Çadırı ve bulunduğumuz yeri bir aydınlık yalayıp geçti, vadinin öbür ucuna kadar uzandı. Başımızı kaldırdık, karşımızdaki sırtı aşıp yukarı fırlayan ayı gördük.

Saz çalan delikanlı da başını kaldırdı ve gözlerini biraz yumarak, tam karşısında beliren bu aydınlık yüzlü dinleyiciyi süzdü. Sonra saza vuran eli yavaşladı, gözleri kapandı, boğazı gerildi ve yüzü kırmızılaştı. Biz hayretle onu seyrederken, ince dudaklarının arasından beyaz dişler göründü ve delikanlı, bu sefer hitap eder gibi, şarkısına devam etti:

"Ayın şavkı vurur sazım üstüne,
Söz söyleyen yoktur sözüm üstüne
Gel ey hilal kaşlım dizim üstüne,
Ay bir yandan, sen bir yandan sar beni."

Otomobilin diğer yolcuları da toplanmışlardı. Herkes hayretle kıpkırmızı yüzlü gence bakıyorlardı. O, esrarlı bir dil konuşan ellerini sazın üzerinde hareket ettirmeğe başlamış ve gözlerini yere, yahut kucağından fırlamak ister gibi sıçrayan sazına dikmişti. Pek az bir duraklamadan sonra, bu sefer başını kaldırmadan, daha yavaş, fakat eskisi kadar tatlı ve derinden gelen bir sesle şunları okudu:

"Sekiz yıldır uğramadım yurduma,
Dert ortağı aramadım derdime,
Geleceksen bir gün düşüp ardıma,
Kula değil yüreğine sor beni."

Ve sazını, iki kuvvetli vuruştan sonra, yanına bırakarak başını kaldırdı. Orada bulunanlardan birkaçı yaşa diye bağırdılar. O, gözlerini hiç kimsenin üzerinde durdurmıyarak, boşlukta dolaştırmağa başkadı. Hafifçe tebessüm etmeğe de çalışıyordu.

Arkadaşım yanına sokularak sordu:

"Senin adın ne oğlum?"

"Ali!"

"Nerelisin?"

"Sıvaslıyım!"

"Sazı nereden öğrendin?"

"Ne bileyim? Küçükten beri çalarım."

"Söylemeyi?"

"Onu da öyle... Sonra bir iki usta aşık yanında gezdim."

Arkadaşım bana baktı:

"Harikulade bir ses, azizim, yıllarca arasak bulamayız. Ben bu oğlanın arkasını bırakmam!" dedi. Sonra tekrar ona dönerek yaşını sordu. Yirmi iki imiş. Cebinden defterini çıkararak bir şeyler not etti ve delikanlının adresini almak istedi. Çocuk evvela şaşırdı. Verecek bir adresi yoktu. Bugün burda, yarın orda amelelik yapıyordu. "Beyşehir yolunda Sıvaslı Ali desen olmaz mı?" diye soruyordu.

Nihayet Konya'da, gelip gittikçe uğradığı bir hanın ismini söyledi. Dostum onları da kaydetti. Bu sırada, epeyden beri yanımızda durup bizimle birlikte saz dinliyen şoför:

"Beyler, otomobil hazır!" dedi.

Delikanlıya birkaç şarkı daha söyletmeğe hazırlanan arkadaşım, diğer yolcuların hemen yerlerinden fırladıklarını ve torbalarını, çantalarını kavrayıp kamyona doğru yollandıklarını görünce içini çekti, sonra yerinden doğrulmuş olan Ali'ye döndü:

"Seni aratıp bulursam hemen gel. Sana paralı bir iş bulurum, daha usta aşıkların yanında çalışır, sazını ilerletirsin, olmazmı?"

Ali hiçbir şey anlamadan tasdik etti:

"Olur beyim!"

Omuzuna vurup:

"Hadi bakalım, Allah'a ısmarladık!" dedik. Bütün amele hep birden:

"Selametle"

Dediler ve biz ayrılırken, Ali'nin etrafında gülüşerek onunla konuşmağa başladılar.

Herhalde arkadaşımın sözlerini kendi kendilerine izaha ve bundan Ali için parlak neticeler çıkarmağa çalışıyorlardı.

* * *

Dostum, Ankara'ya geldikten sonra, hakikaten o delikanlının işi ile hiç durmadan meşgul oldu. Onu bir müzik mektebinde yetiştirmeye muhakkak azmetmişti. Bu kadar üstüne düştüğü bu iş hakkında konuştuğumuz zaman:

"Bilmezsin, kardeşim" diyordu. "Oğlanın sesi kulaklarımdan gitmiyor, ben bu işin acemisi değilim, aşağı yukarı kendime insan sesi esnafı diyebilirim, fakat böyle bir sesi az dinledim."

Ben de kendisi gibi düşünmekle beraber, daha akıllı görünmek için şöyle diyordum:

"Hakkın var. Fakat o sesin bizim üzerimizde bu kadar kuvvetli bir iz bırakmasında onu dinlediğimiz gecenin hiç tesiri yok mu idi acaba? Mehtap! Şırıltısı kah duyulan, kah kaybolan küçük dere... İki dağ arasında uzanan kıvrıntılı dar vadi ve nihayet hiç beklemediğimiz bir amele çadırından tabiatın içine yayılıveren bir ses... Bütün bunlar, o gecenin ürkek sessizliğinde bizi garip bir romantizm içine atmış ve alelade veya biraz daha iyice bir sesi bize fevkalade gibi göstermiş olamaz mı?"

Fakat bunlara rağmen, Sivaslı Ali'yi buldurup Ankara'ya getirmek ve onu burada da dinleyerek sesini terbiye ve inkişaf ettirmek, itiraz edilecek bir fikir değildi. Ne kadar yanılmış dahi olsak, herhalde birinci sınıf bir istidat karşısında bulunduğumuz inkâr edilemezdi.

Arkadaşım şimdiden hülyalar içinde yüzüyordu. Sivaslı Ali'nin bir gün meşhur ve dünyaca tanınmış bir opera tenoru olarak Avrupa şehirlerinde konserler verdiğini düşünüyor:

"Onun frak içindeki vücudunu ve beyaz yakasından fırlayan kırmızı yüzünü görmek, harikulade bir şey olacak!" diyordu.

Nihayet istediğini yaptırdı. Birçok yerlere başvurarak Sivaslı Ali'nin Ankara'ya getirilmesini temin etti. Bu işlerle uğraşan makamlar, zaten yeni istidatlar aramakta idiler. Sık sık imtihanlar yapılıyor ve opera mugannisi yetiştirmek için talebe seçiliyordu.

Bu meyanda Konya'ya yazıldı. Pek uzun olmayan bir

araştırmadan sonra bizim genç tenor bulduruldu. Yol parası Konya Belediyesi'nce temin edilerek Ankara'ya gönderildi.

İmtihanın yapılacağı mektebin müdür odasına girer girmez, bir kenarda elinde sazıyla bekleyen Sivaslı Ali'yi tanıdım.

Yüzü biraz daha kırmızı, bakışları adamakıllı ürkekti. Ökçesi basık ayakkabılarının arkasından topukları delik çorapları görünüyor ve üzerinde bulunduğu halı, tabanlarını yakıyormuş gibi sık sık ayak değiştiriyordu. Sazını bir silah gibi sağ ayağının kenarına dayamış, sapını iki parmağıyla yakalamıştı. Odada konuşup gülüşenlerin yüzüne bakmıyor, gözlerini yerde ve karşı duvarda gezdiriyordu.

Odadakilerle selamlaştıktan sonra Ali ile konuştum. Yolculuğun nasıl geçtiğini sordum. -Kötü değil!- dedi. Elindeki saz yeni idi. Gülümseyerek yüzüne baktım, derhal anladı: "İndiğim handa buldum, sekiz kâğıt verip aldım. Benim kırık saz ile efendilere çalmak yakışık almaz herhalde!" dedi.

Siyah ve güzel gözleri, şimdi aydınlıkta ve açık olduğu halde, bana o akşam gördüğüm gibi yarı kapalı hissini verdiler.

Dikkat edince, bu büyük ve dalgın gözlerin daimi bir rüya içinde yaşadığını fark ettim. Bir anda kendimi onun yerine koymak istedim.

Buraya kim bilir neler düşünerek gelmişti? Herhalde dostumun kafasından geçen opera muganniliği ve fraklı Avrupa konserleri, ona yabancı idi. Olsa olsa Ankara'da -büyüklerden-birkaç kişinin kendisini dinleyeceğini, belki beş on kuruş vereceğini düşünmüş olabilirdi. Hatta belki de daha sağlam bir istikbalin kendisini beklediğini sanıyor, beğenildiği takdirde hademelik, kapıcılık gibi bir işe konularak kaykılacağını ve ara sıra -büyük- meclislerde saz çalıp beş on kuruş alacağını ümit ediyordu. Bazen valilerin bile böyle âşıkları koruduklarını, onlara meclislerinde saz çaldırdıklarını herhalde duymuştu.

Mektebin muhtelif milletlere mensup müzisyenlerinin Türkçe, Almanca, Fransızca konuşmaları ortalığı doldururken, müdür odasının kapısı vuruldu ve içeriye iki kişi girdi. Bunlardan biri, bir maarif müfettişi idi. Biraz evvel vekalete müracaat eden ve imtihan edilmek isteyen bir çocuğu getiriyordu. Orta mektep mezunu olduğunu ve sesini hocalarının beğendiğini söyleyen bu çocuk; sarışın, oldukça şişman, dalgalı saçlı, cesur bakışlı bir delikanlı idi. Odada bulunanlar: "Hay hay!" dediler.

Zaten bir tenoru imtihan edeceklerdi, ikisini beraber de dinleyebilirlerdi.

Hep birlikte çıktık. Arkadaşım memnun ve kendisinden emin bir tavırla imtihan odasını açtı. Burası parke döşeli, bir tarafında yeni kurulmuş sahnemsi bir yer bulunan geniş bir salondu.

Sahneye yakın köşelerden birinde de bir kuyruklu piyano vardı. Oda birdenbire doldu. Grup grup Türkçe ve Frenkçe konuşmalar başladı. Bazen münakaşalar birbirini bastırıyor ve anlaşılmaz bir gürültü benim bile başımı ağrıtıyordu. Genç bir Alman kadını piyanoya geçip tuşlara dokundu. Sivaslı Ali ömründe hiç görmediği bu alete hayret dolu bir göz attı, sonra, ihtimal acemilik göstermemek için, lakayt bir hal almaya çalıştı.

Bu sırada genç müzisyenlerden biri sahneye beyaz boyalı demir bir iskemle koyarak Ali'ye:

"Otur bakalım!" dedi.

Diğer bir müzisyen atıldı:

"Canım, iskemleye oturup şan yapılır mı? Ayakta söylesin!"

"Amma yaptın ha, ayakta saz çalıp şarkı söyleyen halk şairi gördün mü?"

Bu münakaşa esnasında Ali, gözleriyle odanın bir hastane ameliyathanesine benzeyen beyaz, çıplak duvarlarını, büyük, perdesiz pencerelerini seyrediyor ve odayı sesleriyle dolduran bu bir sürü adama, ameliyat masasına yatacak bir hastanın doktorlara bakışına benzeyen ürkek nazarlar fırlatıyordu.

Benim yanımdaki genç müzisyenlerden birine, "Bunu iskemleye oturtup söyletmek doğru olmaz, bağdaş kurup söylemeye alışmıştır, belki sıkılır!" dedim.

O bir an "Doğru" der gibi bana baktı, fakat sonra, "Yok, canım, ne münasebet! Frenklere karşı bağdaş kurup oturtmak olur mu? Herifleri kendimize güldürürüz!" dedi.

Ali, beyaz demir iskemleye, ateş üstüne oturuyormuş gibi ilişti. Sazı tutan eli titriyor ve kırışan alnından kirpiklerine ve ayva tüylü yanaklarına terler süzülüyordu.

Konuşanlar yavaş yavaş seslerini kestiler. Herkes bir köşeye yaslandı veya bulabildiği bir iskemleye oturdu, gözlerini sahnenin ortasında tek başına kalıveren Ali'ye dikti. Genç adam iki dizini sımsıkı birbirine yapıştırmış, dişlerini sıkmıştı. Sazı kucağına aldı. Fakat bir türlü yerleştiremedi ve şaşırıp etrafına bakındı. Üzerine dikilen gözleri görünce büsbütün şaşırdı. Terler sarı mintanına arka arkaya damlamaya başlamıştı. Sağ eline kiraz kabuğundan tezenesini aldı, tellere birkaç kere dokundu.

Bu sesler onu bir an için açar gibi oldular. Yüzüne sükûnete benzer bir ifade geldi. Biraz daha çaldıktan sonra söylemeye hazırlanarak boynunu oynattı. Öksürmek isteyip utanıyormuş gibi bir hali vardı. Nihayet gözlerini üzerimizden çekip tavanın bizim tepemizdeki köşesine dikerek, bir halk şarkısına başladı.

Sesi yine güzel, fakat birtakım hışırtılarla karışıktı. Yükselince pek belli olmayan bu yabancı sesler alçaklara inince derhal kendilerini gösteriyorlardı. Ali de bunun farkında idi. Kendini toplamak istedi, fakat bu hareketiyle ancak boğazının adalelerini biraz daha gerdi ve yüzü daha çok kırmızılaştı.

Müthiş bir gayret sarf ediyordu. Çenesinin yanlarından aşağı doğru uzanan ve iki çelik direk gibi kımıldamadan duran yuvarlak, katmerli et parçaları açıkça görünüyordu. Ali göğsünden kuvvetle fırlattığı sesi bu cenderenin arasından geçirebilmek için ter döküyordu. Nihayet şarkıyı bitirdi ve sazı eline alarak ayağa kalktı.

Alman müzisyenlerden biri derhal, "Fena değil, fena değil... Ötekini de dinleyelim..." dedi ve başıyla sarışın genci gösterdi. Yüzünde kendinden emin bir tebessümle sahnenin dört ayak merdivenini çıkan delikanlı hemen, hatta odadakilerin susmasını bile beklemeden, plaklara geçmiş bir halk şarkısına başladı. Evvela hafif ve tatlı çıkan sesi, yavaş yavaş büyüdü ve bütün odayı dalga dalga dolduruverdi. Hakikaten güzel söylüyordu. Birkaç yerde, hanende taklidi bayağı hünerler yapmaya özenmesine rağmen, mükemmel bir ses materyaline sahip olduğu meydanda idi. Şarkıyı bitirir bitirmez yine deminki Alman "Bravo!" diye söylendi. "Bu çocuğu yetiştirebiliriz!"

Bu aralık gözlerim Ali'ye ilişti. Bu odada olanların hiçbiriyle alakası yokmuş gibi gözlerini boşluklarda gezdiriyor ve canı sıkılan bir adam tavrı alıyordu. Piyanodaki genç kadın, eliyle onu yanına çağırdı. Namzetlerin kulak terbiyeleri denenecekti.

Sağ eliyle basit bir melodi çalarak Almanca, "Bunu aynen tekrar et!" dedi.

Türk müzisyenlerden biri izah etti, "Piyanoya göre söyle bakalım!"

Ali bir bana, bir de gözleriyle arayarak dostuma baktı. Ben, "Eyvah!" dedim. Zavallı delikanlı ömründe görmediği, sesini duymadığı, adını işitmediği bir aletin karşısına getirilmişti.

Kendisine söylenen sözün manasını bile anlamıyordu. İzah etmek istedim:

"Oğlum, bu hanımın çaldığına göre ses çıkar."

Piyanodaki kadın aynı melodiyi tekrar etti, Ali büyük bir gayretle tekrar boynunu gererek, "Bir haber yolladım canan iline..." diye başladı. Oradakilerden birkaçı güldü ve Ali derhal sustu.

"Yok, iki gözüm" dedim, "şarkı söyleyecek değilsin, bu sesleri çıkaracaksın."

Sıkıntı içinde gırtlağından birkaç ses fırladı, orada canı sıkılmış gibi duran Almanlardan biri eliyle sarışın tenoru çağırarak, "Bu söylesin" dedi.

Piyanonun arka arkaya çaldığı birkaç küçük melodi bir ses nehri halinde ve berrak olarak delikanlının ağzından dökülüyordu. İşi çabuk bitirmek isteyenler, usulen Ali'ye bir şarkı daha söylettiler. Bu sefer birinciye nazaran çok fazla gayret sarf eden ve her şeyin bu bir tek şarkıya bağlı olduğunu sezen Ali, en güzel şarkısını söyledi. Hiç de fena değildi. Hatta orada bulunanlar: "Mükemmel!" der gibi başlarını sallıyorlardı.

Fakat şarkı bitip Ali sazıyla bir kenara çekilir çekilmez onu derhal unuttular. Sarışın delikanlı yine plaklardan öğrenme bir tango söyledi. Muhakkak ki güzel bir sesi vardı. Artık imtihan kâfi görülerek bu çocuğun ne yolda yetiştirilmesi lazım geldiğine dair münakaşalara geçildi. Bütçe meselesi ortaya atıldı. Hazirandan evvel talebe olarak alınırdı, alınamazdı gibi sözler oldu.

Hiç kimse aynı odada bir kenarda bir de Sivaslı Ali'nin bulunduğunun farkında değildi. Onu ta buralara kadar getirten dostum, münakaşa edenlerin yanında, hiçbir şey dinlemeden duruyordu.

İkimiz de Ali'nin yanına gitmeye cesaret edemiyor, hatta onun yüzüne bile bakamıyorduk.

Ben yavaşça gözlerimi kaldırınca, hayret içinde kaldım.

Ali'de hiç de feci bir halde bulunan bir insan tavrı yoktu. Boş gözlerle biraz evvelki gibi duvarları süzüyordu. Sanki bu odadakiler onu zerre kadar alakadar etmeyen kimselerdi. Yüzünde en ufak bir teessür, en küçük bir hiddet yoktu. Hatta oldukça uzun süren bir sıkıntıdan, bir işkenceden kurtulmuş gibi sakin, dinlenen bir hali vardı. Gözleri sarışın tenora rastladıkça bir müddet duruyor, belki biraz hayret ve merakla onu süzüyordu.

Bu bakışlarda küçük bir haset, hatta gıpta aradım ve bulamadım.

Sazı yine silah gibi sağ ayağının yanında idi ve bu ayağı gayet küçük bir hareketle yerden kalkıyor ve tekrar parkelere dokunuyordu. O zaman içimde bir şeyin burkulduğunu hissettim.

Genç adamın bütün yeisi, bütün inkisarı, bütün kırılan ümitleri bu ufak ayak hareketlerinde kendini gösteriyordu.

Vücudunun her tarafına hâkim olan, yüzünün en ufak bir ürpermesiyle bile içindekileri dışarı vurmayan gözleri sonsuz bir derinlik ve sükûnet içinde yumuşak bir ışıkla parlayan bu adam, farkında olmadan kendini sağ ayağının bu minimini ve sinirli kımıldamasıyla boşaltıyordu. Ömrümde hiçbir insan yüzü, hiçbir ağlayış bana bu kadar acı, bu kadar manalı görünmemişti.

Kendimi toplayarak, onun yanına doğru yürüdüm. Onunla muhakkak konuşmak, ona bir şeyler söylemek lazımdı. "Konya'ya dön, biz işin olunca seni buldurur, haber veririz."

Ali bütün bunları, fevkalade ehemmiyetli bir şeymiş gibi, kaşlarını hafifçe kaldırarak dinliyor, adeta ezberlemeye çalışıyordu.

Fakat gözleri bana, ilişince irkildim. Nedense bu siyah ve büyük gözler bana, sahibinin bu lafların bir tekine bile inanmadığını ifşa eder gibi geldi.

Herhangi bir şey yapmış olmak için, "Gelin, bir lokantada yemek yiyelim!" dedim. Odadakilerin münakaşası hala devam ediyordu. Bizim çıktığımızın farkına bile varmadılar.

Bir kebapçıda karnımızı doyurduk ve bu esnada hemen hemen hiçbir şey konuşmadık. Onu kandırmaya imkân yoktu. "Seni çağırıp zahmet verdik, affedersin!" de denilemezdi.

Ben bunları düşünürken kebapçıdan çıktık. Ali bir şey söylemek ister gibi birkaç kere yutkundu ve boynunu bükerek, "Sizi mahçup çıkardım, beyim, sakın kusura kalmayın!" dedi. Sonra, hayret edilecek bir şeyden bahsediyormuş gibi, gözlerini hafifçe açarak ilave etti, "Ben o odada bir türlü sesimi bulamadım!" Ve yanımızdan ayrılıp gitti.

Ertesi sabah, aramızda topladığımız birkaç lirayı kendisine vermek ve onu Konya otobüslerine bindirip selametlemek için Haymana Hanı'na giden arkadaşıma hancı, Sivaslı Ali'nin, sazını iki liraya satıp yol parası yaptığını ve şafakla kalkan bir kamyona binip Konya yolunu tuttuğunu söylemiş.

DÜŞMAN

G ece, hafif yağmur çiseliyordu.
Asfalt yolda yürürken yeni rugan iskarpinleri nemli nemli parlıyor ve siyah, çizgili pantolonu bunların üzerine tatlı bir akışla dökülüyordu. Paltosunun geniş yakasını kaldırmış, kalın eldivenli ellerini arkasına bağlamıştı.

Dalgın dalgın yürüyor ve boş gözlerle ayaklarına, ıslak asfalttan biraz yukarıya doğru kalkıp sonra kolayca ileri uzanan ve yine ıslak asfalta dokunan iskarpinlerine bakıyordu. "Hayat bu rugan iskarpinlere ne kadar benziyor!" dedi; "Tıpkı bunlar gibi biz de günler geçtikçe aşınmaya, bir tarafa kaykılmaya, çirkinleşmeye ve nihayet işe yaramamaya başlayacağız..."

Sonra bu düşünceleri istediği kadar ince ve zekice bulmadığı için dudaklarını büktü. Biraz evvel bir arkadaşının evinde oynadığı pokeri aklına getirdi. Otuz lira kazanmıştı.

"Yanıma o karı oturmasaydı daha çok kazanabilirdim!" diye söylendi, "Kadın hem kocasının parasına güvenerek cesur oynuyor, hem de eğilip kâğıtlarıma bakıyordu."

Ağır, fakat tatlı bir pudra, esans ve saç kokusu burnuna gelir gibi oldu, yutkundu. Hayat ne güzel fakat ne can sıkıcı şeydi! Gündüz daire... Hafif bir iş, bol para... Akşamüzerleri güzel bir yemek, bazen sinema... Çay... Poker... Sonra uyku... Bunların hepsi güzeldi, fakat bütün günü dolduran bu eğlendirici işlerin içinde insan bir boşluk hissi duymaktan kurtulamıyordu. Bir şey eksik gibiydi, bütün ömrünce işlemeyen bir yeri varmış gibiydi.

Şimdi evine dönerken gene bu boşluğun farkına vardı. Gününü güzel geçirdiğini, hatta otuz lira da kazandığını düşünüyor ve içinde gene doyurulmamış bir yer kalmasına şaşıyordu. "Belki bu hayat, sık sık uykusuzluk sinirleri bozuyor!" dedi.

Evinin önüne gelmişti. Aralık duran bahçe kapısını ayağıyla itti. İki tarafı çiçekli çakıl yolda yürümeye başladı. Geceleri eve hep arka taraftaki küçük kapıdan girerdi. Salona ve ön kapıya yakın bir yerde yatan hizmetçiyi uyandırmak istemediği ve yatak odası bu kapıya daha yakın olduğu için farkına varmadan kendini buna alıştırmıştı.

Başı yukarıda yürüyordu. Kapıya yaklaşınca elini cebine götürüp anahtarı çıkardı ve ileriye baktı.

Şiddetle ürkerek olduğu yerde kaldı: Bir karaltı kapının hafif girintisine büzülmüş, kımıldamadan duruyordu.

Elini cebine götürdü. Tabancasını almamıştı. Karaltı birdenbire kımıldadı.

Genç adam bağırmak ve kaçmak ister gibi bir tavır aldı, fakat karaltı parmağını ağzına götürerek yavaşça "Suss!" dedi.

Bunu o kadar tabii, o kadar emirden uzak, fakat hâkim bir sesle söyledi ki, öteki, elinde olmayarak durdu ve merakla o tarafa baktı.

Karaltı yaklaştı:

"Şurada biraz uyumuş kalmışım. Bir fenalık için geldim sanmayınız... Yatacak yerim yok!" dedi.

O zaman ev sahibi yabancıyı dikkatle süzdü ve hayret etti: Bu, ne bir dilenciye, ne de bir serseriye benziyordu. Kılığı oldukça düzgün, boyunbağlı, adeta efendi soyundan bir şeydi.

Lakayt görünmeye çalışarak yabancının yanından geçti ve elindeki anahtarı kapıya soktu.

Sonra birdenbire korkarak durdu. Bu herife pek çabuk inandığını düşündü ve bir an, kafasına bir şey inmesini bekledi.

Öteki, ayaklarını sürükleyerek birkaç adım gitmiş, sonra durup yüzünü tekrar genç adama dönmüştü:

"Bu gece bahçenin bir köşesinde yatmama müsaade

etmeyecek misiniz?"

Bunu söyleyerek ufak bir leylak ağacının altına doğru bir adım attı.

Evin sahibi geriye dönerek yabancıya baktı. Yüzünü dallar ve yapraklar gölgelediği için pek göremiyordu. Yalnız sesi o kadar emniyet verici idi ki, bütün korkularını ve tereddütlerini silip götürüyordu.

Kafasında bir ışık parlayıp söner gibi oldu. Bu sesin emniyet vericiliğinin bir tanışıklıktan geldiğini zannetti. Şimdi bu sesin dimağındaki akisleri ona bir ahbabın sesi gibi geliyordu.

Birkaç adım daha ilerledi. Yağmur durmuş, bulutlar birbirlerini kovalamaya başlamıştı. Gece yarısından sonra çıkan yarım bir ay dalların arasından geçerek yabancının yüzünü yer yer aydınlatıyordu.

"Müsaade etmiyorsanız gideyim!" dedi ve etrafına bakındı. Fakat genç adam onun ne söylediğini anlamadı. Dalların arasından geçen ışık yabancının ağzını ve çenesini aydınlatmıştı. Bu dişleri, söz söylerken iki kenarı aşağı doğru çekilen bu dudakları tanır gibi oldu.

Eğilip karşısındakinin yüzüne bakmak istedi, o geri çekildi.

O zaman sordu:

"Siz şey değil misiniz?" Öteki, elini ağzına götürdü:

"Sus... Oyum! Ben seni görür görmez tanıdım. Fakat beni hatırlayacağını sanmamıştım..."

Ev sahibi karşısındakini bileğinden tuttu, kendine doğru, ay ışığının altına çekti. "Pek az değişmişsin" dedi... Sonra ilave etti: "Hayır... Çok değişmişsin... Gerçi yüzünün hatları değişmemiş gibi ve ağzın, burnun hep aynı... Hele ağzın... Fakat nasıl söyleyeyim, ihtiyarlamış gibisin; ama bu ihtiyarlık da değil, benden daha genç duruyorsun... Hulasa bir başka türlü olmuşsun. Yüzünün dışı değil, içi değişmiş gibi. Aman canım... Anlatamadım işte..."

Öteki hafif bir gülüşle dinliyordu. Sadece: "Sen de biraz değişmişsin!" dedi.

Kapıya yaklaşmışlardı; ev sahibi yanındakine döndü: "Dışarısı serin değil mi? İçeri girelim!"

Öteki büsbütün güldü ve mırıldandı: "Beni evinin içine sokmak tehlikelidir!"

Genç adam birdenbire durdu. İlk şüpheleri tekrar kafasına gelmişti. Onun bu duraklayışının farkına varan arkadaşı:

"Yok, canım" dedi, "evini filan soymam. Fakat polis tarafından aranıyorum..."

Ev sahibi arkadaşına dikkatle baktı. Sonra gülerek: "Kim bilir ne işler karıştırdın! Gel bakalım!" dedi.

Karanlık koridordan geçtiler, bir merdiven çıktılar ve bir salona girdiler.

Ev sahibi elektriği açtı.

Misafir dudaklarında hep o hafif gülümseme ile etrafına bakmaya başladı:

Oldukça iyi döşenmiş, bilhassa fazla süsten kaçılmış olan oda biraz dağınıkça idi. Sahibinin bekâr olduğunu, yazıhaneye benzer bir masanın üstündeki perişan kâğıtlar gösteriyor ve hizmetçinin bu oda ile meşgul olmaktan menedildiği anlaşılıyordu. Yerde küçük bir halı, alçak sigara iskemleleri, rahat iki koltuk ve köşede bir sedir vardı. Pencereleri krem renginde tül perdeler kapatıyordu.

Ev sahibi:

"On iki sene oluyor, değil mi?" dedi.

"Evet; mektepten çıktığımızdan beri görüşmedik!"

"Ne yaptın da seni polis arıyor? Ben bir zamanlar tehlikeli fikirlere saplandığını ve işinden çıkarıldığını duymuştum!"

"Tahmin edebileceğin şeyler!"

"Dünyayı değiştireceğini mi sanıyorsun?"

"Siz dünyanın değişmez olduğuna inanmaya mecbursunuz!"

Bir müddet sustular. Her biri birer koltuğa oturdu ve ev sahibi sağ tarafındaki radyoyu karıştırmaya başladı. Biraz sonra uzaklardan gelir gibi hafif bir müzik duyuldu.

İkisi de ses çıkarmadan dinlemeye koyuldular. Bir operanın son kısımları çalınıyordu. Gürültülü aletlerin derinden gelen sesleri yavaşlayınca kavala benzer tatlı nağmeler işitiliyor ve her ikisinin de yüzlerinde yumuşak, ılık bir hava dolaşır gibi oluyordu.

Misafir gözlerini yerdeki halıya dikmişti. Yüzünde yine bir gülümseme vardı, fakat bu seferki gülüşü, biraz evvel dudaklarının kenarına yerleşip, sahibinin etrafına bir duvar çekilmiş gibi, yaklaşmak isteyenleri uzaklaştıran bir gülüş değildi. Bir çocuğun tebessümü kadar içten ve yaklaştırıcı idi.

Başını yavaşça kaldırdı. Arkadaşına döndü:

"Ne güzel değil mi?" dedi, sonra ilave etti: "Dört senedir müzik dinlemedim!"

"Neden?"

"Fırsat düşmedi."

Radyodan uzun ve sürekli alkışlar geldi. Arkasından Almanca sözler başladı ve ev sahibi elini uzatarak düğmeyi çevirdi.

Odayı birdenbire bir sessizlik kapladı.

İkisi de birbirlerinin yüzüne baktılar ve gülüştüler. İçlerinde bir saniye için on iki sene evvelde yaşıyorlarmış hissi uyandı. Bakışları o kadar arkadaşça idi.

Ev sahibi kalktı, ötekinin yanına geldi, elini omuzuna koyarak: "Anlat!" dedi.

"Sen anlat!"

"Görüyorsun... Normal yollarda yürüdüm ve eh, bir parça bir şeyler oldum!"

"Normal yollarda yürüdüğüne bu kadar emin misin?"

"Neden? Çalıştım, faydalı oldum ve ilerledim!"

"Yürüyüşünü bilmem... Normal olabilir... Fakat üzerinde yürüdüğün yola bu kadar inanıyor musun? Hele faydalı olduğuna..."

Cevap vermedi, öteki tekrar sordu:

"Ne demek istediğimi anlıyorsun, değil mi?"

"Biraz!"

"Yaptığın ve faydalı olduğunu söylediğin şeyleri, sana gelinceye kadar geçirdikleri merhalelerde ve senden sonra aldıkları yollarda takip ettin mi? Kimlere ve ne kadar faydalı olduğuna baktın mı?"

Ev sahibi üzüntülü bir tavırla elini salladı ve gülmeye çalışarak: "Bırak şu derin lafları canım!" dedi.

O zaman misafir de ayağa kalktı: "Hiç derin laflar değil"

dedi, "Bir kere görebildikten sonra o kadar açık ve elle tutulur şeyler ki... Fakat doğru, bırakalım... Çünkü insanın kafası bir kere bunları düşünmeye başlarsa bu rahat koltuklarda bu kadar rahat oturmak mümkün olmaz sanıyorum."

"Seni böyle düşüncelere götüren sakın bu rahat koltuklara erişemediğinin kızgınlığı olmasın..."

Bu sözler üzerine arkadaşının yüzü birdenbire değişti. Dudaklarının ucundaki yumuşak gülümsemenin yerine acı ve yukarıdan bakan bir sırıtma geldi:

"Kafama düşünmeyi, gözlerime görmeyi yasak edebilsem, senin çıktığını zannettiğin yere varmanın bana güç gelmeyeceğini bilirsin..."

"Bilmem... Mektepte en ilerimizdin!"

"Şimdi?"

"Şimdi en ayrımız!"

Bu lafı rastgele söylemişti. Fakat söyledikten sonra ağzından çıkanın nasıl çıplak bir hakikat olduğunu anladı. Karşısındaki ile eski arkadaşı arasında hiçbir münasebet yoktu. Eski uysal, laf söylemekten utanan, iştirak etmediği fikirleri bile itiraz etmeden dikkatle dinleyen çalışkan ve dürüst çocuğun yerinde, inattan ve sabit fikirlerden yapılmış gibi tırmalayıcı bir adam vardı. Eskiden hep yumuşak ve tatlı bakan ve insana yanına sokulmak hissini veren bol kirpikli siyah gözleri şimdi vakit vakit donuk bir parıltı ile karşısındakine çevriliyor ve onu tepesinden basarak küçültür gibi oluyordu. Bu bakışların altında ezilerek başını başka taraflara çevirdi. Sonra misafirinin yüzüne bakmaya çalışarak:

"Yorgunsun, sana yatacak yer göstereyim!" dedi.

"Demek beni evinde yatırmaya cesaret edeceksin!"

"Niçin bana hakaret etmek istiyorsun?"

Cevap vermedi, yavaşça ayağa kalktı.

Başka bir şey konuşmadan salondan çıkarak merdiveni indiler, biraz evvel girdikleri kapının yanındaki odayı açan ev sahibi:

"Burada yat... Benim odamdır. Ben yukarıda sedire uzanırım!" dedi. Misafir ses çıkarmadan içeri girdi.

"Rahat uykular..." diyerek eline kapıya götürürken durdu, arkadaşına döndü: "Gel seni bir kere kucaklayayım. Belki bir daha görüşemeyiz!" dedi.

"Neden? Yarın burada değil misin?"

"Ben erkenden kalkar ve usulca giderim. Evinde kaldığımın duyulması iyi olmaz. Gel, seni öpeyim, bilirsin ki eskiden seni çok severdim..."

Öteki "Şimdi?" diye sormak cesaretini kendinde bulamadı.

Birbirlerini kucakladılar. Öpüştüler. İkisinin de gözleri yaşarmıştı. Misafir tekrar:

"Rahat uykular!" dedi.

"Rahat uykular!"

Kapı yavaşça kapandı.

Ağır ağır merdiven basamaklarını çıkarken, içinde, bir azası yerini değiştirmiş, bir yeri boşalmış yahut bir yerine fazla bir şey dolmuş gibi hisler duydu.

"Söylediği şeylerde bir hakikat bulunabilir mi ki?" diye düşündü. "Zannetmem... Bütün dünya budala mı? İnsan acayip mahluk... Kafası bir kere bir şeye saplanıverince en akıllısından böyle bir mecnun doğuyor!"

Tekrar salona girince radyoyu karıştırdı. Birkaç İngiliz istasyonu, senelerden beri nevileri değişmeyen dans havaları çalıyordu. Düğmeyi sağa sola çevirdi; Leningrad'ın verdiği bir İngilizce konferanstan başka bir şey bulamadı. Masasının başına geçip oturdu.

Bir türlü uykusu gelmiyordu. Dışarı çıkıp bir dolaptan bir battaniye getirdi. Sedirin üzerine bıraktı. Uzun ve yorucu bir mükâlemeden (konuşmadan) çıkmış gibi kafası yorgun ve dağınıktı. Hâlbuki bir şey de konuşmuş sayılmazlardı.

Arkadaşının tepeden bakan gülüşü ve söz söylerken: "Bu en açık hakikatleri de bana ne diye söyletirsin sanki?" demek isteyen kendinden emin ve isteksiz tavrı gözünün önünden gitmiyordu.

Ona kızar gibi oldu. Ruhunun durgun suyuna attığı bir taşla onu böyle rahatsız eden, iyi kurulmuş bir makine gibi senelerden beri hiç aksamadan muayyen birkaç formül içinde işleyen maneviyatını birden sarsan bu küstah eski dostun buna hiç hakkı olmadığını düşündü.

"Gidip onu kaldırayım ve münakaşa edeyim!" dedi.

Aşağı indiği zaman arkadaşının uykuya dalmış olduğunu gördü. Elektriği yaktığı halde uyanmamıştı. Yüzü kendisini hayrete düşürdü: Bu çehre, sanki demin yukarıda ona karşı buzlanıveren gergin, sinirli yüz değildi. Burada, kendi yatağında, çocuk gülümsemeleri ile mışıl mışıl bir delikanlı uyuyordu. Bu uyuyanın polisten kaçan bir sergüzeştçi, cemiyete diş bileyen bir adam olmasına imkân var mıydı? Şu anda muhakkak ki aşk rüyaları görüyordu.

Onu uyandırmaya kıyamadı. Tekrar odasına döndü. Sonra düşündü ki, birkaç müphem manalı ve keskin cümleden başka aralarında bir şey konuşulmuş değildi. Kendisi zihninde bu mükâlemeleri devam ettirmiş ve bir çıkmaza girmişti. Fakat bunu düşününce titredi. Demek ki aşağıda uyuyanın dediği doğruydu: Farkında olmadan bile biraz düşününce insanın rahatı kaçacaktı.

Masanın üzerindeki gazeteleri karıştırmaya başladı ve üçüncü sayfada gözü bir yere ilişti, dikkatle okudu:

Arkadaşının ismi geçiyor ve polis tarafından şiddetle arandığı, fakat artık yakalanacağı, çünkü zabıtanın iz üzerinde bulunduğu yazılıyordu.

Birkaç satırla da, şimdiye kadar yaptığı cürümlerden bahsediliyor; bu adamın iyi bir tahsil görmüş olmasına ve bir zamanlar memlekete faydalı olacağı ümitlerini vermesine rağmen bugün sosyal nizam için bir tehlike haline geldiği ve cemiyetin sarih bir düşmanı olduğu anlatılıyordu.

Uzun zaman bu satırlara baktı. Sonra ağır ağır mırıldandı: "Düşman!"

O zaman gözünün önüne geldi ki, arkadaşı ona hakikaten bir düşmandan başka bir gözle bakmamıştır.

Yüzü uzaklaştırıcı bir hava ile sarılan ve eski günleri hatırlayınca yumuşar gibi olsa bile, bugüne döner dönmez bir kale gibi kapanıveren ve ancak hücum için açılan bu adam bir - düşman-dı...

"Bir gün o ve onun gibiler hâkim olursa..." dedi ve ürperdi.

O zaman onunla karşı karşıya gelmeyi düşünmekten bile korkuyordu.

Sonra, aşağıda; polisten kaçan ve kendi evine sığınan bir zavallının kendisini bu kadar korkuttuğuna kızdı.

"Aptal!" dedi, "Kuvvetin kendilerinde olmadığını bilmiyor!"

Evet, kuvvet kendisinde idi ve bütün bir devlet, polisleri, candarmaları, mahkemeleri, hatta bankaları, mektepleri ve gazeteleri ile kendisini koruyordu.

Bir an içinde bütün bu müesseselerle olan yakınlığı ve arkadaşının kendisinden hızla uzaklaşıp sisler, karanlıklar içinde kaybolduğunu hissetti.

Kendisine daha çok emniyet vermek için pencereye gidip sokağa baktı. Ta ilerideki köşede bir polis dolaşıyordu. Hemen pencereyi açıp onu çağırmak istedi; çünkü aşağıdaki orada kaldıkça burada rahat uyuyamayacaktı. Fakat bağırsa sesinin onu uyandırabileceğini düşündü ve geri döndü. Gazeteyi tekrar karıştırdı. Demin bulduğu yeri bir daha okudu ve söylendi:

"Polis izi üzerinde imiş... Ya benim evimde bulunursa?"

O zaman gözünün önünden karakollar, hapishaneler, mahkemeler geçiverdi. Etrafına bakındı... Bu sıcak odadan, bu alıştığı eşyalardan ayrılmayı düşündü ve bunun korkusuyla bütün etrafındaki şeylere adeta yapıştı.

Hayır, daha fazla duramazdı. Bir eli yavaşça telefona gitti; öbür eliyle de rehberi karıştırıp numarayı bulduktan sonra telefonu açtı.

Karşısına gelen nöbetçi komisere meseleyi anlatıp telefonu kapayınca bir rüyadan uyanır gibi oldu. Elleriyle başını tutarak odada dolaşmaya başladı.

Birçok fikirler birbirini kovalayıp başının içinden geçiyorlardı. Kâh: "En büyük alçaklığı yaptın, evine sığınan birini ele verdin!" diyor, kâh: "Bir düşmanı elimle saklamak beni koruyan kuvvetlere hıyanet etmektedir..." diye düşünüyordu.

Dakikalar geçtikçe büsbütün yerinde duramaz oldu. Demin onun kendisini nasıl kardeşçe, nasıl içten ve nasıl inanarak öptüğü aklına geldi: Yanakları tutuştu. Nihayet daha fazla dayanamadı, aşağı inerek onu kaldırmaya, "Kaç, geliyorlar!" demeye karar verdi.

Merdivenleri hızla atlayarak alt kata vardı. Arkadaşının yattığı odanın kapısını açtı: "Kalk!" diye bağıracaktı, sesi boğazında kaldı.

Bir anda zihninden geçen bir düşünce onu durdurdu: Şimdi bir çocuk gibi uyuyan bu adam, doğrulur doğrulmaz işi anlayacak, o insanı ezen gülüşüyle, o çelik gibi parlayan gözleriyle kendisine bakacak ve bu onun karşısında küçülecek, küçülecek, kaybolacaktı.

Bu manzarayı gözlerinin önüne getirince ürperdi. Üzerinde arkadaşının korkusuz, alaycı, kendine güvenen bakışı dolaşıyormuş gibi silkindi. Onun karşısında bu perişan halde görünmek, onu bütün sözlerinde tasdik etmekten başka bir şey değildi.

Dakikalar geçiyordu.

İki birbirine zıt his arasında ne yapacağını şaşıran genç adam kapıda durmuş, yatağın üstüne elbiseleri ile uzanarak kaygusuz bir serseri uykusuna dalan arkadaşına bakıyor, ara sıra onu uyandırmak için bir adım atar gibi olduğu halde, uyanınca onun nasıl bu güç vaziyette bile derhal kuvvetli olacağını ve kendisinin, bütün büyük yardımcılarına rağmen nasıl küçülüp zayıf kalacağını düşünerek duruyor ve terliyordu.

Dışarıda ayak sesleri duyar gibi oldu ve her şeye rağmen kararını verdi, birkaç adım ilerleyerek elini uykudakinin omuzuna koydu.

Tam bu anda sokak kapısına yavaşça vuruldu. Hemen oraya koşarak kapıyı açtı. Bunlar, ikisi sivil, ikisi resmi dört polisti.

Sessizce içeri girdiler.

Genç adam, girenlere, yarı aralık duran oda kapısını gösterdikten sonra, acele adımlarla, gürültü çıkarmadan merdivenlere doğru yürüdü, koşarak yukarı çıktı.

KURTLA KUZU

P olis müdürlüğünün kapısından çıkar çıkmaz bir an durakladı. Kırk elli adım ötedeki anacaddeden geçen otomobillerin fenerleri, ince ince yağan yağmuru aydınlatıyor, ıslak kaldırımlar üzerinde kayarak uzaklaşıyordu. Hiç durmadan çanlarını çalan tramvayların tellerden ve raylardan çıkardığı gıcırtılar, kapanan dükkânların kepenk gürültüsüne karışıyordu. Olduğu yerde dimdik duran Rıfat'ın gözleri ile kulakları, yirmi gündür alışkanlığını kaybettikleri bu tesirler karşısında vazifelerini yapmaktan ürküyorlardı. Belki daha uzun zaman böyle kalacaktı, fakat kulağının dibinde birdenbire patlayan müthiş bir gürültü ile silkindi, bir polis, kapının önünde duran motosikletlerden birinin motorunu işletmişti. Rıfat etrafına bakıp, hala burada ve polis otomobilleriyle motosikletlerinin arasında olduğunu fark edince, sanki kendisini tekrar yakalayıp yukarıya, o beyaz duvarlı ve tahta tavanlı minimini hücreye götüreceklermiş gibi dehşetle titredi. Hızlı adımlarla uzaklaşarak caddeye çıktı.

Yürümeyi bile unutmuşa benziyordu. Yakasını kaldırdığı paltosunun etekleri bacaklarına dolaşıyor, ayak bilekleri kaldırımlarda sağa sola bükülüveriyordu. Köşeye kadar gidip tramvay bekledi. Hemen odasına giderek biraz su ısıtmak, üç haftadır sırtından çıkmayan ve ağır kokuları sokakta bile burnuna kadar yayılan çamaşırlarını, elbiselerini değiştirmek, tıraş olmak, ondan sonra sokağa fırlayarak dolaşmak, dizlerinin dermanı kesilmezse sabaha kadar dolaşmak istiyordu.

Bu sırada iki arabalı bir tramvay, tam önüne gelip durdu. Kendi semtine gitmediği için buna binecek değildi. Yağmur damlalarının çizgi çizgi süzüldüğü buğulu camların arkasındaki hayal meyal insanlara gözlerini dikti. Fakat kafası o kadar bomboştu ki, tramvayın kalktığını ve pencerelerin birbiri arkasına uzaklaştığını bile görmedi. Bunun için, tam karşısında peyda oluveren birinin gözlerini kendine dikerek baktığını, körlerinkine benzeyen bir hisle fark edince, adeta korkuyla, "Ah!" diye bağırdı, bir adım geri çekildi. Sonra gözleri koskocaman açılarak, "Nasıl?" dedi. "Sizi de bıraktılar mı?"

Siyah bir mantonun içine büzülmüş ve başını yünlü bir atkı ile sarmış olarak hiç kımıldamadan karşısında duran genç kadın, gırtlağından zorlukla çıktığı hissini veren bir sesle:

"Evet!" dedi. Fakat bu anda nedense birdenbire gözleri yaşardı ve başı önüne eğildi. Rıfat gülmeye çalıştı:

"Heyecanınızı anlıyorum ama bunun ifadesi ağlamak değil, gülmek olmalıydı... Size de çok fena muamele ettiler mi?.. Ne tarafa gideceksiniz?"

"Aksaray'a!"

"Ben de o tarafa gidiyorum. İsterseniz yürüyelim. Konuşuruz. Acaba arkamıza adam koydular mı? İsterlerse koysunlar... Artık mahzur yok, bizi kendileri tanıştırdılar."

Yürümek için bir hareket yaptı, fakat kadının hala kımıldamadığını, yalnız önüne eğilen başının sarsıldığını görünce yaklaştı, bu sefer sahiden şaşırdı:

"Ne oluyorsunuz canım! Üç beş günlük bir macera sizi bu kadar mı sarstı?"

Genç kız, karşısındakinin bu sözlerinde kendini gösteren apaçık ihtar, hatta bir parça da küçümsemeyi isyanla karşıladı, başını hızla geriye atınca atkısı arkasına kaydı. Kuru bir sesle:

"Ne münasebet!" dedi. "Bana yapılanlar ancak yapanları küçültür... Beni heyecanlandıran o değil... İçerde size karşı o fenalığı ettikten sonra... çıkar çıkmaz sizinle karşılaşmak beni şaşırttı... Belki de mahsus böyle yaptılar... Bizi, arka arkaya bıraktılar ki, rastlaşalım. Şu anda bizi gözetlemedikleri ne malum!"

"Dedim ya, yürüyelim. Takip ediyorlarsa farkına varırız... Çekinecek ne var? Bizi içerde karşılaştıran ve birbirimize tanıtan onlar. İkimizi de aynı anda serbest bırakıyorlar. Evlerimizin aynı semtte olduğu da evraklarında kayıtlıdır... Şu halde beraber yürümemizde ne fevkaladelik var? İsterlerse çağırsınlar da, bunun sebebini öğrenmek için de üç gün, beş gün tutsunlar... Haydi, gidelim."

Bu sefer genç kız onun yanına sokuldu, koluna girdi, "Haydi yürüyelim..." dedi. Birkaç adım gittikten sonar, "O geceyi bütün hayatımda unutamayacağım... Nasıl oldu da o kadar zayıf bulundum..." Rıfat birdenbire ciddileşti:

"Olur, bazen olur... İnsan dedikleri mahlûkun, içinde neler kaynaştığını biliyor muyuz? Öyle anlar olur ki, en ummadığımız adam en beklemediğimiz şeyleri yapabilir. Şimdi bu pişmanlığınız bile iyi bir şey. Yaptığınız şey için mazeret aramıyor, üzülüyorsunuz. Sonra o kadar mühim bir kusur yapmış da değilsiniz. Beni tanımadığınız halde, tanıdığınızı söylettiler... Ne oldu? İki taraftan hiç olmazsa biri sağlam çıkarsa vaziyet o kadar tehlikeli olmayabilir. Sizi tanıdığımı bana da söyletmek istediler. Dört gün uğraştılar... Ben mukavemet ettim, hâlbuki siz aynı mukavemeti gösterememişsiniz. Eh, kendinizi öğrenmiş oldunuz. Dedim ya, kendi içimizde, kendimize dair bilmediğimiz o kadar çok şey var ki... Böyle vesilelerle meydana çıkıyor da öğreniyoruz. Bunların var olması utanılacak bir şey değildir, var olduğunu öğrendikten sonra buna göre hareket etmemek yanlış, hatta korkunç olabilir."

Bir müddet sustu. Yan gözle genç kıza bakıyordu. Atkısını tekrar başına örtmeyi unutan kızın sarı kıvırcık saçları ıslak ıslak parlıyordu. Rıfat, sözlerini dönüp dolaştırdığı halde bir türlü bağlayamıyor, nereye varmak istediğini, kendisi de bilmiyordu. Bazı tatsız düşünceler kafasına hücum edince, onları uzaklaştırmak için başka şeyler söylemeye çalışmıştı.

Bayezit taraflarında, camekânları soluk soluk parlayan bir dükkanın önünde kızı kolundan tuttu:

"Karnınız aç değil mi, Sevim Hanım?" dedi.

"Aç olması lazım... Üç gündür bir şey yemedim."

"Ben de... Şuraya girelim de birer çorba içelim."

Bir eliyle kapıyı açarken ötekiyle cebini yokladı. Tevkif edildiği sırada aldıkları beş on lirayı çıkarken geri vermişlerdi.

Masanın başında yan yana oturdular. Hiç konuşmadan çorbalarını içtiler ve başka bir şey yiyemeyeceklerini, hemen tıkandıklarını anladılar. Delikanlı cebinden sigara paketini çıkarıp kıza uzattı, fakat o, başıyla, "İçmem" diye işaret etti ve "Kalkalım" demek isteyen bir hareket yaptı.

O zaman Rıfat, oturduğu iskemleyi biraz yana çekip yüzünü daha çok genç kıza döndü ve başka şeyler düşünüyormuş gibi dalgın gözlerle karşısındakine bakarken:

"Acele etmeyin... Benim de size söyleyeceklerim var!" dedi.

Dükkânda başka müşteri yoktu. Mal sahibi de, kirli bir camekânın arkasındaki işkembe kazanının başında oturmuş, çenesini eline dayamış duruyor, bir çorbadan başka bir şey yemedikleri halde masada yan yana oturup lakırdıya dalan bu çifti unutmuş görünüyordu. İkide birde rüzgârın savurup camlara çarptığı yağmurun gürültüsü kadar hafif bir sesle, Rıfat konuşmaya başladı:

"O akşam beni, dört gündür beklettikleri ve geceleri çıplak masaların üstünde yatırdıkları bir kalem odasından alıp da sizinle yüzleştirmeye götürdükleri zaman, işi anlamıştım. Sizi yumuşattıklarına kanaat getirmeseler, bu yüzleştirmeye lüzum görmezlerdi, ilk karşılaştığımız anda bu kanaatim kuvvetlendi. Koskoca masanın bir ucunda, iskemlenin kenarına ilişmiş, adeta büzülmüştünüz. Masanın etrafında, yüzlerinde yorgun, fakat insafsız ve biraz da alaycı bir ifade ile yer almış olan o beş altı kişilik komisyon sizi bir hayli ürkütmüştü. Beni içeri aldıkları zaman arkanız kapıya dönüktü. Beni getiren polisle beraber yavaşça yanınıza kadar sokulduk. Sonra komisyon azasından biri birdenbire size dönerek, 'Arkanıza bakınız, bu beyi tanıyor musunuz?' diye sordu.

"Yüzünüzü bana çevirdiğiniz zamanki halinizi unutamayacağım. Senelerce önce, hayatımda ilk ve son defa olarak, bazı arkadaşlarla ava gitmiştim. Tabii ne keklik, ne tavşan, hiçbir şey vuramadım. Akşamüzeri dönerken, yolun ilerisinde, çıplak bir taşın üzerinde bir suru serçe gördüm. Bütün gün bir işe yaramayan çifteyi o tarafa çevirip ateş ettim. Kuşlar pırrr diye dağıldılar. Yalnız bir tanesi kanadından yaralanmış, yerde seke seke kaçmak istiyordu. Koşup onu avucuma aldım. O zaman bir kuşun kalbinin ne kadar hızlı çarptığını anladım. O fındık kadar et parçası, avucumu patlatacak gibi vuruyordu. Gözlerinde şaşkın, fakat müthiş bir korku vardı. Bu bakışlarını görünce, hayvanı yere bıraktığım gibi kaçtım... İşte o akşam sizin bakışlarınız bana, çoktan unuttuğum bu kuşun gözlerini hatırlattı.

"Kalbinizin de herhalde onun gibi vurduğunu düşündüm. Birdenbire içimden bir gülmek geldi. Evet, orada, dört gece uykusuzluktan, açlıktan sonra, o korkunç odada, gecenin o saatinde, o 'düşman' bildiğim adamlar arasında, sizin şaşkın haliniz, dehşetten açılmış gözleriniz bana gülünç göründü. Hele, gözlerinizi dimdik yüzüme dikerek: 'Evet, tanıyorum!' diye yalan söylediğiniz anda, etrafınızdakilerden çok benden korkuyormuşsunuz gibi bir haliniz vardı ki, bu haliniz, o anda size karşı merhamet değil, istihfaf (hafifseme, küçük görme) duymama sebep oluyordu. Belki siz de hatırlarsınız, yüzümü sizden çevirdim, orada oturanlara gülümseyerek döndüm:

'Böyle bir hanım tarafından tanınmak benim için bir şereftir. Fakat ben kendilerini tanımıyorum ve bundan pek müteessirim!' dedim.

"Beni tekrar yukarı çıkardıkları zaman adeta bir zafer kazanmış gibiydim. Başka bir insanın zayıf olduğu yerde kendimizin kuvvetli kaldığımızı bilmek gurur verici bir şey... Şimdi bunları tekrar gözümün önünde canlandırınca içimden size değil, kendime gülmek geliyor."

Genç kız hayretle Rıfat'ın yüzüne baktı. Bir şey söylemeyecekti, delikanlı eliyle onu susturan bir hareket yaparak devam etti:

"Kendimi ne kadar kuvvetli hissediyordum bilseniz!.. Dört gün bir kalem odasında, gündüzleri bir iskemlede, kımıldamadan oturmuş, geceleri çıplak bir masaya uzanmış, fakat uyuyamamıştım, içimdeki bütün sinirler seferber olmuş gibiydi. Karnım acıkmıyor, uykum gelmiyordu. Kafama sokulmak istenen düşünceleri, vaziyetimin ne olacağı endişelerini, beni dışarıdaki hayatıma bağlayan hatıraları, gözümün önünde canlanmak isteyen çehreleri insafsızca uzaklaştırıyor, sadece mantık ve iradeden ibaret kalmak istiyordum. Gündüzleri odayı dolduran memurların konuşmalarına kulak verdikçe nefsime itimadım büsbütün artıyordu. Hürriyetime, hatta hayatıma hükmedebilecek durumda olan bu insanların zavallılığı gururumu artırıyordu. O günlerde bunlara elbise, palto, şapka, ayakkabı veriliyordu. Bütün konuştukları bundan ibaretti. Birisi, aldığı pabucun bir teki öbürüne uymadığından şikâyet ediyor, öteki, palto provası yapan terziye sövüyor, bir başkası, kendisine verilen şapkayı satıp üstüne para ekleyerek daha iyisini alacağından bahsediyordu. Hepsi de, hizmetinde bulundukları idare makinesinden, devletten, memleketin gidişatından şikâyetçiydiler.

"Herhangi bir kasaba kahvesinde, bir kenar mahalle tramvayında, bir rakı meclisinde söylenen ve görünüşte üstünkörü, dar, hatta yanlış oldukları halde sebepleri biraz kurcalanınca derin yaralara dayanan o tenkitler, o küfürler, bu adamların da günlük mevzularıydı. Üstelik aleyhinde bulundukları sistemin kendilerini, bu dertleri ortaya dökmek ve bunlara bir çare bulmak için savaşanları ezmek işinde kullandığını bile fark etmiyorlardı. Bazen, mesela akşamları paydos zili polis müdürünün emriyle iki saat geç çalındığı veya izinli gidecek birine ani bir vazife verildiği zaman, hiddetten kıpkırmızı olmuş suratlarıyla bana dönüp:

'Beyim, bu heriflerin aleyhinde az bile yazıyorsunuz! Kendi keyiflerinden başka bir şey düşünmezler... Bunların içyüzlerini asıl biz biliriz ama söyleyemeyiz ki. Ekmek parasıyla bağlanmışız bir kere' diye dert yanıyorlar, fakat biraz sonra, masalardan birinin üzerinde bulduğum bir kâğıt parçasına, iş olsun diye bir şeyler karalayacak olsam, 'Yazı yazmanız yasaktır beyim!' diye hemen üstüme atılıyorlardı.

"Ben de, bu zavallıları dinledikçe, hallerine baktıkça, uğrunda savaştığım hakikatlere daha çok inanıyor, ahmaklığın, geriliğin ve namussuzluğun bir gün nasıl olsa yenileceğine daha çok güveniyordum. Yalnız, zayıf olmamak ve dövüşmekten yılmamak lazımdı.

"Kendimi daima avucumun içinde bulundurmak için, dediğim gibi, adeta dervişçe bir irade denemesi, bir çile tecrübesi yapıyordum. Bilirsiniz, böyle yerlerde beklemek, her an bir şey olması ihtimali içinde, saatlerce, günlerce hiçbir şey olmadan beklemek azapların en korkunçları arasındadır. Bir kapının önünde, bir hücrede, neden olduğunu bilmeden beklemek. Kafanıza dolmak isteyen türlü ihtimallerle zaman zaman yüreğinizin çarpıntısı artarak beklemek. Ben kendimi buna bile alıştırmıştım. Beynimi beyaz bir kâğıt gibi bomboş hale getirebiliyor, ruhsuz bir et yığını gibi, hayret verici bir duygusuzluk, bir çeşit aptallık hali içinde, zamanın geçtiğini anlamadan bekliyordum. Herhangi bir zayıf hissin pençesine düşmemek için, tevkif edildiğim andan beri, çocuğumun, her zaman defterimin arasında taşıdığım resmini çıkarıp bakmaktan bile kaçınmıştım.

"İşte bunun için sizin o akşamki haliniz bende derin bir istihfaf duygusu yaratmıştı... Durun, üzülmeyin... Eğer ondan sonra olan bazı şeyler bana kendimi istihfaf etmeyi öğretmiş olmasaydı bunları size söyleyemezdim... Kalbimizin 40 derece ateşe kaç gün dayanabileceğini, böbreğimizin günün birinde taş yapıp yapmayacağını nasıl bilemezsek, söylenmemesi gereken bir hakikati veya bize zorla söylettirilmek istenen bir yalanı söylememek için ne kadar tazyike tahammül edebileceğimizi de ölçemeyiz.

"Kimisinde bu mukavemet ölüme kadar devam eder, kimisi ilk korkunun doğurduğu heyecanla yumuşayıverip cellatlarının elinde şekilsiz bir balmumuna döner... Fakat bilebileceğimiz bir şey var ki, o da bu cellatların bize dost olamayacağıdır. Bunların hepsi fena, vicdansız insanlardır demek istemiyorum. Ne gezer, onların arasında da ne müşfik aile babaları, ne vefalı arkadaşlar, ne hassas yürekli tabiat âşıkları vardır. Ama karşımızda düşman olarak vazife aldıkları andan itibaren, onlar, iradelerinin dışında bir kuvvetin oyuncağıdırlar. Cemiyet içinde aldıkları mevki ve vazifenin onlara verdiği şahsiyet, tabiatın şekil verdiği asıl benliklerini o kadar gölgelemiş, seneler geçtikçe o kadar gerilere itmiş, boğmuştur ki, kendileri bile bu asil benliklerini aramaya kalksalar, herhalde içlerinde karanlık bir boşluk, bir kargaşalıktan başka bir şey bulamayacaklardır. Benimle uğraştıkları, hatta işkence ettikleri sırada, ben onlarda bu insan tarafı aramakla meşguldüm. Evet, onlar benim fena bir kimse olmadığıma inandıkları halde muhakkak fena bir tarafımı, kendilerince fena sayılabilecek bir tarafımı bulmaya uğraşırlarken, ben onların insanlıktan uzaklaşmış, hayvanlıktan, vahşilikten bile daha ürkütücü bir hal almış olan hareketlerinde, yüzlerinde, sözlerinde, şu her şeyi iyi ve güzel bir ahenge götürmeye çalışan tabiatın bir eserini, bir izini arardım. Onlara hiçbir zaman kızamıyor, onlardan nefret etmiyor, sadece zavallılıklarına, daha doğrusu insanlığın bu kadar tiksinecek hale gelmesine acıyordum. Bunun için de, hiçbir tazyik, hiçbir işkence beni kendi gözümde küçültmüyordu. Zaten işkence nedir? İrademiz ve kafamız bizi küçültecek bir iş yapmadıkça, işkence sade bir fizyoloji meselesidir.

"Etlerimiz, sinirlerimiz dayanabildikleri kadar dayanırlar. Sonra, tabiat ne emrederse, o olur. Ama ruhumuzu kamçılattırmamak elimizdedir. Hâlbuki ben ruhumun üzerine bir tokat yedim ve bunda kabahatliyim! İşte sizi bu akşam bunun için burada alıkoydum. Söylemeden edemeyeceğim. Karımla çocuğum çıktığımdan habersiz, evde bekliyorlar... Fakat daha önce içimdeki bu zehirleri boşaltmam lazım. Yoksa onların, hiç kimsenin yüzüne bakamam. Siz, içerdeyken zayıf bulunduğumuz bir anı bana hatırlatmasaydınız, ben bunu kimseye anlatamayacak, belki ömrümün sonuna kadar, kendi kendimden utanarak dolaşacaktım. Açık söylüyorum, sizi karşımda bir çeşit suç ortağı olarak görünce adeta memnun oldum. Neyse... Dayak o kadar mühim değildir, diyordum. Çünkü otuz kırk sopadan sonra insan çok kere bir şey hissetmiyor. Tabuta girmek, susuzluk... uykusuzluk... hepsi geçiyor... İstesek de, istemesek de geçiyor. Ne kadar korkunç olurlarsa olsunlar, bunları çekerken, şu nokta daima aklımızda: "Bunlar benim iradem dışında olan işler. Önüne geçmek için ne yapabilirim? Yalvarmak mı? Asla... Ne faydası var ki? Dilimiz ayrı, dünyamız ayrı... Kuzunun kurda yalvarması gibi bir şey olur. Çünkü bana işkence edenler de, birkaç ruh hastası bir yana, bunu sadece zulüm olsun diye, zevk almak için yapmıyorlar... Vazife diye başlamışlar... Ruhunu ekmek parasına satan her insan gibi yavaş yavaş alışmışlar, birer makine haline gelmişler. Bizi onlardan asıl iğrendiren, daha ziyade insanın böyle bir makine haline gelmesi. Evet, ben ben olarak ve o o olarak kaldıkça, aradaki mesafe muhafaza edildikçe işkence ve dayak o kadar mühim değil. Fakat bu mesafeyi ortadan kaldırıveren bir şey... İnsanı katilinin kolları arasına atan bir dikkatsizlik...

"İşte, beni bu yirmi günlük cehennemin sonunda hala zangır zangır titreten bu... Nasıl oldu? Nasıl yaptım? Bilmem anlatabilecek miyim? Ama bir mahkûmun celladına, bir koyunun kasabına gülümsemesi gibi bir şey... Düşündükçe tüyleri diken diken eden bir zavallılık... Bakın nasıl oldu... Sizinle muvacehe (yüz yüze gelme, yüzleşme) edildiğimden on gün kadar sonra idi. Bir haftadan beri minimini bir hücreye atılmıştım, ara sıra ordan alıp ifadeye götürüyorlardı. Ama en şiddetli işkenceler asla bana yapılmamıştı. Ben şöyle arada bir yoklananlardandım. Günde, bir, en çok iki defa beş on sopa... Sonra o tepesinde bin mumluk ampul yanan ve insanın beynini cıvık bir çamur yığını haline getiren hücre... Eminim ki, koridorda, tepedeki kırık camekândan dökülen karın altında, kuru bir bank üzerinde iki haftadır büzülüp oturan altmışlık sendikacı benden çok daha fazla azap çekiyordu... Sadece orada pineklemekle...

"Evet, hücreye konduğumun haftası yahut onuncu günüydü, kısa boylu, tezgahtar kılıklı bir herif, bir sivil komiser beni gelip aldı. Önce bir santim kadar uzamış olan sakalımı tıraş ettirdi, üstümü başımı düzeltmemi söyledi. Koridora çıktığım zaman, günün ışığı gözlerimi alıyordu. Birlikte yürüdük, kapısı meşin kaplı bir odanın önüne gelince, orada duran başka bir memurun kulağına bir şeyler söyledi, beni ona teslim edip içeri girdi, pek az sonra çıkarak, 'Buyurun!' dedi. İçerisi, oldukça iyi döşenmiş bir büro idi. Büyük, kristal bir masanın arkasında, sarı bağa gözlüklü, tombulca yüzlü, dolgun dudaklı biri oturuyordu. Ben girince ayağa kalkarak, birkaç adım yaklaştı, elini uzattı ve, 'Geçmiş olsun Beyefendi!' dedi.

"Yüzünde tatlı bir gülümseme vardı. Şimdiye kadar ifademizi alan heyetlerin hiçbirinde kendisini görmemiştim. Beni getiren ve kapıda bekleyen memurların hallerinden, bilhassa, bu meselenin tahkiki için Ankara'dan gelmiş, yüksekçe bir memur, bir şef olduğu anlaşılıyordu. Bana uzattığı eline bir an şaşkın şaşkın baktım. Kalın parmaklı, bembeyaz bir eldi ve hala bana doğru uzanmış duruyordu. Ben de elimi uzattım ve avucumun içinde ılık bir et yığınının yapışkanlığını hissettim. 'Buyurunuz, şöyle oturunuz!' diyerek, kristal masanın yanındaki maroken koltuğu gösterdi. Kendisi de yerine gitmeyerek, karşıdaki koltuğa yerleşti. 'Size burada, layık olmadığınız şekilde muamele edildiğini öğrenince çok üzüldüm...' diye söze başladı. 'Siz münevver, tahsil, terbiye görmüş, kıymetli bir gençsiniz. Memleket daha sizden çok hizmetler bekliyor. Başınıza gelen bu işin bir ehemmiyeti yoktur, bizim ve sizin müşterek gayretimizle her şey düzelir.'

"Ben ne diyeceğimi nasıl bir tavır alacağımı şaşırmıştım. Bu yakın alaka, bu alışmadığım nezaket karşısında, her zamanki kapalı ve soğuk halimi muhafaza etmeli miydim, yoksa onun bu kibarlığına karşı ben de bir parça yumuşak mı davranmalıydım? Acaba bu zarif muamele içten gelen bir nedametin ifadesi mi, yoksa sinsi bir tuzak mıydı? O, benim daha fazla düşünmeme meydan vermeden devam etti:

'Memurlarımız hakkında müspet kanaatiniz olmadığını tahmin ediyorum. Hakkınız var. Ama insaflı düşünürseniz onlar da mazurdurlar. Tahsilleri, yetişme tarzları nedir ki; bugün devletin verdiği maaşla daha iyilerini bulmaya da imkân yok. Bendeniz Viyana'da bulundum. Zabıta teşkilatını tetkik ettim. Lise mezunu olmayan polis yok. Biz de böyle yapmaya çalışıyoruz. Fakat daha seneler ister, inşallah, bizde de, şahsa göre muamele etmeyi bilen memurlar yetişecek.'

"Bunları söylerken yüzümü, dizlerimin üstünde duran ellerimin hareketlerini tetkik ediyordu. Gözlüklerinin arkasında fırıl fırıl dönen gözleri hep gülümsüyor gibiydi. Birdenbire ayağa kalktı:

'Sizi, şu ayaktakımı herifler, amele makulesi serserilerle müsavi tutmanın doğru olmadığını kendilerine söyledim. Ben sizi burada bir mevkuf değil, yardımını istediğimiz bir arkadaş telakki ediyorum. Bazı hususlarda malumatınıza müracaata zaruret hâsıl olduğu için sizi buraya çağırdık ve birkaç gün alıkoyduk. Bu vatan hainlerinin arasına herhalde merak saikasıyla sokulmuş olacaksınız. Muhakkak ki bize bazı faydalı bilgiler verebilirsiniz...'

"Ondan sonra, geldiğim günden beri sorup durdukları, hiçbirinden haberim olmayan ve ancak polisin hasta muhayyilesinden doğduğu ilk bakışta anlaşılan o bir sürü saçma sualleri tekrarladı. Ben, karşımdakinin nazik tavrına uydurmaya çalıştığım yumuşak bir sesle: 'Beyefendi' dedim, 'maiyetinizdekilerin az nazik metotları nasıl bir netice vermediyse, sizin bu çok nazik sorgu şekliniz de faydasız kalacak. Çünkü sorduklarınıza evvelce verdiğim cevaplardan başka bir şey bilmiyorum. Gizli kapaklı hiçbir işle alakam yoktur, münasebette bulunduğumu söylediğiniz kimseleri de, uzaktan bile tanımam.'

"Bunun üzerine aramızda, on beş günden beri ötekilerle aramızda devam eden karşılıklı didişmenin bir başka türlüsü başladı. O, ani suallerle zihnimi dağıtmaya, beni kendi sözlerimde bulmaya çalıştığı tezatlarla bağlamaya, muhakkak, her ne pahasına olursa olsun bana bir şeyler itiraf ettirmeye, birtakım insanlar hakkında, itham edici bir şeyler söyletmeye uğraştı. Ben, sahiden bir şey bilmediğim, söyleyecek bir şeyim olmadığı için, kısa cevaplar veriyordum. O, yüzünden eksilmeyen tebessümle yanıma sokuluyor, üzerime doğru eğilerek beni ikna etmek istiyor, bir şey elde edemeyince, kızmıştan ziyade canı sıkılmış, benim hesabıma üzülmüş bir tavırla yerine gidip oturuyor, gözlerini kapayıp biraz düşünüyor ve tekrar, bambaşka bir taraftan aynı çıkmaz oyuna başlıyordu.

"İçimde gitgide artan bir sıkıntı bana nerdeyse o sopalı ve küfürlü isticvapları (sorgulama) arattıracaktı. Fakat bir taraftan da düşünüyor, bana bu kadar nazik muamele eden adamı kızdırmaktan bir şey çıkmayacağını, iyi idare edersem onu sahiden, doğru söylediğime inandırabileceğimi, bir parçacık da olsa lehime görünen kanaatlerini ters tavırlarımla sarsmakta bir fayda bulunmadığını kendime tekrarlıyordum. Sesime samimi bir eda, yüzüme, ona istediği gibi cevaplar verememekten adeta müteessir olduğumu gösteren bir ifade vermeye çalışıyor, aramızda beliren yakınlık havasını bulandırmamak için, dost gözlerle onun hareketlerini takip ediyor ve suallerinin dışında kalan umumi mahiyetteki bazı sözlerini başımla tasdik ediyordum. Fakat onun bana söyletmeye çalıştığı şeylerden hiçbirine istediği cevabı vermiş değildim.

"Bir aralık yorulmuş gibi koltuğa çöktü. İlk defa, gülümsemeden, ciddi ve araştırıcı gözlerle beni süzdü. Sonra cebinden sigara paketini çıkararak uzattı, 'Buyurun!'

"Bir an duraladım. Sigara tiryakisi değildim. Ara sıra içtiğim olurdu ama şimdi, yarı aç mideyle ve bu şartlar içinde, sigaranın manzarası bile içimi bulandırdı. 'İstemem!' diyecektim. Fakat karşımdakinin dimdik bana çevrilen bakışlarını fark edince elimi uzattım. Yüzümde, 'Aman, aramızı bozmayalım, güzel hatırınız içim alayım!' demek isteyen bir ifadeyle ve bu uzun konuşmada ilk defa ben de gülümsemeye gayret ederek, bir tane aldım, dudaklarımın arasına yerleştirdim. O hemen yerinden fırladı, yeleğinin cebinden kibritini çıkardı. O zaman ben büsbütün sırıtarak yüzüne baktım."

Rıfat o anı tekrar yaşıyor gibi heyecanlanmıştı. Elleri titreyerek masanın üstündeki bardağı aldı, bir defada dikti. Sesini titreten, boğazını düğümleyen heyecanının biraz yatışmasını bekleyerek başını önüne eğdi. Fakat bunun bir faydası olmadığını, heyecanının büsbütün arttığını anlayınca birdenbire ayağa kalktı.

Genç kızın dikkatle kendisine bakan gözlerinden kurtulmak için dükkânın aydınlığından bir an önce uzaklaşmak istiyordu.

"Haydi, çıkalım, yolda anlatırım!" dedi. Masanın üstüne hesabı bıraktı. Sokakta da birkaç dakika konuşmadan yürüdüler. Sonra genç adam yanındakinin kolunu tutarak, birbirini kovalayan kesik cümlelerle sözüne devam etti:

"Evet, yüzümü yağlı, yapışkan bir şey gibi kaplayan bir gülümseme ile onun gözlerinin içine baktım. Hayatımda hiçbir zaman, bu sigara ve kibrite karşı yüzümü kaplayan sırıtmanın aşağılıklığını unutmayacağım. Hiçbir ayak, hiçbir hakaret, suratımdaki o yılışık gerilme kadar, asla görmediğim halde bir ayna karşısındaymışım gibi şimdi bile gözlerimin önünde duran o sırıtma kadar beni kahretmemiştir. Düşünün, bir insanın celladına gülümsemesi, kendi yumuşaklığı ile onu yumuşatabileceğim sanması kadar gülünç, adi şey olur mu?

"Onun da gözlüklerinin arkasındaki gözlerinde memnun bir parıltı belirdi. Ben o anda bile, bu memnunluğun içinde biraz da alay karışık olduğunu sezer gibi oldum ve şaşırdım. Ama kendimi toparlayacağım yerde, belki de bu şaşkınlığın tesiri ile yüzümü, o tükürülesi yüzümü onun o sırada yaktığı ve bana doğru tuttuğu kibrite uzattım. Ben daha ne olduğunu fark etmeden, kibrit elinden yere düştü ve yüzümde korkunç bir tokat şakladı. Sigara ağzımdan fırlamış, burnum kanamaya başlamıştı. Karşımdaki, saatlerden beri tuttuğu hiddet ve kini hızlı nefesler halinde burnundan fışkırtarak, arka arkaya suratıma tokatlar yapıştırıyor, dizlerimi, karnımı tekmeliyor ve hırsından boğuklaşan bir sesle hiç durmadan bağırıyordu:

'Hayvan... Sahiden karşımda sigara içebileceğini mi sandın?.. Siz insan muamelesine layık mısınız ulan... Senin gibi köpeğin sigarasını da ben yakacaktım öyle mi?.. Vatan, millet haini... Sîzleri bit ezer gibi ezmeli... Eşşek seni... Kanapeye kurulmuş da bana sigarasını yaktırıyor... Edepsize bak... Defol.' Kapıya dönüp bağırdı: 'Gelin buraya!'

"Hemen içeri giren iki memura beni gösterdi: 'Götürün bu rezil herifi. Her şeyi itiraf ettirinceye kadar nefes aldırmayın!'

"Hakikaten, bu defadan sonra iki gün nefes aldırmadılar. Fakat sonra ne oldu, anlamadım, galiba onlar da bıktılar yahut hakikaten bir şey bilmediğime kanaat getirdiler. Bana karşı alakaları birdenbire azaldı... Vücudumdaki çürükler geçince de bıraktılar..."

Genç kız birdenbire durdu. Önüne bakarak, "Bizim eve geldik, siz daha gideceksiniz galiba!" dedi. Rıfat önünde bulundukları kapıyı gösterdi, "Burası mı?"

"Hayır, şu sokağın içinde. Fakat siz zahmet etmeyin!"

Elini uzatarak ilave etti, "İkimizin de yalnız kalmaya ihtiyacımız var."

SELÂM

Yatağın içinde dönerek güneşin yüzüme vurmayacağı bir köşeye kaçtım. Faydasız! Birkaç dakika sonra keskin bir ışık beni olduğum yerde buluyor ve yüzümü, ensemi yapışkan bir tere boğuyordu. Bu sırada yattığım otelin altındaki kahvenin gramofonu da uykuya devam yolundaki son irademi kırdı. Boğuk sesli bir hanende avaz avaz: "Gözlerine sürme çek, Kına yak parmağına!" diye bağırıyordu.

Kalktım, giyindim ve beni bu küçük kasabada alıkoyan serseriliğe için için güldüm. Bursa'da bir ahbabı görmek ve bir müddet edebiyattan başka mevzularda konuşmak için yola çıkmıştım. Yalova'da oldukça rahat bir kamyona yerleşmiş ve bir sürü tehlikeli ve güzel kıvrımlardan sonra Orhangazi -namı diğer Pazarköy'e gelmiştim.

Bu küçük kasabaya inerken uzaktan gördüğüm İznik Gölü beni garip bir cazibe ile kendine çekti. Hiç sebep yokken otobüsü kaçırdım ve burada kaldım. Muayyen kaide ve mantıklara tabi olarak geçen hayatımda bu güya mühim bir kahramanlıktı.

Fakat menfaatlerin, ince hesapların emir kulu olmaktan kurtulmanın ve aklıma eseni yapıvermenin verdiği rahatlık ve gururun ömrü uzun sürmedi. Daha uğrunda yolumdan kaldığım İznik Gölü'ne giderken canım sıkılmaya başladı. Göle yaklaşınca yolu şaşırarak sazlıklar, bataklıklar arasında kayboldum.

Güç hal ile ulaştığım sahil de bana fevkalade bir manzara arz etmedi. Her büyük su kıyısı gibi bir miktar kum, bir miktar çakıl ve rüzgârın şiddetine göre dalgalanan manasız bir satıh! Yegâne yenilik, bu suyun tuzsuz olduğunu bilmekten ibaretti.

Tekrar yolu kaybetmekten korkarak acele kasabaya döndüm. Ortalık kararmış, birkaç dükkânda sönük petrol lambaları ve konduğum otelin altındaki kıraathanede, ziyası yükselip alçalan bir lüks yakılmıştı. Önünden geçtiğim bir aşçı dükkânının camekanı iştahımı kapamaya kâfi geldiği için kahveye oturup bir çay ısmarladım ve bir miktar peynirle biraz üzüm getirttim. Bu sırada kendi kendime:

"Bende sahiden akıl yok..." diyordum. "Uzaktan erimiş kurşun gibi parladığını gördüğüm bu su beni yolumdan alıkoyuyor. Düşünmüyorum ki, o su, ancak uzaktan çok güzeldir. Onunla yakından temas etmek, bir sürü küçük, fakat yekûnu büyük münasebetsizliklere katlanmaya mecbur olmak demektir. Yaşım otuzu geçti. Bu manasız heveslere oyuncak olmanın bir macera telakki edileceği yaş değildir. Küçük şeyler için büyük fedakârlıklarda bulunmayı kabadayılık telakki edecek değilim ya?"

Gece ilerledikçe canımın sıkıntısı daha çok artıyordu. İçimde, bir alışverişte aldatılmış olmanın ezgisi vardı. Mermer masaların üzerinde, yıpranmış bir halde, o günün gazeteleri yatıyordu.

Sabahtan beri iskelede, vapurda, Yalova'da, hatta otobüste evirip çevirerek gözden geçirdiğim sahifeleri bir kere daha karıştırdım. Uzak köşelerden birinde kâğıt oynayan üç memura gözlerimi dikerek yüzlerinden karakterlerini okumaya ve hiç olmazsa bu şekilde istifadeli bir iş yapmaya çalıştım. Fakat yaptığım işin onların ruhlarını okumak değil, kendi basit muhayyilemin uydurduğu şeyleri o şahıslara yamamak olduğunu pek çabuk fark ettim. Kalkıp odama çıktım.

Sabahleyin beni uyandıran güneş, daha evvel bütün odayı dolaşmış ve her köşeyi ayrı ayrı kızdırmışa benziyordu. Derhal yataktan atlayarak giyindim. Çantamı kapattım ve sokağa fırladım.

Ortalıkta, zaman zaman esen rüzgârın kaldırdığı tozlardan başka hareket yoktu. Yıkık bir caminin nasılsa ayakta kalmış olan bir minaresi duvarlar üzerinde çıkan bir yabani incir ağacıyla sarmaş dolaştı. Bir eskici, örsünün üstünde uyukluyor, yan sokaklardan birinde iki çocuk, pis bir su yolunun önünde topraktan bentler yaparak oynuyordu. Kahvenin gramofonunda, zavallı bir kadının sesi, "Çıkmam Allah etmesin meyhaneden" diye yırtınıyordu. Bursa'ya geçecek otobüslerin gelmesine daha bir saatten fazla vakit vardı... ve ben, ruhu olmayan bu kasabadan kaçmak için can atıyordum.

Bu sırada karşıma çıkan bir berber dükkânı, istemeden elimi yanaklarımda dolaştırdı. Epeyce sakallı idim. İstanbul'dan gelecek olan zarif otobüs yolcularının arasına bu kılıkla binmek istemezdim. Benim buradan değil, kendilerinden olduğumu bir bakışta anlamalıydılar. Otele tekrar girip çantamı açmak, sıcak su isteyip tıraş olmak, sonra takımları yıkayıp yerleştirmek bana o kadar güç geldi ki, istemeye istemeye bu dükkâna yöneldim.

Berber, "Buyurun" dedi ve fazla iltifat etmeden bir çekmeceden peşkir çıkarmaya, bir musluktan sıcak su almaya koyuldu.

Önümdeki uzun mermer masanın üzerinde, sinek pislemesine engel olmak için pudra ile damgalanmış yaldızlı çerçeveli büyük bir ayna vardı. Aynanın camı üzerinde istedikleri gibi faaliyet göstermelerine müsaade edilmeyen sinekler bu yaldızlı çerçeveye o nispette fazla kıymışlardı. Aynanın önünde ve masanın mermeri üzerinde, aynı şekilde sineklerin taarruzuna uğramış; çoban kolonyası şişeleri ve üzerlerinde Almanya İmparatoru palabıyıklı Wilhelm ile melaike yüzlü karısının resimleri bulunan iri pudra kutuları duruyordu. Duvarlarda, mahut sineklerin tahribinden kurtulamamış renkli resimler vardı. Bunlar, yeldeğirmenleri ve kanallarıyla bir Hollanda ovasını, mağmum (kederli) yüzlü ve ağır yürüyüşlü ziyaretçileriyle bir orman kilisesini ve general Trikopis'in kılıcını teslim edişini gösteriyorlardı.

Berber kır saçlı, hafif çiçekbozuğu, seyrek bıyıklarının arasından temiz dişleri görünen kırk kırk beş yaşlarında uzun boylu ve zayıf bir adamdı. Uzun boynunu ikide birde sağa sola büküyor, daima bir şeye hayret ediyormuş gibi kaşlarını kalkık tutuyordu. Bu yüzden alnı hep buruşuk duruyor ve çehresi daima mühim meseleleri düşünüp halleden bir devlet adamı ifadesi alıyordu.

Önüne oturup yüzümü ellerine bıraktım. İki avucunun bütün genişliğiyle yanaklarımı ovalamaya başlamıştı ki, dükkânın kapısı önünde dokuz yaşlarında bir kız çocuğu peyda oldu. Kapının eşiğine gelip sırtını duvara dayadığını ve hiçbir şey söylemeden beklediğini pudralı aynada görmüştüm. Sarı saçlı başını önüne eğmişti. Ayağındaki nalınların kayışından, biraz kirli, fakat muntazam parmaklar çıkıyordu.

Berber masanın çekmecelerinden birini açarak içinden bir miktar para aldı ve çocuğa verdi.

"Al kızım, Feride, kardeşlerin nasıl? Validen iyi mi?" dedi.

Kız bütün bu suallere evet makamında başını sallayarak cevap verdi ve hemen uzaklaştı; berber işine devam etti.

Ben merak etmeye başlamıştım. Evvela kendi kızı zannettiğim bu çocuğun çekingen ve durgun hali bana garip geldi. Berberin tavrı sormaya cesaret vermediği için muhtelif ihtimalleri düşünerek kendim bir neticeye varmak istiyordum. Evvela, herhalde kendi çocuğu, fakat karısından ayrılmış olacak, dedim.

Sonra akrabası olması ihtimalini hatırladım. Nihayet düşünmekten vazgeçtim. Fakat pek az sonra kızın, başı önünde, sessiz bekleyişi tekrar kafamda canlanıyor ve beni rahat bırakmıyordu. Usturayı yüzümden uzaklaştırdığı bir sırada:

"Kızın mıydı?" diye soruverdim.

"Hayır!"

Sükût.

Berber yüzüme yetişmek için adamakıllı eğiliyor ve uzun kollarıyla havada büyük hareketler yapıyordu. Yüzümü yıkamak için pirinç leğeni sıcak suyla doldurmaya gitti. Sırtına doğru tekrar sordum:

"Dilenciye benzemiyordu!"

Çocuğa verdiği paranın, bir dilenciye verilen cinsten olmadığını, otuz kırk kuruşa yakın bulunduğunu görmüştüm. Leğeni getirip gırtlağıma dayarken, "Dilenci değil!" dedi. Bir çekmeceden bir havlu çıkararak yüzümü kurulamaya başladı.

İşini bitirip bana "Saatler olsun" dedikten sonra,"Bizim berber Yusuf'un kızıydı o!" diye ilave etti...Bunu söylerken kaşlarını kaldırdığı için berber Yusuf'un mühim bir adam olduğuna hükmettim.

"Kim bu berber Yusuf?"

Karşı tarafta, kepenkleri kapalı küçük bir dükkân gösterdi, "Şurada dükkânı vardı!"

"Ne oldu?"

"Sorma!"

Cevap verirken işine devam ediyor, havluları devşiriyor, leğenin suyunu köşedeki bir gaz tenekesine boşaltıyordu. Pek hakiki olmayan bir merakla ve can sıkıcı bir hikâye dinlemekten korkarak:

"Öldü mü" dedim, "bu berber Yusuf?"

"Yok, canım, aldı başını gitti!"

Ev kavgası, komşu kavgası, tarla kavgası... Bir sürü ihtimal kafamdan geçti ve "Eyvah!" dedim; "Hikâye galiba zannettiğimden daha manasız!"

Elimi cebime atarak para vermeye ve çıkmaya hazırlandım. Berber, "Otobüslere daha vakit var. Otur da sana şu Yusuf'un meselesini anlatayım. Allah insanın aklını başından almasın, yoksa!" dedi. Adeta emreder gibi söylemişti ve yüzünün hâkim tavrı, alnının buruşukları beni itaate sevk etti. Otobüs beklediğimi nereden bildiğine de ayrıca hayret ettim.

"Kırk yaşında adam aklı başında oturmazsa işte böyle olur" diye başladı. "Üç çocuğunu da gözü görmedi, gül gibi ailesini de gözü görmedi, yirmi beş senedir ekmek yediği dükkânın kapısını çekti gitti."

Sözlerinin beni pek fazla meraklandırmadığını görünce biraz canı sıkılmış gibi devam etti:

"Aşağı yukarı bu zanaata beraber başladık. İkimiz de çıraklığımızı Bursa'da yaptık. Elimiz usturaya, makasa yatınca gelip burda birer dükkân açtık. Hamdolsun, geçinip gidiyorduk. Memleketi gavur aldı, kasabayı yaktı, biz kaçtık, şurda burda süründük, yine geldik, işimize başladık. Hepsi bir varmış, bir yokmuş. İyi gün de, kötü gün de düş gibi geçip gidiyor.

"Ben evlenmedim, kısmet değilmiş. Artık hovardalık yapacak halimiz de kalmadı. Yusuf evlendi. Şurdan, Büyükköy'den bir Çerkez kızı aldı. Üç tane de çocuğu oldu."

Karşımda bir iskemleye oturup bacaklarını birbirinin üzerine atmış ve sonra düğüm yapar gibi dolaştırmıştı.

"Büyük kızını gördün: Tam anası... Ötekiler oğlan. Allah bağışlasın. Kıymetini bilen için dünyaya bedel... Velakin, bizim Yusuf'un aklı yerinden gitmeye bahane ararmış. Hiç de umulmazdı.

"İşinden gücünden başka şeye baktığı yoktu. Baksa da ne görecek? Dün akşamdan beri sen buradasın, bakındın bakındın da ne gördün? İşte efendim, böylece geçip gidiyorduk. Derken iki üç ay evvel buraya bir kumpanya geldi. Kahvenin camlarını kara perdelerle örtüp orada oyunlar vermeye başladı. Bizim gibi adamın orada ne işi var? Yalnız kızlar iki üç günde bir gelip saçlarına maşa vurdururlardı. Allah bereket versin, beş on kuruşları nasip olurdu. Günün birinde baktım, kızlardan biri işini bitirince çekip gideceğine Yusuf'un dükkânında oturup yarenlik ediyor. Allah Allah! dedim. Yusuf'un da konuşacak lafı olur mu ki? Kız da ona söyleyecek ne bulur? Benim gibi biri...

"Üstelik tepesinde saçı da kalmamış. Bir gün, iki gün, kız öğlen demiyor, akşam demiyor, Yusuf'la oturup bakışıyor. Bir gün ne göreyim, Yusuf evden sazını getirmiş. Güzel çalardı ha, delikanlılığımızda az mı ahenkler yapmıştık, hovardalıkta az mı saz paralamıştık! Ama senelerden beri eline aldığı yoktu. Dediğim gibi, bir gün dükkâna getirmiş, tıngırdatmaya başladı. Bir gün, iki gün, arkası gelmez. Baktım kız da yavaş sesle okuyor.

"Ahenk yolunda. Burada ne müşteri olacak? Akşama sabaha birkaç memur, pazardan pazara birkaç köylü... İş yok, vakit çok. İnsan bundan azarmış zaten. Bir gün Yusuf'u çektim yanıma, 'Ülen,' dedim, 'ne olacak senin halin?' 'Ne var ki,' dedi.

"'Daha ne olsun? Güpegündüz koynuna alacak değilsin ya? Halinden utan!' Yusuf bir kızardı. 'Aman, emmioğlu, ağzına aldığın lafa bak. Şart olsun eli elime değmedi. Yarenliğimden hoşlanıyor herhalde... Bir iki de köy deyişi çalıyorum, gülüp: Sağ ol Yusuf Ağa, diyor. O kadar...Böyleleri bize bakar mı?'

"Ama bunu derken içi de kan ağlıyordu. Neyse ki umudu yoktu. Ara sıra kız dükkâna uğramayıverirdi. Hani gece oyundan sonra efendiler ahenge götürürlerdi de sabaha kadar kızlara içirip oynatırlardı, ondan. Böyle zamanlarda Yusuf'un hali pek perişan olurdu. Melül melül önüne bakar, sazına dokunur, müşteriye itibar etmezdi. Birinin yüzünü kesiverecek de başına dert alacak diye korkardım. Arada benim dükkâna bir uğrardı. 'Ne haber senin avrattan' deyince, 'Bırak şu kahpeyi!' diye celallanır, amma akşama doğru kız gelince sazını kucağına alıp boynunu büke büke çalardı. Her hallerini görürdüm; dükkânı ayna gibi karşımda... Yusuf yavru kuzu gibi karıya baktıkça domuzun kızı da sırıtıp oynaşırdı. Ama Yusuf'un dediğine bakılırsa pek halden anlarmış. Onun babası da berbermiş. Altı aynalı dükkânı varmış. Sekiz kardeş oldukları için bunlara bakmazmış. Kız da ekmeğini bu yolda aramış. Nasip buymuş.

"İlle günün birinde işler bozuluverdi. Bizim deli Yusuf bir akşam duramamış, kafayı çektiği gibi tiyatroya dayanmış. Geçmiş en öne kasılmış. Karı onu orada görünce bir şaşırmış. Sonra gözünün ucuyla bir selam çakmış. Yusuf kendini tutamayıp 'Aaaah!' diye bir bağırmış. Kız bunun üzerine şöyle bir daha başka türlü göz atmış. Yusuf büsbütün kendini kaptırıp, 'Kurban olayım!' diye çığırmış. Kaymakam köşeden işaret edince Yusuf'un kolundan tutup dışarı atmışlar.

"O günden sonra kız bir daha Yusuf'un dükkânına gelmedi. Herhalde rezillikten korktu. Kart adamın sevdalısı tatsız olur, yapıştıkça yapışır... Öyle ya! Zaten çok da kalmadılar, üç beş, gün sonra çekip Bursa'ya gittiler. Yusuf o geceden sonra kendini bıraktı, adamakıllı zebun oldu. Halinden korkmaya başladım.

"Kızı para istemeye dükkânın kapısına gelince bir bağırır, yedi mahalleye duyururdu. Kızcağız da, hani şu az evvel buraya gelen, gözünü silip eve kaçardı. Ama çok sürmedi. Beş on günde Yusuf kendine gelir gibi oldu. Bir gün dükkâna uğradı, 'Bizdeki de akıl mı ya?' dedi, 'öyleleri bize bakar mı? Gönül eğledi gitti... Yalnız dilleri pek hoştu. Dargın kaldığıma yanarım!'dedi. Durdu, durdu, 'Kim bilir şimdi nerdedir, kimlere tatlı dil döküyordur?'

diye içini çekti. 'Yusuf, aklını başına topla, evine, ailene mukayyet ol,' dedim. Allah bilir ya, yürekten söylemedim. Biz de gönül hali nedir biliriz. Sevdalıya pent (Farsça -pend-, öğüt anlamında) vermesi kolaydır. Gel de sevdayı çekene sor... Ama, dediğim gibi, Yusuf kendini çabuk topladı. Çoluğuna çocuğuna bağırmaz oldu. Kızın lafını etmedi. Bir gün baktım, sazını da evine götürmüş...

"Eh, artık bu da geçti diyordum. Bir gün Yusuf'la benim dükkânda oturup konuşuyorduk. Bana bak Yusuf, dedim, insan hali işte böyle. On beş günlük ömrü on beş seneye sığdıramazsın da, on beş senelik ömrü on beş günde yaşayıverirsin! Aldırma, Allah ömür verir de sakalımız ağarır, belimiz bükülürse karşı karşıya oturur, bugünleri anıp söyleşiriz. İnsanın iyi günü de, kötü günü de geçer, elverir ki bugünlerden anacak bir şey kalsın! Yusuf başını sallar, içini çekerdi. Lakin gönlünün derdi kalmamıştı, her halinden belliydi. İşte o sırada içeri bizim Kara Hakkı girdi. 'Hoş geldin Hakkı, işler nasıl?' dedim. 'Ortalarda görünmedin, deliğe girdin sandık...' Kara Hakkı pek köyde durmaz, Bursa, Balıkesir, İzmir'e kadar dolaşır, keyif satardı.

"Senin anlayacağın esrar götürürdü. Bizim buranın kendirinden çok ala esrar çıkar ha! Hakkı, 'Aleykümselam dedi.' Yusuf'u görünce, 'Aman üstümde kalmasın, Yusuf Ağa, sana selam getirdim!' dedi. Yusuf bir sarardı. İçine doğmuş garibin...'Kimden?' dedi. Hakkı güldü. 'Malın gözü imişsin ya, Yusuf Ağa; hiç senden ummazdım. Hiç de fena karı değil!' dedi. Sonra anlattı. Balıkesir'den gelirken Susurluk'ta bir handa kahve içiyorlarmış.

"Bursa'dan Balıkesir'e giden bir kumpanyaya rastlamışlar. Şundan bundan konuşurlarken Hakkı'nın Orhangazili olduğunu, şimdi de oraya gittiği duyan bir karı, 'Aman, orda berber Yusuf vardır, tanır mısın?' demiş. Hakkı, 'Yusuf'u kim bilmez?' deyince, 'Yusuf'a benden çok selam et!' demiş. Adını da söylemeyip, 'sen selamımı diyiver, o bilir!' demiş. Hakkı işin alayında, hem anlatıyor, hem gülüyordu. İkide bir Yusuf'un dizine vurup, 'Yaman adammışsın Yusuf Ağa, karı durdu durdu sana selam etti. Kamyona binip tozun toprağın içinde kaçarken bile kafasını camdan uzatıp, "aman Yusuf'a selamımı, unutma!" diye bağırdı,' diyordu.

"Yusuf sesini çıkarmadı. Ben Hakkı'nın tıraşını bitirinceye kadar bir yeryüzüne, bir gökyüzüne bakıp oturdu. Hakkı'nın arkasından, bir söz bile demeden çıktı, dükkânına gidip kepenkleri indirdi, kapıyı kilitledi. Tekrar benim dükkânıma geldi. Anahtarı uzatıp, 'Al Emmioğlu, bu sende kalsın. Selamını aldım, gayrı buralarda duramam. Herhalde onu bulmalıyım!' dedi. 'Aman Yusuf, etme Yusuf' demeye vakit kalmadan çekti gitti.

"İşte o gidiş."

Birbirine doladığı uzun ve ince bacaklarını açtı, bana doğru uzattı. Kocaman ve ökçeleri basık ayakkaplarının burnu adeta diz kapaklarıma kadar geliyordu. Düşünceli bir tavırla başını sallayarak, "Çoluğu çocuğu ortada kaldı" dedi. "Bu kadar sene karşıbe-karşı esnaflık ettik. Aynı zanaatın ekmeğini yedik. Onlara bakmak bize düştü artık!"

Sonra, gözlerini karşı dükkâna dikti. Biraz düşündü. Hakikatleri olduğu gibi görmekten ve söylemekten hiçbir korkusu olmayan insanlara mahsus bir açıklıkla ilave etti, "Hem Yusuf dükkânını kapatıp gidince onun müşterisi de bana kaldı. Çocuklarının nasibi bana devroldu. Onların nafakası boynumuza borçtur."

Söyleyecek bir söz bulamayarak etrafıma bakındım. Otelin önünden gelen motor sesleri otobüslerin geçmeye başladığını haber veriyordu. Acele tıraş parasını vererek sokağa fırladım.

İçimde tuhaf bir utanma vardı. Güzel bir manzara için bir günlük itiyadımı değiştirmek, bir gecelik rahatımı feda etmek, bana kaybedilmiş bir alışveriş gibi gelirken, bir kuru selamın arkasından başını alıp giden Yusuf'u ve onun, içinde kim bilir ne dünyalar yaşayan, saçsız başını düşünüyordum.

Dört elle sarıldığımız birçok kıymetlerin; uğrunda, sahici bir insan gibi kalbimiz ve kafamızla yaşamayı feda ettiğimiz binlerce sözde mühim şeylerin ne kadar kolay fırlatılıp atılabileceğini bana öğreten Yusuf! Benden de sana selam olsun...

SICAK SU

İki candarma alacakaranlıkta köyün kenarına varınca, atlarından indiler ve dizginleri karşıdan koşup gelen kahveci çırağına vererek, bacaklarını gere gere yürümeye başladılar.

Köyün sokaklarında kimse yoktu. Uzaktan yanık bir inek böğürmesi işitiliyordu. Rüzgâr söğüt ağaçlarının dallarında hafif mırıltılarla dolaşıyordu. Köyün batı tarafındaki sırtları kaplayan orman, oraya çökmüş bir bulut yığını gibi kımıldıyordu.

Candarmalar kahveye girip kahveci ile yavaş sesle birkaç kelime konuştuktan sonra dışarı çıkarak köye doğru yürüdüler. Evler büsbütün karanlığa dalmıştı...

Tam köyün öbür ucunda, ormanın başladığı yerdeki ufak bir eve yaklaştılar. Ses çıkarmak istemedikleri anlaşılıyordu.

Evin etrafını saran çite gelince, ayaklarının ucunda yükselerek evin ışık görünen penceresine baktılar. İçeride bir kadın diz çökmüş, çorba içiyordu. Birçok örgülere ayrılmış saçları arkasına bırakılmıştı. İkide birde pencereden dışarıya da kaçamak bir göz atıyordu.

Candarmalardan biri:

"Bire domuzun karısı, nasıl da haberi yokmuş gibi yapar ya!" diye söylendi. Öteki:

"Bu dördüncü gelişimiz. Hiçbirinde kıstıramadık. Bu sefer de İsmail yok gibi ama bakalım!" dedi.

Çitin kapısını iterek girdiler. Bir candarma, bahçenin arkasına dolandı. Ötekisi kapıyı vurdu.

İçerde hiç bir telaş eseri görülmedi. Yalnız yerinden kalkan kadının üç etekli entarisinin yaklaşan hışırtısı duyuldu. Sonra kapının arkasından taze bir ses:

"Kim o?" diye sordu.

"Aç... İsmail'i arıyoruz!"

Bir sürgü çekildi, kadın kapıyı açarak:

"Buyurun arayın, İsmail evde yok. Geçen sefer geldiğinizde söyledim: Bahardan beri İsmail gelmiyor. Dört ay mı oldu ki ne!"

Candarma bağırdı:

"Sus, iki gündür buradaymış, bize haber geldi!" Kadın yumuşak bir sesle:

"Yalan ağacığım, yalan! İsmail vukuatı yaptıktan sonra bu akalarda görünmedi bile. Kim bilir ne yanlara gitti? Belki de dağlarda öldü kaldı!"

Candarma, yükü açtı, yatakları devirdi, sonra etrafına bakındı.

Ev bu bir tek odadan, bir de aralıktan, ibaretti. Aralıkta bir zeytinyağı testisi ile bir ekmek tahtası ve ne oldukları pek belli olmayan birtakım şeyler daha duruyordu. Biraz genişçe olan odanın bir kenarında bir minder uzanıyor, onun bir köşesinde de, açık bir mushaf duruyordu.

Candarma, evvela güzellikle işe başlamak isteyerek kadına sokuldu:

"Bana bak, Emine" dedi, "inkârı bırak. Bu oğlandan gayrı sana hayır gelmeyeceğini anladın. Devlet onu sana bırakmaz. Ondan sorulacak hesabı var. Nesine acırsın yabanın katilinin? Ama diyeceksin ki, o keyfinden adam vurmadı, canını kurtarmak için vurdu. Peki, ne diye dağa çıktı öyleyse? Devletin mahkemesi yok mu? Vurduğu uşak, ağa çocuğu diye onu yiyecek değiller a! Hakkı ne ise o kadar yatıp çıkacaktı. Dedim ya, bırak sen onun arkasını da, nerede olduğunu, bu akşam nereye kaçtığını bize söyle. Bak gençliğin var. Kendine yazık etme... Hadi Emine, deyiver bakayım, İsmail biraz evvel buradaydı değil mi? Kim haber verdi bizim geldiğimizi?"

"Söyledim ya, ne diye üstelersiniz! Dört aydan beri İsmail'i görmedim!"

"Emine, bunun sonu kötü olacak. Biz de buraya keyfimizden gelmiyoruz, yüzbaşı söylemedik laf komuyor; bu sefer de yakalamadan gidersek, iflahımızı keser. Kim bilir hangi dağ başındaki karakola gönderir."

Kadın önüne bakıp susuyordu.

Candarmalar birbirlerine baktılar. Sonra yan yana gelip birkaç kelime fısıldaştılar. Birisi:

"İhbar sahi miydi acaba?" dedi.

Öbürü kurnaz bir gülüşle:

"Şimdi anlarız!" diye cevap verdi ve bu işlerin kurdu olduğunu göstermek ister gibi elini salladı. Sonra kadına dönüp:

"Aç şurayı!" diye bağırdı ve eliyle odanın bir köşesindeki küçük tahta kapıyı gösterdi. Kadın bir dakika tereddüt ettikten sonra, o tarafa giderek tahta mandalı çevirdi ve kapı kendiliğinden açılıverdi. Burası küçük bir gusülhaneydi.

İçerde kimse yoktu. Öbür candarma sorucu gözlerle arkadaşına baktı: "Hani ya?" diye mırıldandı.

"Sus!"

İçinde isli bir teneke ile küçük bir tahta iskemle görünen gusülhaneye yaklaşarak elini tenekenin içine soktu. Sonra parmakları yanmış gibi hızla geri çekti:

"Bu sıcak su ne olacak?" dedi.

"Hiç!"

"Hiç olur mu?" ve anlayışlı bir sırıtma dudaklarına yayıldı.

Kadın kızararak mırıldandı: "Su dökünecektim..."

"Allah'ın gündüzü kalmadı mı? Kime yutturuyorsun? Kocan burada değil de, gece vakti ne diye sıcak su hazır edersin?"

Sonra arkadaşına dönerek:

"Bu en sağlam usuldür!" dedi. "Bir kaçağın evini ararken evvela gusülhaneye bakarım!" Birdenbire kadını kolundan yakalayıp çekerek bağırdı:

"Artık inkâr para etmez! Söyle bakalım, İsmail nerede? Su adamakıllı sıcak olduğuna göre, herhalde yeni kaçmış. Buralardan uzak değildir. Söylemezsen kendin bilirsin!"

Kadın, benzi sapsarı kesilmiş bir halde, kolunu kurtarmaya çalıştı, sesi titreyerek: "Bilmiyorum!" dedi.

O zaman candarma, kadının kolunu hızla bırakarak odada dolaşmaya başladı. Arkadaşı bir duvara dayanmış duruyor ve kadının süratle inip kalkan göğsüne bakıyordu.

Dolaşan candarma birdenbire durdu, arkadaşını eliyle çağırarak yavaş, fakat kadının duyabileceği bir sesle: "İsmail herhalde uzakta değildir, bize teslim olmaya gelmezse, karısının ırzını kurtarmaya da gelmez mi?" dedi, sonra daha yavaş bir sesle ilave etti:

"Ben şimdi Emine'yi yakalayıp mindere atarım, bağırırsa, nasıl olsa İsmail dayanamaz, neredeyse çıkar gelir. O zaman kapının yanında bekler, ya ölüsünü, ya dirisini yakalarsın... Bağırmazsa... Eh, ne yapalım... Bir kere de sen denersin!"

Kadın sapsarı kesilmişti ve titriyordu. Alt dudaklarını kanatacak kadar ısırıyordu. İki tarafına bakındı. Dört duvardan ve iki candarmadan başka bir şey yoktu.

Biraz evvel sıcak suya bakan candarma, gözleri parlayarak kadını bileğinden yakaladı ve odanın kenarına sürükledi. Öbür candarma silahını eline alarak dışarı çıktı.

Fakat ne öteki, ne de bu, kadının ağzından bir kelime bile alamadılar... O, her şeye rağmen bir kere bile bağırmadı, yardıma kimseyi çağırmadı.

Bir müddet sonra candarmalar silahlarını omuzlarına vurup yüzlerinde tatlı bir yorgunluk ve içlerinde hafif bir endişe ile evi terk ederlerken, Emine de yavaşça arkalarından dışarı süzüldü. Çitin kenarlarına sine sine ormana daldı.

Sabaha kadar uzaktaki çalıların arasında bekleyen İsmail, ortalık ağardığı halde hala evde ışık yandığını görünce sürüne sürüne sokuldu ve yarı açık kapıdan garip bir üzüntü ile içeri girdi.

Oda darmadağındı. Yağı bitmeye yüz tutan lamba, cızırtılarla yanmaya çabalıyordu. Ortada kimseler yoktu.

Kapının önüne çıkarak bir ıslık çaldı. Köy tarafından on dört yaşlarında bir çocuk göründü. Koşarak ve etrafına bakınarak geldi. İsmail onu hemen aşağıya, kahve tarafına yolladı. "Candarmalar Emine'yi götürdülerse n'eylemeli?" diye düşünüyordu. Fakat yarım saate varmadan dönen oğlan, candarmaların gece yarısına doğru atlarına binip kasabaya yollandıklarını ve kimseyi götürmediklerini söyledi.

O zaman köyden gelen daha birkaç kişi ile beraber Emine'yi aradılar. Her eve sordular, ormanda dolaşıp:

"Kız Emine... Nerdesin?" diye bağırdılar. Fakat ne o gün, ne de ondan sonra, hiçbir yerden Emine'ye dair bir haber çıkmadı.

KIRLANGIÇLAR

Şehrin kıyısında, ufacık bir derenin kenarında, dalları suya sarkan ihtiyar bir söğüt ağacı vardır. İlkbaharın başlangıçlarında bu söğüdün dallarına bir dişi kırlangıç gelip kondu; derenin bir başından bir başına yıldırım gibi uçan, beyaz göğüslerini suya dokundurarak şeffaf kanatlı küçük böcekleri yakalayan diğer kırlangıçlara bakmaya başladı. Başını hafif hafif sallıyordu. Derin düşüncelere daldığı belliydi.

Söğüdün dalları hışırdadı. Bir erkek kırlangıç geldi, dişinin karşısındaki dala kondu.

Kırlangıçlar arasında pek teklif yoktur. Uzun uzadıya takdim filan edilmeden konuşmaya başladılar ve pek az sonra da ahbap oldular.

Evvela havadan, sudan bahsedildi. (İki kişi birbirlerini yeni tanıdıkları zaman havadan sudan bahsetmek adettir.) Fakat biraz sonra erkek bir iki dal ileri geldi, dişi daha az çekingen bir hal aldı.

Muhabbeti kaynattılar.

"Olur ya!" demeyin, iki kırlangıcın ilkbaharda, herkes dört tarafa koşup çalışırken bir söğüt dalında oturup yarenlik etmeleri gündelik işlerden değildir.

Bizim kırlangıçların ikisi de antika mahlûklardı, yani öteki kırlangıçlara benzemiyorlardı. (Başkalarına benzemeyenlere antika derler.) Evvela dişi kırlangıç lafı derin tarafından açtı:

"Siz hiç çalışmıyorsunuz?"

Başka bir kırlangıç olsaydı hemen, "Ya siz neden burada oturuyorsunuz?" diye ikinci bir sorguya kalkışırdı. Fakat bizimki derin derin içini çekti ve sustu.

Ve dişi onun söylediği şeyleri anlıyormuş gibi başını salladı ve gözlerini aşağıda şıpırtıyla akan suya dikti.

Bir müddet daha sustular. Erkek birdenbire gözlerini dişiye dikerek söze başladı:

"Bakınız şunlara..." Ve aşağıda birbirini çaprazlayarak uçan ve dokuma tezgâhının mekiklerine benzeyen kırlangıçları gösterdi. "Bakınız şunlara... Sabah akşam demeden, yaz kış demeden çalışıyorlar. Ben bunlara çok kere sordum, 'Neden böyle durmadan uğraşıyorsunuz,' dedim, cevap vermediler. Omuzlarını silkip yanımdan uzaklaştılar."

Dişi "Birbirimize sen diye hitap etsek nasıl olur?" dedi. Erkek okkalı sözlerine cevap olmayan bu lafı beklememekle beraber, bu tekliften hoşlandı ve tekrar başladı:

"Adeta utanıyorum..." dedi, "Bütün kuşları sıraya dizseler biz herhalde sonuncu gelmeyiz. Kılığımız, kıyafetimiz düzgündür. Aklımız, şu sabahtan akşama kadar avaz avaz bağıran bülbülden herhalde üstündür. Kanadımızı bir vursak en hızlı güvercinden daha çok yol alırız. Hâlbuki bütün kuşların en zavallısı bizmişiz gibi hiç durmadan didiniyoruz. Şu budala serçe bile üç günlük ömrünü keyifle geçiriyor da, biz, arasından uçtuğumuz ağaçları bile fark etmiyoruz."

Biraz durdu, dişiye doğru yandan bir göz attı:

"Yarın öldüğümüz zaman birisi bize sorsa: 'Dünyada neler gördünüz?' dese herhalde verecek cevap bulamayız. Koşmaktan görmeye vaktimiz olmuyor ki..."

Dişi, gözlerinin içi buğulanarak:

"Ah" dedi, "tıpkı benim gibi düşünüyorsun."

Erkek cevap verdi:

"Zaten seni burada tek başına görünce benim gibi düşündüğünü anlamıştım. Doğru değil mi ama? Şu dünyayı adamakıllı görmeden, dünyanın ne olduğunu adamakıllı anlamadan buradan gidecek olduktan sonra ne diye buraya geldik sanki? Yaşadığımızın farkına varmayacak olduktan sonra ne diye yaşıyoruz?"

Dişi tasdik eder gibi başını salladı:

"Etrafımıza göz gezdirince" dedi, "ben de senin gibi, dört tarafa koşan kırlangıçlardan başka bir şey görmüyorum. Ben de bunlardan mıyım, diyorum, sonra da bunlardan değilim galiba, diyorum. Onlar da beni pek istemiyorlar. Ne yapayım, burada oturup etrafa bakıyorum. Siz de, şey, sen de gelmesen böyle yapayalnız bu yazı geçirecektim."

Akşama doğru lafları daha derinleştirdiler... Sonra ayrıldılar.

Ve her gün buluşmaya başladılar.

Aman yarabbi, neler konuşmuyorlardı! Eğer kırlangıçlarda kitap yazmak adet olsaydı, bunların yazacakları kitaplar muhakkak ki üniversitelerde okutulurdu.

Gitgide birbirlerine daha çok alıştılar. Çok kere dişi daha evvel gelir, gözlerini suya dikerek erkeği beklerdi.

Bir gün çiçeklerden, bir gün yıldızlardan, bir gün öteki kırlangıçlardan bahsederlerdi. Hep düşünceleri birbirine uygundu.

Yalnız her ikisinin de içinde gizliden gizliye büyüyen bir korku vardı: Bir gün gelip ayrılmak korkusu.

Hiçbirisi bu korkusunu ötekine söylemeye cesaret edemiyordu. Kim bilir, belki öbürünün yanlış anlayacağından çekiniyordu. (Çünkü içten duyulan şeyler hep yanlış anlaşılır.)

İçlerinde bu ayrılık korkusu büyüdükçe bunu münasip bir şekilde diğerine söylemek için düşünmeye başladılar.

Mesela:

"Hiç ayrılmayalım, olmaz mı?" demek vardı, fakat bu pek geniş manalı ve müphemdi. Nasıl ayrılmayalım?

"Bir yuva kuralım!" deseler, bu da pek bayağı kaçacaktı.

Hem o zaman başka kırlangıçlara benzeyeceklerini sanıyorlardı.

Dünyanın geçiciliğinden, gökyüzünün sonsuzluğundan, sulardan ve diğer kuşların yaşayışlarından bahsederlerken, gözleri birbirine hasretle bakar ve: "Birbirimizden nasıl ayrılacağız?" demek isterlerdi.

Tesadüfün pek merhametli olmadığını ve birbirine böyle

yakın olanları bir ikinci defa karşı karşıya getirmediğini biliyorlardı. Fakat konuştukları dil, diğer kırlangıçların diliydi ve bu dilde, söylemek istedikleri şeyleri söylemekten utanıyorlardı.

Bu dil, onların içindeki şeylere uygun değildi.

Yavaş yavaş gözlerine ve bakışlarına bir gamlılık çöktü.

Dostluktan filan bahsederken, sesleri titriyor gibiydi yahut onlar böyle zannediyorlardı. Fakat böyle zamanlarda hemen birinden biri, bir kahkaha atar ve işi alaya bozardı: İçi burkulduğu halde... Nihayet günün birinde ikisi de bunun böyle sürüp gidemeyeceğini anladılar. İkisi de birbirlerine açılmaya karar verdiler.

Sabahleyin karşı karşıya gelince dişi söylemek istediği şeyleri gözleriyle anlatmak istedi. Tam bu sırada, üzerinde oturdukları söğütten sarı bir yaprak koptu, iki tarafa sallanarak aralarından geçti ve dişinin en manalı baktığı zamanda gözlerinin önünü kapattı.

Erkek bu bakışı göremedi.

Fakat her ikisi de sarı yaprağı gördüler.

Erkek ağzını açtı:

"Senden hiç ayrılmak istemiyorum..." demek üzereydi ki, buvvv diye soğuk bir rüzgâr esti...

Dişi, erkeğin sözlerini işitemedi.

Fakat her ikisi soğuk rüzgârın sesini duydular.

Birbirlerinin gözlerine baktılar; artık yuva kurmak zamanının geçtiğini, sonbaharın geldiğini, ayrılacaklarını anladılar.

İkisi de içini çekti.

Tepelerinden birçok kırlangıçlar geçti: Sıcak yerlere dönüyorlardı.

Ayrıldılar... Ve bir daha birbirlerini görmediler.

Fakat ikisi de küçük derenin kenarındaki söğüdü ve orada geçirdikleri güzel ilkbaharı ve yazı unutmadılar.

Ve ikisi de, böyle bir yaz geçirmemiş olan diğer kırlangıçlara tepeden baktılar... (Çünkü azlıkta kalanlar çok olanlara nedense tepeden bakarlar.)

255

DAĞLAR

Başım dağ saçlarım kardır,
Deli rügarlarım vardır,
Ovalar bana çok dardır,
Benim meskenim dağlardır.

Şehirler bana bir tuzak,
İnsan sohbetleri yasak,
Uzak olun benden, uzak,
Benim meskenim dağlardır.

Kalbime benzer taşları,
Heybetli öter kuşları,
Göğe yakındır başları;
Benim meskenim dağlardır.

Yarimi ellere verin;
Sevdamı yellere verin;
Elleri bana gönderin:
Benim meskenim dağlardır.

Bir gün kadrim bilinirse,
İsmim ağza alınırsa,
Yerim soran bulunursa:
Benim meskenim dağlardır.

SERVİ

Bir servi dedi ki bana:
"Rahat benim altımdadır.
Başını vurma dört yana,
Rahat benim altımdadır.

Çok koşup çok yorulmuşsun,
Yollarda yalnız kalmışsın,
Güvenip bana gelmişsin,
Rahat benim altımdadır.

Sana kökümde yer versem
Gölgemi üstüne gersem...
Hey rahat isteyen sersem!
Rahat benim altımdadır

Serin serin uzanırsın,
Çiçeklerle bezenirsin,
Yat burada, kazanırsın,
Rahat benim altımdadır.

Yârin de gezer dolaşır,
Bir gün buraya ulaşır;
Hasretler burda buluşur,
Rahat benim altımdadır."

ÇOCUKLAR GİBİ

Bende hiç tükenmez bir hayat vardı
Kırlara yayılan ilkbahar gibi
Kalbim hiç durmadan hızla çarpardı
Göğsümün içinde ateş var gibi

Bazı nur içinde, bazı sisteyim
Bazı beni seven bir göğüsteyim
Kah el üstündeydim, kah hapisteydim
Her yere sokulan bir rüzgar gibi

Aşkım iki günlük iptilalardı
Hayatım tükenmez maceralardı
İçimde binlerce istekler vardı
Bir şair, yahut bir hükümdar gibi

Hissedince sana vurulduğumu
Anladım ne kadar yorulduğumu
Sakinleştiğimi durulduğumu
Denize dökülen bir pınar gibi

Şimdi şiir bence senin yüzündür
Şimdi benim tahtım senin dizindir
Sevgilim, saadet ikimizindir
Göklerden gelen bir yadigar gibi

Sözün şiirlerin mükemmelidir
Senden başkasını seven delidir
Yüzün çiçeklerin en güzelidir
Gözlerin bilinmez bir diyar gibi

Başını göğsüme sakla sevgilim

Güzel saçlarında dolaşsın elim
Birgün ağlayalım birgün gülelim
Sevişen yaramaz çocuklar gibi..

MAYIS

Mayıs, ayların gülüdür,
Taze bir çiçek dalıdır,
İçerim ateş doludur;
Mayıs'ta gönlüm delidir.

Yeşil dağlara göçülür,
Kızıl şaraplar içilir;
Yârim dökülüp saçılır,
Mayıs'ta gönlüm delidir.

Göklere karşı yatılır,
Dertlerimiz unutulur;
Eski sevgiler atılır;
Mayıs'ta gönlüm delidir.

Uzakta kuşlar seslenir;
Gönlüm genişler, beslenir;
Yaşamağa heveslenir,
Mayıs'ta gönlüm delidir.

Yumuşak rüzgârlar eser;
Çimenlerde yârim gezer;
Yanılır, bana gülümser;
Mayıs'ta gönlüm delidir.

LEYLİM LEY

Döndüm daldan düşen kuru yaprağa.
Seher yeli dağıt beni kır beni.
Götür tozlarımı burdan uzağa.
Yarin çıplak ayağına sür beni.

Aldım sazı çıktım gurbet görmeye.
Dönüp yare geldim yüzüm sürmeye.
Ne lüzum var şuna buna sormaya.
Senden ayrı ne hal oldum gör beni.

Ayın şavkı vurur sazım üstüne.
Söz söyleyen yoktur sözüm üstüne.
Gel ey hilal kaşlım dizim üstüne.
Ay bir yandan sen bir yandan sar beni.

Yedi yıldır uğramadım yurduma.
Dert ortağı aramadım derdime.
Geleceksen bir gün düşüp ardıma.
Kula değil yüreğine sor beni.

HASAN'IM ARDINDAN GELDİM

Uzaklardan sesin aldım;
Çevreni derede buldum;
Nereye gittiğin bildim,
Hasan'ım arkandan geldim.

Sarı kahküllü, dal boylum;
Saz benizli, ayva tüylüm;
Tatlı sözlü, melek huylum,
Hasan'ım ardından geldim.

Köyden, obadan koğulan,
Duru sularda boğulan,
Toz köpük olup dağılan
Hasan'ım ardından geldim.

Sarp dağlara getirdiğim,
Kavuşmadan yitirdiğim,
Ak kefensiz yatırdığım
Hasan'ım ardından geldim.

Emine'yi yaslı eden,
Kerem olup Aslı eden,
Dağı taşı sesli eden
Hasan'ım ardından geldim

HAPİSHANE ŞARKISI 1

Göklerde kartal gibiydim.
Kanatlarımdan vuruldum;
Mor çiçekli dal gibiydim,
Bahar vaktinde kırıldım.

Yar olmadı bana devir,
Her günüm bir başka zehir;
Hapishanelerde demir
Parmaklıklara sarıldım.

Coşkundum pınarlar gibi,
Sarhoştum rüzgarlar gibi;
İhtiyar çınarlar gibi
Bir gün içinde devrildim.

Ekmeğim bahtımdan katı,
Bahtım düşmanımdan kötü;
Böyle kepaze hayatı
Sürüklemekten yoruldum.

Kimseye soramadığım,
Doyunca saramadığım,
Görmesem duramadığım,
Nazlı yarimden ayrıldım.

HAPİSHANE ŞARKISI 3

Burda çiçekler açmıyor,
Kuşlar süzülüp uçmuyor,
Yıldızlar ışık saçmıyor,
Geçmiyor günler, geçmiyor.

Avluda volta vururum;
Kah düşünür, otururum,
Türlü hayaller gürürüm;
Geçmiyor günler, geçmiyor.

Gönülde eski sevdalar,
Gözümde dereler, bağlar,
Aynada hayalim ağlar,
Geçmiyor günler, geçmiyor.

Dışarda mevsim baharmış,
Gezip dolaşanlar varmış,
Günler su gibi akarmış...
Geçmiyor günler, geçmiyor.

Yanımda yatan yabancı,
Her söz zehir gibi acı,
Bütün dertlerin en gücü;
Geçmiyor günler, geçmiyor.

HAPİSHANE ŞARKISI 4

Ey yar, bu acı demlerde
Sen koru benim aklımı...
Karardım kaldım kaldım damlarda,
Aydınlat benim yolumu...

Nefesin esen rüzgarda,
Saçların savrulan karda,
Yerde gökte bulutlarda,
Ararım nazlı gülümü...

Karanlık göklerde aysın,
Kurak ovalarda çaysın,
Bir tek inandığım şeysin,
Uzattım sana elimi...

Düşmanlar gülüp sevinsin,
Dostlar arkasını dönsün...
Benim güvendiğim sensin,
Kırmazsin benim gönlümü...

Bir gün şu damlardan çıksam,
Gelip önüne diz çöksem...
Ağlayıp içimi döksem...
Anlatsam sana halimi...

HAPİSHANE ŞARKISI 5

Başın öne eğilmesin
Aldırma gönül, aldırma
Ağladığın duyulmasın
Aldırma gönül, aldırma

Dışarda deli dalgalar
Gelip duvarları yalar
Seni bu sesler oyalar
Aldırma gönül, aldırma

Görmesen bile denizi
Yukarıya çevir gözü
Deniz dibidir gökyüzü
Aldırma gönül, aldırma

Dertlerin kalkınca şaha
Bir sitem yolla Allah'a
Görecek günler var daha
Aldırma gönül, aldırma

Kurşun ata ata biter
Yollar gide gide biter
Ceza yata yata biter
Aldırma gönül, aldırma

ACKNOWLEDGEMENTS

This book is the culmination of more than Two years' work. Along the way, I received plenty of encouragement, without which the book would have not been possible. Most notably, I would like to acknowledge the valuable support of Ayse Papatya Bucak (author and associate professor at Florida Atlantic University) and Luke Frostick (author and editor of The Bosphorus Review of Books) who expressed interest, early on, in my translation of selected Sabahattin Ali stories into English. I am also grateful to the following literary magazines, which published six of the thirteen stories included in this book: Adelaide Literary Magazine, Aster(ix) Journal, Bosphorus Review of Books, Columbia Journal and Los Angeles Review. Finally, I am thankful to my family, who have been exceptionally supportive of my translation work, which at times can be daunting. They generously provided all the encouragement and support I needed. Thank you!

ABOUT THE AUTHOR

Sabahattin Ali

Sabahattin Ali (1907–1948) was a prominent Turkish novelist, short story writer, poet, journalist, and teacher. He was probably the most powerful and effective of the twentieth-century short story writers in Turkey who addressed social themes. Although he died in 1948 at the age of forty-one, his writing and poetry remain very popular. Ali's short novel "Madonna in A Fur Coat" (1943) is considered one of the best novellas in Turkish literature. Almost 70 years after his death, this novel's translations appeared on the bestseller lists and sold a record number of copies. With this novel, Ali became one of the two Turkish novelists whose works have been published by Penguin Classics.

About the translator: Aysel K. Basci was born and raised in Cyprus. She came to the United States at age 19 to pursue higher education and ultimately settled there. She completed her undergraduate studies at American University and graduate studies at George Washington University, both located in Washington, DC. She subsequently worked for the World Bank Group for more than 25 years. Aysel is now a nonfiction writer and literary translator. Her work has appeared in the Michigan Quarterly Review, Columbia Journal, Los Angeles Review, Aster(ix) Journal, Bosphorus Review of Books and elsewhere.

Printed in Dunstable, United Kingdom